I NANI

Vita sentimentale

Erminia Dell'Oro

Asmara addio

Baldini&Castoldi

Fotocomposizione «La Tipografica Varese S.p.A.»

ISBN 88-8089-230-4

Asmara addio, *romanzo di Erminia Dell'Oro, uscito nel 1988 presso le Edizioni Studio Tesi, è stato più volte ristampato, costituisce una testimonianza unica sul dissolversi repentino dell'ultimo colonialismo europeo. Appassionata autobiografia di una donna italiana nata e cresciuta in Africa, rivela una scrittrice nuova per fantasia e per capacità di interpretare la storia eritrea come quella italiana attraverso una serie di vicende familiari dall'inizio del secolo al secondo dopoguerra. Erminia Dell'Oro narra piccoli e grandi fatti con un commovente rispetto per le verità umane, ma anche con una sorprendente libertà di trasformare la realtà in favola. L'Italia è stata davvero una madrepatria per la colonia d'Africa?*

A Roberta, ai miei genitori

Parte prima

I

Quando Dio creò Modok, l'isola degli uccelli, era in uno stato di eccitazione. Guardò il Mar Rosso, che era uno dei suoi capolavori, ed esaltato dalla bellezza di quei colori allungò una mano sull'acqua, accarezzandola.

Sbadigliando pigramente e allungandosi in una strana forma di polvere di corallo Modok aprì gli occhi al sole. E subito migliaia di uccelli la scossero con il loro richiamo dicendole che era nata e le onde rosa e viola l'abbracciarono donandole conchiglie lucenti, poi si ritrassero perché rimanesse per qualche attimo sola e si abituasse alla vita.

Allora io, turbata da tanta bellezza, chiesi a Dio di farmi nascere. Possibilmente vicino a Modok. Dio mi promise che mi avrebbe accontentata ma prima doveva sistemare alcune cose. Per miliardi di anni continuai a scrivergli per essere sicura che non si dimenticasse della promessa. E finalmente Dio mi accontentò. Non volle farmi nascere a Modok perché era l'isola degli uccelli, ma c'erano luoghi, non distanti, dove poteva inventare la mia vita.

Diede un'occhiata all'altopiano dell'Eritrea, una fiaba sospesa nell'aria africana, con il monte Bizen ai cui piedi si aprivano precipizi vestiti di verde, il cielo blu punteggiato dal volo dei falchi, e ai piedi dell'altopiano quella macchia azzurra, viola, verde, le strisce di smeraldo e di ametista che l'adornavano come nastri della festa, e sulle onde puntini bianchi ubriachi di sole, le isole di corallo dove le aquile marine tessevano i loro nidi, le uova dei gabbiani si aprivano alla luce del giorno, le conchiglie cantavano l'antica canzone del mondo che avevano racchiuso nel loro guscio, come inno di ringraziamento, il giorno che Dio le donò al mare.

Dio decise di farmi nascere sull'altopiano, non lontano da Modok come gli avevo chiesto; fu così che fra le tante storie che disegnava qua e là sulla terra tracciò anche la mia, minuscolo, fragile disegno che avrebbe goduto di un respiro del tempo.

Per non perdermi nei labirinti oscuri della memoria alla ricerca di chissà quali avi apro la porta del suo lontano esilio dal mondo a mio nonno paterno, Filippo Conti.

Viveva a Lecco in una vecchia e bella casa su una collina che guardava il lago, con genitori, fratelli e sorelle, gente che non sapeva nulla di Modok. Avevano un'industria tessile e gli uomini della famiglia sapevano che la loro vita era incanalata in un'unica direzione, lo sviluppo della fabbrica, e le donne si interessavano di associazioni benefiche e accudivano figli e mariti. C'era stato un momento di smarrimento, nella numerosa famiglia Conti, quando un fratello del padre di Filippo decise di partire per la Cina. Allora la Cina sembrava un paese ai confini del mondo, perso in un millenario e ambiguo mistero, e la decisione dello zio Gianni, che fino ad allora si era accontentato di scalare montagne, gettò i parenti in uno stato di costernazione, fortunatamente breve, perché appena la nave sparì all'orizzonte portandosi via lo scalatore i Conti si asciugarono qualche lacrima, e si augurarono che un giorno o l'altro quel pazzo tornasse portando le meravigliose sete, l'unica certezza cinese, che avrebbero potuto imitare facendo affari d'oro.

Filippo, dopo la morte della madre che aveva amato moltissimo, divenne irrequieto. Detestava la fabbrica e sognava l'Africa, il misterioso paese dove gli uomini bianchi andavano a fare gli esploratori e i coloni, e un giorno decise di partire.

I familiari di Filippo cominciarono a credere che ci

fosse qualcosa che non andava nella loro famiglia, e tentarono di dissuaderlo, ma quando capirono che non c'era niente da fare si convinsero che Filippo somigliava a quell'altro sciagurato che era andato in Cina, e tutti insieme lo accompagnarono a Genova dove si sarebbe imbarcato su una nave diretta verso il Congo.

Il giovane di Lecco, vissuto fra lago e collina, sapeva ben poco del mondo se non quello che aveva appreso sui libri, ma era convinto che il Congo fosse il paese più affascinante del continente nero. E immaginava il «cuore di tenebra» dell'Africa, circondato da foreste che arrivavano al cielo, trafitto da un fiume impetuoso che portava nel grembo lo spirito magico di tutte le storie africane, e non ultima considerazione, il paese delle ricche miniere, del «tutto da fare», dei cacciatori d'avorio, un luogo ricco di promesse.

Dopo molti giorni di navigazione la nave fece una sosta nel porto di Massaua, sul Mar Rosso. Furono segnalati a bordo due casi di febbre gialla. La nave fu messa in quarantena, quaranta lunghi giorni da trascorrere in quel luogo torrido prima di avere l'autorizzazione a proseguire il viaggio. Filippo era esasperato, soffriva il caldo, gli sembrava di essere sul piroscafo da una vita e si chiedeva quando mai sarebbero arrivati in Congo.

Terminata la quarantena scese a terra con i compagni di viaggio e provò un senso di sollievo nel sentirsi fuori da quella grande casa sul mare sulla quale aveva trascorso più di due mesi. Mentre sostava all'ufficio postale conobbe i coniugi Levi, due ebrei sbarcati da poco a Massaua, provenienti dall'Europa orientale e diretti all'Asmara, un villaggio sull'altopiano dell'Eritrea dove ci sarebbe stato molto da fare. Filippo, stanco del lungo viaggio, confuso dall'azzurro del cielo e del mare che si fondevano in un'atmosfera rovente e umida che gli incollava alla pelle il completo coloniale e gli rendeva insopportabile il casco, decise di non proseguire per il Congo ma di dirigersi verso quell'altopiano oltre i duemila metri, dove, gli diceva qualche colono del luogo, le notti erano fresche e le giornate terse e ventilate. Un paese abitato da un'eterna primavera in cui sarebbe sorta una piccola città vicino al cielo. Filippo comprò un mulo e insieme ai Levi e ad alcuni accompagnatori eritrei si diresse verso il sentiero che si inerpicava sull'altopiano. Lasciò con sollievo Massaua che allora era denominata, per il clima soffocante che uccideva uomini e bestie, «l'inferno del Mar Rosso». Dovevano trascorrere molti anni prima che la bianca cittadina musulmana fosse ribattezzata «la perla del Mar Rosso» grazie alle bellezze del suo mare e alle diverse condizioni di vita in cui le future generazioni avrebbero affrontato il suo clima.

A pochi chilometri da Massaua la piccola carovana si soffermò qualche attimo davanti al colle di Dogali dove un anno prima, nel 1896, cinquecento italiani erano stati uccisi dagli abissini.

L'aria torrida toglieva il respiro, solo le gazzelle, che si fermavano un attimo a fissare con i loro grandi occhi umidi i viaggiatori e poi sparivano nel nulla, sembravano a loro agio nel caldo.

Filippo scrutò gli accompagnatori indigeni, chiusi nel loro silenzio, e ripensò alla frase che gli aveva detto a Massaua un colono che era in Eritrea da alcuni mesi: «Brava gente ma è meglio non fidarsi». Gli vennero in mente, mentre guardava le croci sul colle, i commenti sentiti in Italia e letti sui giornali dopo la battaglia di Adua in cui il negus Menelik aveva riportato la sua più grande vittoria. I soldati italiani, intrappolati nel vallone di Mariam Sciavitù, morirono quasi tutti.

Si era scritto molto sulla tragica valle africana in cui fra le euforbie e le pietre i corpi degli italiani erano stati mutilati e seviziati. Era stata una tragedia che aveva pesato sul cuore dell'Italia e che aveva opportunamente distolto, come ben sapevano i ministri di allora, l'opinione pubblica da scandali nazionali in cui erano coinvolte le banche più prestigiose.

Gli italiani mandati in Eritrea per sconfiggere Menelik, che la propaganda aveva dipinto come un monarca selvaggio e crudele, divennero i martiri di un episodio che non si voleva dimenticare. Un giorno il lontano popolo abissino, che non aveva chiesto a nessuno di essere colonizzato, avrebbe dovuto pagare a caro prezzo quel massacro.

Quando i viaggiatori iniziarono la salita l'aria divenne meno torrida, e tutti anelavano a una notte fresca.

Isacco Levi, coetaneo di Filippo, parlava poco e, essendo anche il suo compagno introverso e pensieroso, restavano silenziosi per lunghe ore fissando la mulattiera che diventava sempre più ripida. Restarono poi amici fino alla morte di Filippo, legati dalla solidarietà che univa quel gruppo di uomini in una terra straniera e le serate che trascorsero insieme furono intessute dai lunghi silenzi odorosi del tabacco delle loro pipe. Anna Levi, minuta, apparentemente fragile, cavalcava il suo mulo come se fosse sua abitudine farlo, e durante il lungo percorso non si lamentò mai di nulla né diede segni di stanchezza. Quando sostavano, per mangiare qualcosa o riposarsi, Anna apriva una piccola Bibbia consunta e per qualche attimo si estraniava da tutto. Aveva nei grandi occhi scuri lo sguardo antico di chi da secoli va in giro per il mondo, di chi conosce da sempre l'esodo, il dolore, la fatica, ma se li fa compagni e dà loro un posto nel cuore.

Così Dio aveva stabilito e Anna Levi lo sapeva. La mulattiera sembrava loro una salita verso il cielo. E finalmente incontrarono le montagne dell'altopiano, abitate da scimmie petulanti che correvano con avvinghiati alla schiena o al collo i loro piccoli, il monte Bizen che conversava con il cielo, e l'aria frizzante e ristoratrice. Quando furono a pochi chilometri da Asmara l'altopiano apparve loro immerso in nubi bianche che, come soffici coltri, si estendevano sui precipizi e sulle montagne, un mare spumoso che mostrava qua e là, come piccole isole, vette solitarie.

La visibilità era molto scarsa e la nebbia che aveva rapito il paesaggio dava ai viaggiatori un senso di irrealtà, come fossero capitati in un paese di sogno. Poi il sole disperse la coltre bianca e la carovana entrò in Asmara, piccolo villaggio, poche baracche, sentieri non lastricati, un fiumiciattolo modesto e tranquillo, ciuffi verdi che tentavano di ravvivare il paesaggio. Filippo pensò al Congo. Qua non c'erano giungle impenetrabili, né fiumi abitati da ippopotami, né mercanti d'avorio.

Guardò la terra rossa, il cielo blu che gli parve una delle cose più belle che avesse mai visto e, mentre lo ammirava, vide una nube vagabonda e gli sembrò di scorgere, seduto sulla nube, un angelo musicante che posando il suo violino gli fece un cenno di saluto. Confuso abbassò lo sguardo. Sulla terra rossa brillava una moneta d'oro. Scese dal mulo, raccolse la moneta e se la mise in tasca insieme a tutte le sue speranze. I suoi compagni guardavano lontano, verso le ambe.

II

Linda Baldini e sua madre avevano raggiunto all'Asmara il fratello e figlio Giovanni, un costruttore esperto nella progettazione di linee ferroviarie che da qualche tempo aveva lasciato l'Italia per recarsi sull'altopiano eritreo e contribuire ad una delle imprese più audaci che gli italiani realizzarono in Africa orientale: la linea ferroviaria Asmara-Massaua.

Linda aveva intrapreso il viaggio con entusiasmo, la prospettiva di una vacanza in Africa le era sembrata un'occasione da non perdere. Dopo una settimana era già stanca del piccolo villaggio, non sopportava la solitudine dei grandi spazi, l'estraneità di un mondo tanto diverso dal suo. Pensava alla sua bella Parma, agli amici, e non vedeva l'ora di ripartire. Sua madre la esortava ad avere pazienza, non c'erano navi tutti i momenti e un viaggio così lungo meritava un soggiorno di qualche mese. E a Giovanni faceva piacere averle vicine.

Una sera furono invitate a cena da Anna Levi che, sempre sensibile ai problemi degli altri, aveva notato l'inquietudine di Linda. Insieme ai Baldini e al greco Niarcos era stato invitato Filippo Conti. Nella modesta abitazione, alla luce dei lumi a petrolio, mentre fuori le iene uscivano dalle loro tane e gli indigeni cantavano malinconiche nenie, Linda ritrovò il suo buonumore conversando con Filippo.

Si sposarono dopo qualche mese e Linda rivide la sua Parma una volta sola, dopo quindici anni. La nostalgia che l'aveva fatta soffrire nei primi mesi all'Asmara fu riposta, come una fragile viola del pensiero, in un angolo del suo cuore dal quale proveniva ogni tanto l'eco di un lamento, ma Linda cercava di non sentirlo. E poi, diceva a se stessa, non aveva più tempo per rievocare la sua terra.

Filippo e Linda Conti, i miei nonni paterni, ebbero sei figli, tre femmine e tre maschi. Gianni, bello, intelligente, il «piccolo» della famiglia, cresciuto dalle sorelle dopo la morte precoce dei genitori, andò giovane in Italia, fece il partigiano, con grande delusione delle sorelle che avevano un debole per il duce, si laureò a Milano e poco dopo si suicidò in una stanza d'albergo. Nessuno seppe mai la ragione che aveva spinto Gianni a uccidersi e un dolore cupo scavò una ruga sulla fronte delle sorelle. Io lo ricordo taciturno, seduto in poltrona con i suoi libri, con accanto il cane che aveva chiamato Buk, forse ispirato da un romanzo di London che avevo visto nella sua biblioteca. Diventò un mito. E nessuno di noi dimenticò la notte di Natale in cui arrivò un telegramma dall'Italia che annunciava la sua morte. Io avevo segretamente sperato, mentre tutti piangevano, che papà Natale visitasse anche le case in lutto, soprattutto le case in lutto. E, con il naso schiacciato contro i vetri della finestra, guardai a lungo la splendida cometa che da tre notti sostava nel cielo di Asmara e che sarebbe stata ricordata in tutti gli anni a venire. Quando mi parve di vedere un carro attraversare la lunga coda lucente della stella, gli adulti, radunati in salotto a commentare fra le lacrime la morte dello zio, si ricordarono di me e mi mandarono a letto. Mi sembrò molto triste che, in una sera in cui avevano altro a cui pensare, mi togliessero dalla cometa che mai più avrei rivisto.

Lo zio Ernesto, cresciuto fra molte malattie, gracile, ipersensibile, cominciò a bere giovanissimo e le zie accusarono gli alpini. Sentii sempre dire che lo zio Ernesto era stato rovinato dagli alpini e immaginavo che gli uomini piumati, giunti all'Asmara durante la seconda guerra mondiale, fossero arrivati apposta per rovinare lo zio.

Mario, mio padre, era taciturno e introverso come tutti gli uomini Conti; non andò in Italia a fare il partigiano né si unì alla compagnia degli alpini, ma si interessò all'azienda del padre rassicurando le sorelle che lo elessero presto a capofamiglia.

Io vedevo nelle mie zie grandi meriti. Claudia sapeva fare il vov e il pan di Spagna come nessun altro e mi colmava di leccornie. Ada aveva un marito ricchissimo; possedevano miniere d'oro e facevano molti viaggi all'estero quando erano in pochi a muoversi dall'Asmara, e mi portavano straordinarie bambole che muovevano le braccia e la testa. Andavo spesso a dormire nella loro splendida casa e i miei cugini mi iniziarono alla lettura dei giornalini di Pecos Bill, l'uomo invincibile che prendeva le nuvole al lazo per portarle nei paesi dove c'era la siccità. Bianca aveva proseguito gli studi da sola e dava lezioni di aritmetica; fu l'unica persona che mi dischiuse l'odiato e temuto mondo dei numeri riuscendo anche a divertirmi.

Linda Conti morì a quarantasette anni di ernia strozzata e poco dopo Filippo cominciò a soffrire di cuore. La perdita della moglie aveva lasciato in lui un grande vuoto e la salute di Ernesto gli causava molte preoccupazioni. Gli dissero che non poteva continuare a vivere sull'altopiano; duemilacinquecento metri d'altezza erano troppi per il suo cuore debole. Dopo venticinque anni scese verso il mare, questa volta su un treno che correva attraverso i monti e sui ponti sospesi sui baratri e arrivava in quella calda, umida Massaua, ancora inferno del Mar Rosso, ma più salutare per il cuore di Filippo, o forse non tanto, dato che mio nonno vi morì all'età di cinquantadue anni, e là fu sepolto finché i figli, molti anni dopo, lo disseppellirono per trasportarlo all'Asmara vicino alla moglie. Dopo tanto tempo il suo corpo fu trovato intatto, i baffi lucidi, la pelle rosea e sotto le mani incrociate brillava una moneta d'oro.

Filippo e Linda Conti ebbero la più bella tomba del cimitero di Asmara. Uno scultore venne apposta dall'Italia e nel bronzo scolpì le figure dei nonni. Quando andavo al cimitero guardavo con soggezione la tomba dei miei nonni mai conosciuti e mi soffermavo davanti ai loro ritratti. La nonna aveva una grossa treccia avvoltolata più volte intorno al capo, come la zia Bianca e la zia Claudia, e lo sguardo dolce e fiero. Guardando il viso del nonno mi rammaricavo di non avere ereditato l'azzurro dei suoi occhi, poi, con rimorso, tornavo a una veloce preghiera perché riposassero in pace. Ma non avevo dubbi che il cimitero di Asmara, dove i fiori esibivano tutto l'anno colori sgargianti e gli uccelli volavano fra i cipressi riempiendo l'aria di allegri concerti, fosse un luogo ideale per passarci la morte.

III

Sentivo spesso parlare dei vecchi coloniali, di episodi della loro vita, dei sacrifici fatti in quella lontana seconda patria per renderla confortevole, perché nulla mancasse alle future generazioni.

Quando li incontravo per le vie di Asmara, i vecchi coloniali superstiti, il greco Evangelos, Marco Levi, il romano Banfi, avevano l'aspetto rilassato, i visi abbronzati dal sole, sembravano respirare una tranquilla e soddisfatta vecchiaia, senza nessuna nostalgia per le lontane patrie dove due terribili guerre avevano costretto milioni di disgraziati a vivere molto peggio di loro. Era più divertente incontrare le «vecchie coloniali», cimeli ormai cancellati dal soffio del tempo. Si adornavano di cappellini con fiori e velette, portati dall'Europa mezzo secolo prima, e si aggiravano per chiese e sinagoghe, spiandosi l'un l'altra, e chiacchierando su avvenimenti recenti e remoti, costruendo con le parole montagne di ricordi ravvivati ogni volta da particolari diversi. Sul corso principale, soprattutto la domenica, davano la caccia a noi bambini tentando di avere tutte le informazioni possibili sugli ultimi avvenimenti familiari; conoscevano i nostri genitori, ma avevano vissuto l'avventura coloniale con i nostri nonni e rievocavano sempre con nostalgia quelli che non c'erano più. Noi le guardavamo, in quella loro fragile e dolce vecchiaia troppo remota per noi, disposti a ridere del loro abbigliamento, ma sempre pazienti nel rispondere alle domande, perché sapevamo che alla fine di un lungo interrogatorio sarebbe saltata fuori, da una di quelle borsette consunte e piene di cianfrusaglie e di fotografie ingiallite, una caramella, oppure, se si era fortunati, un cioccolatino.

Poi scappavamo via, dopo un frettoloso ma educato saluto, per dare sfogo, nascosti dietro una palma, alla nostra ilarità tanto faticosamente contenuta.

Cappellini, velette, pipe, bastoni... Era l'Asmara dei bianchi, e sul Corso Mussolini, divenuto poi Corso Italia, allora non passavano gli eritrei. Se ne stavano, quelli urbani, ad Abbasciaul, alla periferia di Asmara, a sopravvivere nella loro secolare miseria e si organizzavano come potevano, per ricavare qualche centesimo dagli uomini bianchi, venendo in città a vendere uova e pollame, e i bambini impararono presto, come i disgraziati bambini di tutto il mondo a cui l'estrema miseria dà qualche lezione di sopravvivenza, a tendere la mano per chiedere il *bacscisc*, la mancia.

C'erano le squadre di eritrei addestrate per il lavoro dell'edilizia e furono per gli europei un'immensa risorsa perché non costavano quasi niente e lavoravano dall'alba al tramonto.

Nelle famiglie dei vecchi coloniali, che ebbero vita più difficile e faticosa dei loro posteri, non si usavano ancora le cuoche, i camerieri, le bambinaie, non c'erano le camere per la servitù. Ma si cominciava a utilizzare ragazzine e donne per i lavori più faticosi.

Turù, la lavandaia di casa Conti, colpì la mia immaginazione di bambina ed ebbe poi un posto perenne nella memoria. Da decenni veniva nella casa dei nonni tre volte la settimana e lavava nel cortile, in vasche di cemento, montagne di biancheria. Veniva da Arbaroba, un minuscolo villaggio a dieci chilometri da Asmara, partiva all'alba e rientrava al tramonto.

Il primo ricordo che ho di lei risale a quando avevo sei o sette anni e fui lasciata a casa delle zie per tutta una giornata. La zia Claudia e la zia Bianca vivevano con le loro famiglie in un caseggiato molto grande e avevano in comune il cortile in cui Turù veniva a fare il bucato. Entrando la vidi piegata sulla vasca che lavava i panni. Alzò il viso e mi sorrise. Restai ferma un attimo a osservarla, soggiogata da quel personaggio da favola che entrava nel mio mondo fantastico popolato da magiche figure. Era piccola, magrissima, vestita di uno straccio colore del tempo, quel colore che hanno spesso gli indumenti della povera gente dell'Eritrea, un piccolo straccio che la copriva tutta lasciandole scoperte le braccia, due lunghi ossicini verniciati di nero. Il viso, scurissimo, era una carta geografica. Il tempo vi aveva disegnato, con arte e pazienza, trame di rughe che guizzavano come serpentelli, che formavano isolette e continenti, canali in cui scorrevano fiumiciattoli di sudore. Il cranio era completamente raso, e il suo sorriso mostrava un dente traballante, l'ultimo nel centro, ancora restio ad andarsene.

Turù continuava a sorridermi, mentre strizzava una camicia, poi biascicò qualcosa che non capii. Pensai che avesse duecento anni o forse trecento. La zia Bianca si affacciò alla finestra e mi chiamò. Le chiesi l'età di Turù.

«Avrà almeno cinquantacinque anni», mi rispose, «venne a lavorare dalla nonna trentacinque anni fa, era giovane ma aveva già avuto due o tre figli».

Rimasi perplessa. Cinquantacinque anni era un'età terribile, si era vecchi e prossimi alla morte, sebbene io conoscessi persone che, avendo oltrepassato quell'età, non erano ancora morte; non potevo credere che nessuno dei miei conoscenti o parenti sarebbe morto, ma il caso di Turù mi sembrava particolare. Lei era diversa da tutti gli altri e, essendo certamente una maga proveniente da chissà quali anfratti nelle viscere delle montagne, la sua età non poteva essere calcolata come quella dei comuni mortali.

Invece di entrare in casa mi sedetti per terra vicino a

lei e la vidi ancora ridere con quell'unico dente giallastro, che sembrava il guardiano della sua larga bocca. Poi mi fissò con i suoi piccoli occhi, neri e penetranti.

«Dove abiti?», le chiesi. Se lo fece ripetere tre volte perché era sorda e infine mi rispose: «Arbaroba», disse, «lontano, là», e fece un cenno con la mano verso l'orizzonte. I serpentelli neri sul viso si distesero, le crebbero lunghe ciglia, dalle labbra socchiuse apparvero denti bianchi e forti, e una massa di treccioline nere le adornò la testa. Solo lo straccio che la copriva era sempre colore del tempo, mentre le braccia ora erano magre ma robuste e la pelle lucida come seta.

Si asciugò le mani, si chinò a raccogliere un bambino che piangeva seduto su alcuni stracci, se lo legò con una *futa* sulla schiena.

Una donna bianca, Linda Conti, la osservò dalla soglia: «Vieni presto dopodomani», le disse in tigrino, «e non portare il bambino che è malato». Turù si avviò verso Arbaroba. Aveva un'andatura svelta, elastica, sotto i suoi piedi scalzi si era formata una suola naturale, callosa, che le permetteva di camminare sui sentieri con sassi e fango come fossero tappeti. Il bambino, che pareva fatto solo di occhi, si addormentava durante quei tragitti, cullato dall'andatura della madre.

Fuori da Asmara attraversò Bet Gherghis, dove già al tramonto si sentivano ridere le iene, e iniziò la discesa verso Arbaroba. Cantava per farsi compagnia, per esorcizzare col canto le tenebre che scendevano rapide, graffiando con lunghe dita gli ultimi bagliori fra i monti. Cantava e correva per il sentiero scosceso e dalla gola del diavolo, un precipizio di cui non si scorgeva la fine ma si indovinava l'inferno, salivano confusi rumori. La notte si popolò di stelle e di pipistrelli e le iene urlavano più forte.

Turù entrò nel *tucul*, una capanna costruita con paglia e fango, e vide, come sempre, le figure accovacciate in terra; mangiavano quella poca *borgutta* che non avrebbe consentito di addormentarsi sazi.

Il marito di Turù, Ghebré, dopo avere trovato la grande occasione della sua vita, ed avere abbandonato il piccolo pezzo di terra, dal quale ricavava ben poco, per seguire gli uomini bianchi che offrivano lavoro, era caduto da un'impalcatura del cantiere di Filippo Conti e si era rotto l'osso del collo.

I Conti diedero un po' di danaro alla famiglia di Ghebré e offrirono a Turù un posto di lavandaia. La famiglia di Ghebré non era mai stata così fortunata. Per la prima volta avevano visto delle monete tutte insieme e la miseria, seduta da sempre in mezzo a loro, aveva avuto un attimo di paura, ma si era subito ripresa sapendo che è un'impresa troppo ardua scacciare la povertà con poche monete.

Turù aveva vent'anni e i suoi primi due figli erano provvidenzialmente morti, le denutrite sorelle pascolavano tutto il giorno Zibel, la capra, e masticavano corteccia d'albero con l'illusione di allontanare la fame. Abbai, il fratello più piccolo, piangeva sempre per disturbi intestinali e per mancanza di cibo, e la sua pancia era gonfia, il corpo rachitico, ma gli occhi, come gli occhi di tutti i bambini dell'Eritrea, erano grandi e vellutati.

Zeudì, la madre di Turù, era morta di stanchezza, piegata in due come un albero spezzato dalla bufera. Da quando era bambina si era sempre alzata di notte a tagliare la legna, incurante delle iene che spesso aggredivano e sbranavano i pastori. Si caricava la legna sulle spalle e, curva per il peso e la fatica, iniziava la salita verso l'altopiano. Anche lei cantava, salendo, con il poco fiato che aveva, e la sera tornava a casa correndo, come Turù, e aveva un fagotto pieno di nodi e dal magico fagotto, quando i nodi venivano sciolti da mani avide, appariva la farina di *taff* per fare l'*anghera*, il *berberé*, lo *scirò*, la farina per la *borgutta* e una sera Zeudì entrò in casa ridendo e gettò in terra due galline legate per le zampe. Molto tempo più tardi apparve Zibel la capra, dispotica e prepotente, ma tutti tolleravano i suoi capricci perché dava il latte.

Tesfai, il padre di Turù, si era alzato un mattino con un disturbo agli occhi e toccandosi le palpebre si era accorto con terrore che si staccavano lembi di carne. La suocera gli fece impacchi di erbe speciali ma la malattia non si arrestava e Tesfai aveva dolori muscolari e non dormiva più. Dalla fronte, dal naso, dal mento, la carne veniva via lasciando il volto deturpato, gli occhi diventavano sempre più rossi e i bambini avevano paura. Poi gli si staccò una mano e lui piangendo andò a nasconderla sotto terra e rientrando in casa vide tutti quegli occhi che lo fissavano smarriti, e nessuno osava avvicinarsi a lui.

La lebbra era entrata nel *tucul* per fare compagnia alla miseria, perché le disgrazie amano tenersi per mano e corteggiare insieme le loro vittime.

Una notte, mentre tutti dormivano, Tesfai si era alzato dal suo giaciglio, aveva preso una moneta custodita sotto un fascio di legna, e silenziosamente, come un ladro che teme di essere scoperto, era uscito dal *tucul* e si era lasciato ingoiare dal buio.

I suoi familiari, anche se addolorati, avevano respirato di sollievo. Erano terrorizzati dalla terribile malattia, e ogni giorno ognuno di loro temeva di esserne colpito. Bruciarono gli stracci e il giaciglio di Tesfai e fecero venire una vecchia donna che con il fuoco e il pianto esorcizzò il male e lo spinse fuori dalla capanna.

Turù aveva sofferto molto per la malattia e la disperazione del padre, ma non volle immaginarlo povero, malato e ripudiato in giro per le vallate, propagatore di paura e ribrezzo. Preferì credere che fosse morto. Guardando verso il monte Bizen vide un masso che aveva le sembianze di un uomo; nonostante i monti, le valli, le pietre, i sentieri le fossero familiari, non aveva mai notato quel masso. Si convinse che fosse il padre, tramutato in pietra per vegliare dall'alto su di loro, e lo disse ai fratelli. Allora si diressero verso il Bizen, il monte che toccava il cielo, sul quale di notte, quando erano stanche, si riposavano le stelle; il monte sulla cui cima sorgeva un antico e misterioso monastero al quale nessuna donna, nessun animale di sesso femminile, poteva accedere. Arrivati ai piedi del Bizen Turù e le sorelle si fermarono. Loro, donne, non potevano salire. Abbai, nonostante la sua gracilità, si arrampicò agile come una scimmia e giunto ai piedi del masso lo toccò con rispetto. Da allora il padre di pietra, non più malato, triste, impaurito, vegliò su di loro.

Quando morì la madre, che aveva poco più di quarant'anni ma sembrava vecchia come la nonna, Turù, dopo avere pianto ed essersi battuta il petto per tutto un giorno e una notte, scrutò ancora il monte Bizen. Non c'era nessun masso con sembianze di donna. Vagò sui bordi dei precipizi in cerca di qualche fiore sconosciuto; ma li conosceva tutti quei piccoli capolavori selvatici di cui Zebel non aveva rispetto.

Poi vide una campanula viola, isolata, fiera del suo colore insolito. Nel suo calice c'era un diamante che brillava alla luce dell'alba: era una goccia di rugiada, tremula e iridata; chiedeva al sole nascente di non farla morire perché il fiore l'amava e lei, durante il giorno, lo avrebbe ristorato dal caldo. Turù accarezzò i petali e decise che quel fiore era sua madre.

Sopravviveva in quella famiglia, dove, come in tutte le famiglie povere dei mondi dimenticati la morte era una presenza frequente e familiare, la vecchia nonna. Nessuno l'aveva mai vista piangere, ed era per questo, diceva Turù, che i suoi occhi erano stati colpiti dalla cecità.

Era sempre stata forte, severa, silenziosa. Aveva anch'essa raccolto la legna all'alba, seminato, arato, aveva seppellito marito, figli e nipoti, era andata giù nei precipizi, l'unica ad avere sfidato la gola del diavolo per cercare le erbe che servivano a curare le malattie e allontanare il malocchio. Non aveva mai avuto gesti di tenerezza verso nessuno e aveva sempre guardato con tristezza ogni bambino che nasceva nel *tucul* ai piedi delle montagne. Tutti la rispettavano e la temevano e nessuno aveva mai capito i suoi lunghi silenzi. Belainesc, nel buio della sua ignoranza, avvertiva il cupo, penoso dolore di chi è condannato alla lotta per la sopravvivenza, alla povertà eterna, all'impotenza davanti alla vita che dava al mondo bambini infelici e alla morte che più generosa se li portava via.

Aveva visto arrivare gli uomini bianchi, li aveva visti cavalcare i loro muli, avevano splendidi vestiti e visi sereni, e aveva saputo che era gente che mangiava tutti i giorni, che abitava in case accoglienti, che i loro bambini stavano bene, e non capiva perché gli incontentabili uomini bianchi venivano in quella terra non loro. Dopo la morte del marito di Turù, nonostante fossero arrivati in casa dei soldi, si convinse che quegli uomini avrebbero portato sfortuna, e aveva cercato di impedire a Turù di andare a lavorare in città. Ma Turù era forte come lei e non si era lasciata piegare.

Poi le cataratte avevano tolto la vista a Belainesc. Da allora viveva accovacciata in terra e pregava un suo Dio che avrebbe pur dovuto ricordarsi di loro. E, pensando alla cecità, le prime lacrime della sua vita le inumidirono gli occhi. Perché prima, quando poteva vedere il Bizen e le sue nubi, quando portava Gibel per i sentieri assolati e scendeva giù alla gola del diavolo a spiare l'inferno, prima non sapeva che sarebbe diventata cieca e che ci sarebbe stata per lei una sventura peggiore della povertà, della fatica, dell'atavica precarietà delle loro esistenze. E aveva perso l'occasione per raccogliere, così come raccoglieva le erbe medicamentose, un po' di felicità, quella a cui hanno diritto anche i poveri, il poter guardare il cielo e la terra;

ma i poveri come Belainesc, come Ghebré, come i tanti simili a loro, sono troppo occupati a sopravvivere, e i loro occhi, anche senza le cataratte che avevano condannato al buio Belainesc, non hanno tempo per le bellezze del mondo.

IV

Il ricordo di Turù si è acceso come una vivace fiammella e ha illuminato quei pochi mesi della mia vita in cui, seduta a terra vicino alla vasca di cemento, l'ascoltavo raccontare, in maniera confusa, in un misto di italiano e tigrino, episodi della vita dei vecchi coloniali. Sapeva tante cose, ma non parlava mai di sé. Spesso mi spazientivo, perché da una maga avrei voluto sentir raccontare le favole delle sue montagne, e allora, per sfogare la mia insoddisfazione, afferravo una lucertola che se ne stava tranquilla al sole e le staccavo la coda. Guardavo affascinata il serpentello che se ne andava guizzando per conto proprio, chiedendomi quali poteri avessero le code delle lucertole e speravo che anche Turù la vedesse, ma ormai sui suoi occhi cominciavano a scendere le cataratte.

Poi Turù non venne più a fare il bucato.

«Sarà morta», disse la zia Claudia, ma io non volli crederlo. Era tornata alle sue montagne, e in misteriosi nascondigli, seduta davanti al fuoco, aveva ripreso la sua vita di maga, così io la immaginavo, e sognavo di raggiungerla un giorno ad Arbaroba per carpirle finalmente il segreto della sua vita.

Allora e negli anni più avanti incontravo spesso Mahasciò, l'ascaro.

Gli ascari avevano svolto per gli italiani un ruolo importante, combattendo accanto a loro, credendo nella loro causa.

Mahasciò aveva fatto parte di un battaglione che aveva combattuto contro gli inglesi, vicino a Cheren, nel 1941.

Avevo sempre sentito parlare di lui come di un uomo, o meglio di un eritreo esemplare; aveva dimostrato coraggio e fedeltà agli italiani. Per gli ascari l'uniforme rappresentava un simbolo sacro e i loro ufficiali erano stati padri a cui confidare ogni più recondito fatto della loro vita. I sopravvissuti, ormai vecchi ricordi di tempi passati, erano per gli italiani il modello al quale si sarebbero dovuti attenere tutti gli eritrei.

Ma avanzavano nuove ere, altre generazioni, e si sospirava sull'estinzione dei fedeli Mahasciò. Sentivo, sempre più ricorrente, la frase «Questa gente non ha riconoscenza», seguita dal riepilogo di tutto quello che era stato fatto dagli italiani in Eritrea.

Mahasciò aveva riportato in battaglia una ferita che lo costringeva a zoppicare, ma la menomazione non aveva scalfito la sua energia. Mio padre gli aveva dato lavoro come custode di alcuni stabili, e ogni sera Mahasciò veniva a fare le sue relazioni. Aveva un bellissimo viso altero, capelli e baffi bianchi e indossava sempre una larga mantella nera che, dicevano, gli aveva regalato il suo generale. Si appoggiava con molta dignità a un bel bastone dal pomo d'argento, anche questo ereditato da chissà quale ufficiale ormai scomparso.

Quando lo incontravo si chinava fino a terra in segno di saluto e la mantella gli disegnava attorno un'ala scura. Ed era, Mahasciò, così dignitoso e fiero in ogni suo gesto che in quel saluto non c'era servilismo; era un rito antico dovuto alla gente che gli aveva permesso di vivere la grande occasione della vita. Poi anche Mahasciò sparì. Una mattina non si presentò al lavoro e nessuno da allora lo vide più. Non si sapeva dove cercarlo. La sua cameretta, in uno degli stabili in cui lavorava, era vuota, e qualcuno disse che la domenica, come sempre, era andato al paese, ma nessuno sapeva esattamente dove fosse quel piccolo villaggio.

Lo vidi, con il pensiero, morire nel sonno, avvolto nella sua mantella, con la medaglia appuntata sul petto. E anche lui, esile fantasma dalla folta chioma bianca, appoggiato al bastone che per tanti anni gli aveva fatto compagnia ricordandogli i giorni di gloria, seguì Turù, Ghebré, Belainesc nel silenzioso corteo in fondo alla gola del diavolo, là dove non arriva il nostro sguardo indiscreto, e dove loro che ora sanno che non esiste l'inferno fanno rivivere, attraverso le note di antiche cantilene, sprazzi di vita, che come scintille variopinte illuminano il buio di coloro che per un attimo furono i vivi.

V

Nel 1936 Mussolini conquistò l'impero. Non fu una guerra di conquista ma di aggressione. Sull'Etiopia piovvero dagli aeroplani i gas distruttivi seminando terrore e morte, fu avvelenata l'acqua di centinaia di pozzi e del lago Ascianghi, feroci battaglie scossero la tranquilla terra d'Etiopia dove nei giorni maledetti gli indigeni videro arrivare i diavoli alati.

Hailé Selassié, il monarca che la propaganda fascista aveva descritto come un autocrate selvaggio, aveva fatto ogni sforzo, appellandosi alle potenze mondiali, per salvare la pace. Costretto all'esilio, diede al mondo una lezione di stile con il suo discorso alla Società delle Nazioni; il minuto imperatore africano seppe trovare, come già aveva fatto al Parlamento di Addis Abeba, nobili parole che affidavano il suo amato e offeso paese al Dio che un giorno avrebbe teso la mano per difendere la giustizia.

Altri discorsi pronunciava Mussolini dal balcone di piazza Venezia alla folla richiamata da campane, sirene e tamburi. Annunciava all'Italia, con la fierezza del nuovo Cesare a cui tutto doveva essere permesso, la conquista dell'impero. Le potenze europee in un primo tempo condannarono la sua impresa per poi lasciare che il duce andasse per la sua strada; c'erano altri problemi da affrontare.

L'imperatrice Menen, che aveva rivolto un appello disperato alle donne di tutto il mondo, ricevette messaggi di incoraggiamento e di affetto per la famiglia imperiale e il suo popolo e di severa condanna per l'aggressione fascista.

Sebbene i messaggi che provenivano dai più lontani paesi non potessero far nulla per arrestare la guerra, furono comunque di conforto a quei reali di cui fino ad allora pochi conoscevano l'esistenza. In quegli anni arrivarono in Abissinia uomini di ogni condizione: disoccupati di cui l'Italia si liberava volentieri, avventurieri in cerca di fortuna, manovali, professionisti, disgraziati che in patria tiravano a campare, tutti sospinti dalle parole del duce che aveva promesso benessere nelle lontane terre d'Africa. Nella baraonda e nell'entusiasmo per la nuova patria, dove il sole scaldava anche l'anima e le indigene erano docili e belle, furono costruite strade, dighe, ponti, villaggi. Asmara, che fino ad allora era stata un insieme di case e sentieri, sbocciò come una grande campanula dai colori screziati, divenne una bella cittadina in cui si fondevano il Nord e il Sud italiano. Viale Mussolini, sul quale si affacciava la vecchia cattedrale di mattoni a vista, una fra le più vecchie costruzioni dell'Eritrea, si pavoneggiava nel suo doppio filare di ombrose palme e nell'importanza del nome che ne faceva il corso principale. Le piccole piazze con fontanelle profumavano di oleandri, villette mostravano giardini sempre fioriti, sorgevano in breve tempo eleganti palazzine, scuole, ospedali.

A testimonianza degli uomini di razze diverse che abitavano Asmara c'erano la bianca moschea in cui il muezzin gridava la sua preghiera all'alba e al tramonto, la chiesa copta, quella ortodossa, la sinagoga.

Nelle strade periferiche e affollate delle botteghe orientali si fondevano l'odore dei bastoncini indiani, d'incenso e di intensi profumi dolciastri con quelli dei cibi esotici che le donne cucinavano nei retrobottega adibiti ad abitazioni. Sventolavano, appesi fuori dalle botteghe, tessuti variopinti e *zurie*, e nelle modeste vetrine sottili bracciali di vetro multicolore convivevano con uccellini di carta caricati a molla e scatolette di *khol*. In quelle zone il vento portava altri odori: quelli del mercato indigeno, dove uomini, donne e bambini, accovacciati davanti a stuoie ricoperte di merci, esaltavano i loro prodotti. Il pungente odore del *berberé* si spandeva in ogni angolo del grande mercato, variopinto e caotico; c'erano perline di tutti i colori con cui fare bracciali e collane, scatolette, *zembil*, verdure, lo *sciró*, la farina per fare l'*anghera*, galline con le zampe legate che saltellavano in giro cercando inutilmente di riacquistare la libertà. I mercanti vestiti come Turù, di stracci colore del tempo, portati sulla piazza dalle ali della loro miseria, sorridevano ai tempi nuovi, alla città affollata, e, se di uomini bianchi là se ne vedevano pochi, arrivava l'eco delle loro fortune, portato dalle donne che servivano nelle famiglie e che andavano la mattina presto al mercato, fermandosi a chiacchierare e a contrattare gli acquisti.

Scomparsi Filippo e Linda Conti i loro figli continuarono a vivere nelle case costruite dal padre, sul Viale della Regina. Claudia e Bianca si erano sposate e si occupavano delle rispettive famiglie e di Ernesto sempre gracile e bisognoso di cure. Gianni studiava a Milano e Mario, oltre a interessarsi dell'azienda di famiglia, aiutato da Ada, trascorreva lunghi periodi nel bassopiano occidentale, nel villaggio di Tessenei, dove faceva qualche lavoretto per il governo italiano senza trascurare la caccia e le oziose serate con gli amici: Costas il greco, Fulchand l'indiano, Dabrozky il polacco, (il suo avversario nel gioco degli scacchi) e qualche italiano che aveva piccoli traffici nel remoto villaggio divorato dal sole.

L'aria torrida di Tessenei, rendeva quel gruppo di amici pigri e insonni; la sera giocavano a scacchi e a carte, bevevano *mastica* e sgranellavano noccioline mentre dalle *musciarrabieh* entravano zanzare che sfidavano le correnti dei ventilatori.

Mario aveva un desiderio segreto, uccidere un leone,

nessuno dei suoi amici era riuscito in quell'impresa. Ogni sera, al tramonto, andava vicino al fiume Gash dove gli animali si abbeveravano. Si nascondeva dietro un masso e attendeva. Il cielo infuocato avvolgeva nei suoi riflessi il fiume, le colline, i palmizi abitati da scimmie chiassose. E mentre il sole si lasciava rapidamente andare in una festa di colori, si avvicinavano all'acqua le gazzelle dai grandi occhi malinconici per poi fuggire al primo fruscio che poteva preannunciare un'insidia, arrivavano i nuclei di facoceri con i piccoli goffi e indisciplinati, le giraffe, gli struzzi, gli gnu, talvolta una famiglia di elefanti. Ma il re della foresta disertava il fiume e Mario nell'attesa udiva il battito del proprio cuore.

E nel breve intervallo fra la morte del giorno e il sorgere della notte, nel gioco di luci e di ombre, il mondo aveva un attimo di indecisione e sospeso all'eternità tratteneva il respiro. Mentre il tempo sostava in punta di piedi, le scimmie tacevano, il fiume si arrestava. Poi le tenebre accendevano stelle tremanti, e spiriti inquieti uscivano dagli immensi tronchi dei baobab e intrecciavano fantasie, gli uccelli notturni, sconfiggendo il silenzio, lanciavano all'oscurità il loro richiamo, le iene ridevano dietro i cespugli. Mario tornava al villaggio, deluso ancora una volta, e si consolava con gli amici bevendo e giocando. Una sera Sua Maestà arrivò. Fiero e solitario si abbeverò al fiume. Mario, che ormai disperava di vederlo, ebbe un attimo di esitazione, fece un gesto maldestro e il leone fiutò il pericolo. Quando Mario Conti, abile tiratore, sparò, Sua Maestà fece un balzo e si allontanò nell'oscurità. Mario, convinto di averlo ferito, costrinse gli amici a fare una battuta notturna alla ricerca del leone morente ma il leone era scomparso.

Trovarono invece sotto un palmizio, una leonessa con i suoi piccoli. Rapirono un leoncino che divenne la mascotte della brigata di Tessenei.

Durante una di quelle serate in cui le zanzare scendevano in picchiata a caccia del sangue degli uomini stranieri – una novità che le rendeva più battagliere – Mario propose al gruppo di mandare a Milano un annuncio matrimoniale da pubblicare sul «Corriere della Sera». «Non perché abbia bisogno di questi espedienti per sposarmi», precisò, «ma potremmo divertirci. Saranno in molte a scriverci e quando passeremo dall'Italia qualche indirizzo potrà esserci utile».

Parve un'idea geniale e l'annuncio fu pubblicato. Non ho mai saputo quali requisiti chiedesse all'eventuale compagna il «bel trentenne alto, bruno, buona posizione», ma immagino che lei dovesse essere «bella, buon carattere, spirito di avventura, e, perché no, illibata». Arrivarono molte lettere e Omar il postino era sconcertato da tutte le buste che doveva recapitare al *guitana* Mario.

Le serate di Tessenei si vivacizzarono e nel soggiorno odoroso di fumo e di *mastica* i ragazzi leggevano, ridevano, esaminavano fotografie, scambiavano piccanti commenti. Ragazze sole, ragazze madri («Mi perdoni, non avrei mai osato ma ci deve essere un Dio ed ero così giovane e inesperta»), ragazze che volevano fuggire da casa, studentesse ironiche e spregiudicate, e la schiera delle malate di esotismo.

I ragazzi, dopo accurate selezioni, risposero ad alcune pretendenti. Mario si fece fotografare davanti a un *tucul*, in tenuta da caccia, circondato da suonatrici di tamburo. Lui, bello, altero, guardava lontano, con elegante noncuranza, come se quello scenario appositamente studiato per la fotografia esotica non lo riguardasse. La foto fu inviata alla ragazza che gli sembrava più interessante; lei immediatamente gli rispose.

Scrisse anche una cinquantenne, laureata, ricca, intelligente, giovanile, animo mite, generosa, spirito di adattamento, buona famiglia, illibata. Il greco Costas che aveva quarant'anni e campava di espedienti si divertì molto a leggere la lettera della signorina Clotilde Mazzacurati, e più volte la rilesse alla compagnia suscitando ondate di buonumore. Poi, segretamente, rispose alla signorina Clotilde. Si sposarono tre mesi dopo a Torino, si stabilirono all'Asmara e la signora Mazzacurati in Costas, sempre vestita con severa eleganza e adornata da innumerevoli fili di perle smaglianti, utilizzò le sue ricchezze per incrementare gli affari del marito, che da buon levantino, con un fiuto particolare per il commercio, divenne in pochi anni uno degli uomini più ricchi d'Eritrea.

Passato il divertimento delle lettere e dell'inutile attesa del leone, Mario si recò in Italia per accompagnare il fratello Gianni che rientrava in collegio dopo una breve vacanza, e per concludere con una ditta di Torino un contratto di acquisto di materiale occorrente all'azienda. Dopo avere lasciato il fratello in collegio, avere sbrigato gli affari ed essersi comprata una nuova automobile andò a Milano, città che gli piaceva per il suo dinamismo così lontano dalla calma africana, dove non avrebbe potuto vivere perché tutti quei rumori e quella fretta gli avrebbero tolto il respiro, ma dove era piacevole, per poco tempo, sedersi la sera nei bar della Galleria e osservare il passaggio delle giovani milanesi, dinamiche ed eleganti.

Una sera, mentre seduto al tavolino del bar esaminava il suo taccuino di indirizzi, decise di fare la telefonata che da qualche tempo aveva in mente, senza mai decidersi, per un inconscio timore di un qualcosa che avrebbe potuto compromettere la tranquillità della sua vita.

Andò ai telefoni e fece il numero di casa Ponti. La signorina Ines, lieta e un po' confusa, lo invitò per un tè precisando «alle cinque di domani».

Il giorno dopo Mario comprò un mazzo di fiori, e con la sua Lancia nuova andò a Porta Magenta dove, in una decorosa palazzina, abitava la famiglia Ponti. Mario giudicò subito la ragazza simpatica ma niente di più. Mentre sorseggiava il tè, parlando del viaggio e dell'Africa, pensava a come andarsene senza sembrare maleducato.

Ines era eccitata dalla visita e faceva del suo meglio per rendersi gradevole mentre la madre, discreta, si affaccendava in cucina e sfornava dolci. Dopo un tempo che gli sembrò ragionevole Mario stava per congedarsi, pronto a dirle che l'avrebbe richiamata pur sapendo che non era vero, quando qualcuno suonò con impazienza il campanello due o tre volte. Ines corse alla porta; entrò una ragazza esile e bionda, che pareva molto preoccupata. Mario notò la luminosità della sua carnagione e l'espressione malinconica degli occhi scuri, e si sentì lieto per non essersi ancora congedato da casa Ponti. La ragazza, vedendo Mario, ebbe un attimo di perplessità ma Ines la convinse a sedersi e a prendere una tazza di tè. «La mia amica Sara Mayer», la presentò Ines. «Mario Conti l'africano... te ne avevo parlato», e Ines riassunse brevemente all'amica il viaggio di Mario in Italia. Sara sembrava inquieta, sorrideva e annuiva ma il suo sguardo era distante.

«Non preoccuparti», le disse Ines sottovoce. «Tutto si sistemerà e poi ci siamo noi a proteggerti, qualsiasi cosa succeda».

La mamma di Ines, che stava posando sul tavolino un vassoio di biscotti, aggrottò la fronte. «Speriamo di non avere noie», mormorò.

«Non si preoccupi signora», le rispose Sara. «Se queste voci si avvereranno non verrò più qua, l'ho già detto a Ines».

«Non dire sciocchezze», replicò l'amica, «finirà tutto in una bolla di sapone». Si rivolse poi a Mario che discretamente osservava gli animaletti di cristallo esposti in fila sul tavolino: «Per noi non sono momenti facili, signor Conti. Non si capisce bene che intenzioni abbia Mussolini ma non si preannuncia niente di buono. Il suo amico Hitler, un pallone gonfiato, è antisemita e pare che in Germania ci siano persecuzioni razziali... Dicono che anche Mussolini abbia intenzione di adottare particolari provvedimenti. Sara è ebrea; ci conosciamo da quando eravamo bambine...».

«Mi dica signor Conti», la interruppe Sara, «lei che vive così lontano che idea ha dell'Italia? E i poveri abissini sono davvero così selvaggi?».

«Sono venuto in Italia raramente e per poco tempo», rispose Mario. «Non potrei viverci; non resisto qua più di un mese. Siamo abituati a una vita e a un clima molto diversi. In quanto agli abissini non sono i barbari descritti dalla propaganda fascista».

«Abbassi la voce», lo interruppe gentilmente Ines. «Mia mamma e mio padre hanno le loro idee. Io detesto Mussolini e tutto quello che fa ma per loro è un uomo meraviglioso; e non solo per loro... Non vogliono sentire critiche. Ma in Africa non siete tutti fascisti?».

«Quasi tutti», precisò Mario. «Io credo di appartenere a un esiguo numero di antifascisti. I miei genitori sono stati fra i primi colonizzatori, mio padre non ha mai combattuto in nessuna campagna d'Africa ed ha avuto con gli eritrei degli ottimi rapporti. Devo confessare che anche le mie sorelle hanno una grande ammirazione per Mussolini, ma noi in Africa sappiamo ben poco se non che i nostri ragazzi possono venire in Italia gratuitamente a fare le vacanze, che l'Italia è un paese "avviato sulla strada delle grandi potenze" e che migliaia di uomini giungono continuamente a Massaua, e molti di loro sono dei disgraziati che fuggono volentieri dalla patria...». Cambiò poi discorso per descrivere alcuni episodi della vita africana, soffermandosi sulle bellezze del bassopiano orientale e sui grandi spazi.

Quando Sara si alzò, dicendo che doveva andare perché suo padre non le permetteva di stare fuori casa a lungo, anche Mario si congedò: «È quasi buio», disse rivolgendosi a Sara, e con un atto di grande coraggio, anche perché temeva di offendere Ines, soggiunse: «Se vuole l'accompagno».

Sara guardò l'amica perplessa, come sentendosi in colpa, Ines disse che era una buona idea e sperò che Mario le proponesse un successivo appuntamento, ma lui si limitò a farle una vaga promessa di una telefonata prima del rientro in Africa.

Sara abitava poco distante dall'abitazione dei Ponti e Mario fu deluso dal breve tragitto.

«Non mi lasci sotto casa», gli disse Sara appena salita in macchina, «mio padre non vuole che nessuno mi accompagni. Ha paura di tutto».

Mario sentì che doveva vincere la sua improvvisa timidezza prima che Sara scomparisse nel buio.

«L'aspetto qua domani alle tre», disse frettolosamente, «tra pochi giorni riparto per l'Africa e vorrei rivederla».

Sara lo scrutò un attimo, sembrava perplessa, e quei secondi parvero a Mario lunghissimi.

«D'accordo», disse poi a bassa voce. «Domani alle tre».

Mario non partì nel giorno stabilito. Telegrafò alle sorelle di mandargli i documenti necessari al matrimonio e dopo quasi due mesi s'imbarcò con Sara e i genitori sulla «Cristoforo Colombo», diretta a Massaua.

VI

Originari dell'Europa centro-orientale Erich Mayer e Lia Naham avevano solo un confuso ricordo delle terre dei padri dalle quali erano emigrati con le loro famiglie quando erano bambini di pochi anni. Erich Mayer era stato un bravo fantino ed era poi diventato allenatore di cavalli da corsa, i cavalli erano sempre stati la sua grande passione. Uomo bizzarro e scontroso, dai molteplici interessi, amava la musica lirica, il cinema, il teatro, le buone letture; era gelosissimo della sua casa in cui erano ammesse pochissime persone.

Sua moglie Lia era una donna mite e luminosa, ricamava splendidi arazzi e aveva una pazienza infinita con il marito, soggetto a continui sbalzi d'umore. Lia pensava all'infanzia e alla giovinezza di Erich e si diceva che suo marito non avrebbe potuto essere diverso, e che aveva bisogno di dolcezza e comprensione.

Ultimo di sette figli, non ancora decenne, Erich vide morire tutti i fratelli di meningite. Suo padre si suicidò, sparandosi un colpo di pistola alla testa, dopo avere seppellito il sesto figlio. La vedova, Miriam, pensò al piccolo che le rimaneva e si rivolse a Dio con la forza della fede che l'aveva sostenuta in quei momenti terribili. Ma il suo piccolo fuggì di casa a undici anni per seguire in Spagna una comitiva di mercanti di cavalli che avevano bisogno di ragazzini di fatica.

Erich vagò a lungo per l'Europa al seguito di uomini senza scrupoli e quando qualcosa non andava i malumori si riversavano su di lui, «il piccolo ebreo» come veniva chiamato con aria di scherno. Una barriera di isolamento si innalzò fra lui e il mondo ed Erich decise di non parlare più con nessuno. Gli rimanevano come amici i cavalli e, quando la sera andava a dormire in una stalla, li accarezzava sulle lucide criniere e raccontava loro, guardandoli nei grandi occhi umidi – in cui gli sembrava di veder rispecchiate antiche leggende –, la sua solitudine e le sue pene. Oppure inventava favole, che nelle notti gelide lo portavano in spazi lontani e luminosi.

Scriveva a sua madre, conscio del male che le aveva fatto abbandonandola in compagnia di un dolore senza fine, e le raccontava che era felice, che vedeva il mondo, e che un giorno sarebbe tornato.

Erich era un ragazzo particolarmente sensibile, dotato di facoltà telepatiche che gli permettevano, spesso, di vedere al di là degli eventi quotidiani. Fin da piccolo si svegliava di notte agitato e raccontava alla madre strani sogni, che venivano dai baratri dell'inconscio, dove in ognuno di noi si dibatte l'esistenza con la sua storia, vagano le ombre del mistero della vita e della morte, dove bussano i tormenti dell'incertezza, poi soffocati dalla quotidianità che ci divora. E in quel bambino di pochi anni i sogni prodighi di orrori, di colori, di astri parlanti lasciavano intravedere brandelli di eventi futuri. Poco prima che i suoi fratelli si ammalassero Erich sognò un giardino coperto di neve; sulla distesa bianca vide cadere dal cielo, a uno a uno, sei piccoli uccelli bianchi con il petto macchiato di sangue. Formarono, sulla neve, un disegno a forma di stella. Poi la tormenta sollevò la neve e in mezzo alla bufera avanzò un uomo con un mantello nero e un pugnale. Si fermò in mezzo al campo, mentre il vento gli sollevava il mantello, alzò il braccio al cielo e si conficcò il pugnale nel cuore.

Erich girava per l'Europa da ormai quattro anni, e un giorno, in Olanda, portò Saturno, il cavallo preferito, in giro per la campagna. Era uno splendido autunno e in quelle giornate, così amate nella loro malinconica luce d'addio, i rari preziosi momenti di quiete andò a cercarli sulla sponda di un fiume, che scorreva vicino a un bosco. Lasciando Saturno libero si distese sulla sponda dell'amico fiume e lasciò che i pensieri, le sensazioni, l'angoscia si posassero sull'acqua, come quelle foglie d'oro e di rame così belle e luminose che credevano di essere ancora vive mentre l'acqua le trasportava verso lontani cimiteri. E mentre Erich osservava le foglie che il vento donava al fiume vide riflessa nell'acqua la piccola figura di sua madre; fu un attimo, un'onda la cancellò.

Erich si mise a piangere. Sentì la nostalgia di casa, di quella mamma che lo adorava e che ogni sera, tanto tempo prima, gli accarezzava i capelli mentre lui si assopiva, e che dopo la morte del marito e dei figli, con gli occhi gonfi, il viso disfatto dall'insonnia, gli leggeva brani della Bibbia e gli spiegava che non bisognava mai avere paura e disperarsi, perché Dio ha infiniti disegni per i nostri destini, incomprensibili agli uomini ma tutti con un loro scopo.

Erich salutò il fiume, il bosco, le foglie morenti, riportò Saturno alle stalle e gli promise che un giorno si sarebbero rivisti.

Camminò per tre giorni, raggiunse una città e salì su un treno che lo avrebbe portato in Italia.

Sua madre aveva cambiato casa. Viveva in due minuscole stanze e cuciva sebbene fosse evidente che la vista si fosse molto indebolita. Erich fu deluso dal loro incontro. Lei non pianse, né lo baciò come lui aveva immaginato; quegli anni avevano consumato anche il suo cuore.

«Non avresti dovuto andartene Erich», disse Miriam con voce sommessa e malinconica, «eri tutto ciò che mi era rimasto».

Gli anni della loro convivenza, prima che scoppiasse la prima guerra mondiale, furono per entrambi penosi. Miriam era soggetta a crisi depressive, soffriva d'insonnia, aveva scatti d'ira che scuotevano il suo corpo sempre più esile. Aveva perso il suo Dio e non leggeva più la Bibbia nemmeno il sabato. Quando si avvicinavano le feste ebraiche trascorreva lunghe ore in poltrona, con gli occhi chiusi.

Erich trovò un lavoro nella bottega di un orologiaio, un vedovo che era stato amico di suo padre, la sera studiava per dimostrare a Miriam la sua buona volontà e la domenica andava all'ippodromo a vedere i cavalli. Sua madre non riusciva più a dargli quell'affetto di cui lui aveva bisogno, ed Erich si rinchiuse nella sua solitudine.

Fra loro le parole erano solo frettolosi e bisbigliati saluti, troppe ombre abitavano la piccola casa dove entrambi parevan l'uno all'altra fantasmi che evocavano un passato in cui erano stati nel mondo dei vivi.

Erich conobbe Lia, la figlia dell'orologiaio, una diciottenne estroversa e generosa. Avevano giocato insieme, bambini ma lui l'aveva dimenticata, poi l'eco delle sue allegre risate gli riportò barlumi d'infanzia. Lei era sorridente quanto lui era cupo ed era in quei sorrisi che Erich amava rifugiarsi quando la portava a fare lunghe passeggiate o a vedere i cavalli.

Scoppiò la guerra, in quel lontano 1914, ed Erich fu richiamato. Poco prima di partire seppe che Lia era incinta. Parlò con Samuele l'orologiaio promettendo che l'avrebbe sposata al ritorno dalla guerra, e in un attimo di debolezza, in cui i sentimenti a lungo repressi ebbero il sopravvento su ogni altra cosa, abbracciò sua madre e le raccomandò Lia. Miriam fece una scenata: «Che venga a vivere qua e mi aiuti», urlò, «e tu disgraziato cerca di non farti ammazzare»; nelle urla, nelle parole, nei gesti disperati si dibatteva lo spettro della paura di un altro distacco dal figlio, galleggiavano frammenti d'amore.

Poi si rinchiuse nella sua stanza e mentre piangeva fra emozioni confuse sentì che la morte avrebbe rifiutato

Erich così come era già accaduto, e pensò ai suoi figli sani e forti morti in poche ore e a Erich esile e fragile sopravvissuto.

Erich non fece nulla per non farsi ammazzare. Incurante della vita, o, come tanti suoi compagni, troppo giovane per darle un valore, si lanciava nelle imprese più pericolose, si offriva per le missioni più difficili. Ebbe l'incarico, insieme ad altri cinque ragazzi, di far saltare con le mine un ponte austriaco. I suoi compagni furono smembrati dallo scoppio anticipato della mina, Erich, che aveva avuto la fortuna di non trovarsi nello stesso posto dove erano gli altri e di avere davanti a sé una collinetta che lo aveva riparato, rimase incolume. Fu fatto prigioniero dagli austriaci, e condannato alla fucilazione insieme a un altro gruppo di uomini imputati di tradimento. Erich cadde sotto i primi colpi, ferito leggermente a una spalla; si finse morto ma sapeva che sarebbero venuti a dargli il colpo di grazia. Mentre alcuni ufficiali si avvicinavano ai corpi con le rivoltelle in pugno, si udirono raffiche di mitra e scoppi di bombe, e i soldati si allontanarono in fretta urlando. Erich, protetto dai corpi che diventavano sempre più freddi, attese che quell'inferno di spari e di bagliori finisse e, quando il silenzio si adagiò nel buio della campagna austriaca, si alzò e corse fino al filo spinato del campo. Grazie alla sua agilità e alla sua piccola statura riuscì a passare attraverso i fili, ma, giunto dall'altra parte, con la spalla sanguinante, stanco ed emozionato si lasciò andare sul terreno e si addormentò. E mentre sfumavano nel sonno i contorni di quella dolorosa realtà, vide il campo di neve sul quale molti anni prima erano caduti i sei piccoli uccelli che avevano formato il disegno di una stella. E venne l'uomo con il mantello nero.

Si inginocchiò accanto a lui e lo fissò con i suoi miti occhi chiari.

«Erich», gli disse con voce dolcissima, una voce lontana e conosciuta che ricordava favole raccontate a bambini la sera, «tua madre sta morendo. Vuole vederti Erich, corri da lei».

Erich si svegliò agitato. Strappò un lembo della camicia e si fasciò la spalla, la ferita era superficiale. Poi, nella notte, riprese a correre guardando ogni tanto le stelle del cielo di maggio, quelle stelle che aveva imparato a conoscere nelle lunghe notti in cui vagabondava per l'Europa. E le stelle nel cielo nero disegnavano la strada del suo ritorno a casa, e gli uccelli amici dell'oscurità gridavano: «Di qua Erich, di qua Erich».

Riuscì a trovare asilo e a rifocillarsi presso una famiglia di girovaghi, poi riprese la sua corsa, oltrepassò come un'ombra frontiere nemiche, si nascose in un camion carico di casse. Mentre scendeva una collina, soldati austriaci spararono ma lo mancarono e, infine, Erich giunse in Italia. Aveva finalmente ritrovato la madre, la dolce Miriam che gli accarezzava i capelli e gli leggeva la Bibbia, e lui non riusciva più a immaginarla come negli ultimi anni della loro vita insieme.

Quando entrò in casa, distrutto dalla stanchezza e dalle privazioni, vide un piccolo gruppo di persone che lo fissarono come se avessero visto un fantasma. Poi Lia gli corse incontro e lo abbracciò piangendo. Erich aprì la porta della camera di Miriam. Sua madre giaceva sul letto, avvolta in un lenzuolo, il corpo ancora più minuto, il viso rasserenato dall'incontro con la morte che aveva allontanato da lei una vita avara e angosciosa.

«Ma è morta», sussurrò Erich lasciandosi cadere in ginocchio accanto al letto. «È già morta...».

Lia che per discrezione era rimasta sulla soglia si avvicinò a lui: «Erich», disse, «non ha sofferto molto. Ha parlato sempre di te e mi ha raccomandato di chiederti di perdonarla. Era certa che saresti tornato».

«Quando è morta?», chiese Erich con la fronte appoggiata sul petto della madre.

«Poche ore fa. All'alba». Sembrava che Lia si sentisse colpevole di quella rivelazione perché sapeva come dovessero pesare sul cuore di Erich quelle poche ore.

Erich rivide suo padre nel sogno, e sentì sulle spalle una stanchezza cosmica, come se quella sua folle corsa attraverso l'Europa gli piombasse addosso ora, schiacciandolo. E si sentì beffato dalla vita e dalla morte.

«Hai fatto in tempo a vederla, Erich», sussurrò Lia alle sue spalle tormentandosi le mani. «E io credo che lei lo sappia».

Erich alzò il viso verso Lia e, da quando era entrato in casa, per la prima volta la vide. Era pallida e magra e profonde occhiaie le segnavano il volto. Si ricordò all'improvviso del bambino e Lia rispose al suo pensiero.

«È una bambina», disse, «ha un mese. L'abbiamo chiamata Sara, così ha voluto tua madre. Sta bene ed è molto bella. Miriam era così felice della sua nascita...».

Erich seppe da Samuele che Lia aveva sofferto molto. In quei mesi aveva subito, fino a poco prima che nascesse la bambina, i rancori di Miriam che non le perdonava la leggerezza di aver ceduto ai «capricci», come lei li definiva, di Erich. Erano troppo giovani, continuava a ripetere, per avere un bambino, erano due incoscienti. Ma in realtà Miriam era spaventata dalla prospettiva di un nipote. Non voleva vedere bambini, un antico terrore violava le profondità del suo essere; ricordi di grandi sofferenze allungavano le loro ombre di morte sebbene lei non volesse più ricordare. Un'angoscia profonda l'aggrediva quando pensava al bambino di Erich, i suoi nervi malati cedevano e maltrattava Lia che, mite e generosa, cercava di sopportare con infinita pazienza, pensando alla difficile vita di Miriam e di Erich e l'aiutava in casa, cuciva, faceva tutto il possibile per rendersi utile.

Una sera cominciarono le doglie e Lia non disse niente a nessuno. Stette malissimo tutta la notte ma temeva di sbagliarsi ed era comunque convinta che il suo bambino sarebbe potuto nascere senza l'aiuto di nessuno. Infatti all'alba Sara nacque senza alcun aiuto e, quando sua madre si decise a chiamare Miriam, era già in una condizione preoccupante. La ricoverarono subito in ospedale, ebbe una grave emorragia e complicazioni che avrebbero impedito altre maternità.

Quando Lia uscì dall'ospedale, ancora sofferente, Miriam ebbe un collasso. Il medico le disse che non era nulla di grave; in poco tempo con il riposo e le cure appropriate si sarebbe ripresa. Ma Miriam vide la morte accanto a sé e, nel suo soffio che stava spegnendole quell'ultimo barlume di vita, ritrovò il suo antico Dio e con lui la promessa della pace. Chiese a Lia di starle vicina, e nel tempo che trascorsero insieme le parlò della sua vita. Immagini, ricordi, rimpianti, popolavano la penombra della camera intessendo gli ultimi momenti della vita di Miriam, suonando la melodia del dolore e della gioia che nelle parole ritrovavano lontani bagliori. Lia ascoltava, affascinata dal sereno distacco con cui Miriam narrava la sua storia, il suo rimorso per non avere più avuto la forza di amare Erich, la sua impotenza nella lotta con le tenebre che le imprigionavano la mente. Regalò a Lia l'antica collana di ambre che già aveva portato sua madre, e per la prima volta, con tenerezza, l'abbracciò e le raccomandò Erich e la bambina. Morì nel sonno all'alba del giorno in cui suo figlio sarebbe tornato, e mentre il suo cuore stanco si fermava, Miriam, dedicando a Erich l'ultimo pensiero, lo vide correre nella notte verso di lei e lo sentì vicino.

VII

Erich sposò Lia dopo poco tempo e non fu affatto dispiaciuto che sua moglie non potesse più avere figli. Sara gli sarebbe bastata e l'avrebbe protetta dai mali del mondo.

Riprese a frequentare l'ippodromo e divenne un bravo fantino, e in casa si sentiva spesso parlare di Fulmine, il cavallo nero con la stella bianca in fronte di cui Erich era molto orgoglioso, di Caminito, e di Saturno, il cavallo a cui aveva dato il nome del suo compagno nei tristi anni dell'adolescenza.

Lia amava suo marito e con la pazienza di sempre sopportava il suo carattere instabile, le sue stranezze; lo seguiva anche quando era stanca all'opera e a teatro, e accettava l'eccessiva severità di lui nei riguardi di Sara. Erich era geloso della figlia e non voleva che frequentasse nessuno. Era già molto se poteva andare a scuola, sempre accompagnata. Ogni domenica, quando anche lei era a San Siro, le impediva di parlare con chiunque, sempre che non ci fosse un suo permesso speciale. E più Sara cresceva e imbelliva e i ragazzi si giravano a guardarla, più Erich la costringeva a stare in casa, a non frequentare amiche. Sara si sentiva soffocare. Spesso si ribellava alle costrizioni di suo padre e disobbediva con risultati che le rendevano più difficile la vita. Disegnava molto bene e riuscì a iscriversi all'Accademia di Brera grazie alle insistenze di un'amica di famiglia – dicevano fosse l'amante di Erich –, una donna esuberante che amava i cavalli.

«È una prova», diceva Erich pensando a quella terribile Accademia frequentata da chissà chi. «Solamente una prova». E Sara riusciva, fra una lezione e l'altra, a frequentare i compagni, ad avere le prime innocenti esperienze amorose; ma era un vivere difficile, sempre in ansia per il timore che suo padre scoprisse i suoi piccoli segreti, e allora erano rimproveri, minacce, castighi, mentre Lia piangeva chiusa nella sua stanza, dibattuta tra marito e figlia, ma non osando, mai, contraddire Erich.

Sara si sentiva sempre più infelice e l'unico suo grande desiderio era quello di andarsene da casa il più presto possibile. Lia, il sabato e nelle feste ebraiche, si recava in sinagoga con la figlia sperando di farle incontrare qualche giovane di buona famiglia, e si intratteneva fuori dal tempio con le conoscenti e i loro figli. Le sarebbe piaciuto, in quelle occasioni, organizzare festicciole in casa, preparare i dolci che faceva fin da bambina e offrirli, ma Erich era contrario a ricevere gente ed era indifferente alle festività ebraiche.

Con l'avvento del fascismo ricominciò per Erich un periodo difficile. Detestava Mussolini e non riusciva a nascondere il suo disprezzo per l'Italia fascista che osannava il suo duce. Rifiutò la tessera del partito e perse il lavoro. Ricominciò a occuparsi di orologi nel laboratorio del suocero, ma era sempre di pessimo umore, e i suoi clienti, in gran parte ebrei, lo sopportavano solo perché Sara era molto benvoluta e Lia ammirata e compianta.

Viveva inquieto, con timori che gli facevano presagire un avvenire cupo e si preoccupava molto per Sara. Non tollerava nemmeno il pensiero che potesse accaderle qualcosa di penoso.

Una notte, dopo tanti anni, sognò il padre. Comparve con la sua mantella nera, sul campo di neve. Zoppicava e, appoggiandosi a un bastone, procedeva con fatica; all'improvviso si levò un forte vento e dal cielo, divenuto completamente scuro, piovvero fiammelle di fuoco. Erich vide apparire dietro il padre un corteo di uomini, donne e bambini che procedevano sulla neve, fra le fiammelle che riempivano l'aria di cenere e di fuliggine. Poi il vento soffiò più forte e spazzò via la cenere, il buio divenne un velo nero, e, attraverso quel velo, le figure che procedevano sembravano ombre incerte, e ognuna si appoggiava a un bastone. Il vento spense le fiamme ma un bagliore lontano illuminò il campo. Allora Erich vide cadere sulla neve, con i loro bastoni, gli uomini, le donne, i bambini, i vecchi. Tornò il sole e sul campo c'erano tante stelle di David formate dalle spettrali figure.

Il padre di Erich era sparito, solo la sua mantella, come un immenso fiore della foresta della notte, giaceva, nera, sul candore della neve. Erich si svegliò molto agitato. Ricordò il lontano sogno della sua infanzia, i piccoli uccelli e lo stesso campo di neve, ricordò altri sogni che vennero a portargli, simili a spettri alati, presagi di sventure. Pensò a Sara, a Lia, le vide come le ombre del sogno e tremò di terrore.

Pochi giorni dopo, mentre riparando orologi meditava di fuggire non sapendo dove, sua figlia entrò nel laboratorio e gli disse, decisa, di avere invitato a cena un ragazzo che veniva dall'Africa e che voleva sposarla. Sara attese invano la collera del padre, e capì, in pochi attimi, perché Erich, dopo avere dedicato tutta la sua attenzione a una vite di orologio, in un silenzio che sembrò durare ore, alzò il suo sguardo penetrante su Sara e le disse: «Bene, Sara. Conosceremo questo ragazzo. Di' a tua madre di fare del suo meglio, sarà contenta di potersi esibire in cucina».

Erich diede subito il suo consenso e accennando ai momenti difficili che stavano vivendo consigliò loro di sposarsi e di partire il più presto possibile.

Mario convinse Erich e Lia a seguirli in Africa. Ci sarebbe stato lavoro per tutti ed Erich avrebbe potuto continuare a interessarsi di cavalli.

Lia, nel suo eterno candore, era esterrefatta da quelle

rapide decisioni, dal consenso che Erich aveva dato subito al matrimonio di Sara con uno sconosciuto, dall'imminente partenza verso terre che nella sua immaginazione erano favole lontane e non raggiungibili. Soffriva all'idea di lasciare Milano, la sua vecchia amata Milano, e tutti i giorni andava a parlare con Isacco il rabbino. L'ansia che vedeva sul viso degli amici quando si riunivano in sinagoga, le improvvise fughe di qualche conoscente, la discriminazione che stringeva in uno spazio sempre più piccolo gli ebrei, la convinsero che fosse giusto andarsene.

Era in pena per le sorelle che vivevano a Ferrara con le loro famiglie e per suo padre Samuele, ma il suo naturale ottimismo la convinceva che presto sarebbe tornata la serenità.

VIII

Il 7 ottobre 1938 la famiglia Mayer e Mario, riuniti a tavola, parlavano dell'imminente cerimonia e del viaggio che li avrebbe portati in Africa. Erich accese la radio per sentire il notiziario e dopo alcuni istanti un'atmosfera opprimente si posò nella sala e grosse gocce di pioggia bussarono ai vetri. Il Gran Consiglio del fascismo aveva deliberato che gli ariani non potevano contrarre matrimoni misti. E, insieme ad altre delibere, la decisione di un controllo dell'immigrazione di ebrei verso alcune zone dell'Etiopia. Sara era pallidissima, pensava che per lei e per i suoi genitori non c'erano più speranze di partenza.

«Non preoccupatevi», disse dopo alcuni istanti Mario sforzandosi di sembrare tranquillo, «per non correre rischi io e Sara ci sposeremo in Africa. Riusciremo a partire tutti, abbiamo i biglietti, i passaporti, sono certo che nessuno ci fermerà all'imbarco sia perché Massaua non è stata menzionata nella delibera sia perché ci sarà ancora molta confusione per queste nuove leggi. E se sorgesse qualche difficoltà un po' di danaro risolverà tutto».

Ma anche Mario temeva qualche complicazione e non poteva nemmeno immaginare di lasciare Sara in Italia, perché era come se Sara ci fosse sempre stata nella sua vita, come se nelle lunghe notti di Tessenei, parlando con gli amici di donne che era impossibile incontrare all'Asmara, lui avesse sempre descritto una ventenne sottile, con i vaporosi capelli biondi e i lineamenti che ricordavano i cammei orgogliosamente esibiti da vecchie signore.

Furono momenti di grande tensione quelli prima della partenza, persino Lia aveva perso la sua serenità.

In una luminosa e ventosa mattina di fine ottobre, mentre le foglie d'oro e di rame vagavano nell'aria in una danza di morte ricordando a Erich un lontano giorno in un bosco d'Olanda, la bella nave «Cristoforo Colombo» apparve loro come un grande gabbiano bianco adagiato sulle acque di Genova. E allora sentirono per un attimo il cuore fermarsi. Più tardi, mentre esibivano i passaporti, Sara sostenne con durezza lo sguardo del funzionario che la fissava con un ambiguo sorriso, non curandosi degli uomini che erano con lei.

«Sara Mayer», disse l'uomo continuando a fissarla, «ebrea vero?».

«Sì», rispose, e in quel momento non ebbe più paura di nulla, ma solo un sentimento confuso di rabbia, di pena, d'impotenza.

«Auguri, signorina», aggiunse il funzionario, «e buon viaggio», e sembrò soddisfatto di avere destato in quei viaggiatori qualche emozione.

La sirena aggredì l'aria della sera e la nave si staccò dal porto. Lia, guardando dal ponte la terra che si allontanava e le luci che diventavano sempre più fievoli sulle colline di Genova, pianse silenziosamente e pregò Dio per tutti coloro che restavano. Rivide la sua Milano, le strade della sua infanzia, Porta Magenta, i navigli, l'ippodromo, le cerimonie in sinagoga, i parenti, gli amici, sentì gli arrotini e gli ombrellai che urlavano nelle vie, il venditore di caldarroste nelle gelide serate invernali.

Poi si voltò. Sara stava ridendo accanto a Mario che le raccontava un episodio divertente. Era felice. E i suoi vent'anni non avevano tempo, travolti dallo splendore del presente, di soffermarsi sul dolore del mondo, su nostalgie e rimpianti. Il passato era già lontano e il futuro si stendeva ai suoi piedi come un variopinto tappeto tessuto dalle regine delle mille e una notte. Erich, appoggiato alla balaustra, guardava lontano. E vedeva, sotto un cielo di ceneri e fiamme, avanzare un lungo corteo di ombre.

IX

Dopo qualche giorno di navigazione sulla «Cristoforo Colombo» i passeggeri, radunati sul ponte, guardarono con emozione quel minuscolo punto lontano che era la terra africana.

Fecero una sosta a Port Said e la nave fu attorniata dai piccoli egiziani che arrivavano a nuoto con la velocità di serpentelli marini, scuri, vivaci e sorridenti. I turisti erano per loro divertimento, curiosità, ma soprattutto speranza di lucide monetine che venivano loro lanciate dalla nave. Si vedevano, allora, quei gracili ma esuberanti bambini scomparire in un attimo sott'acqua e riemergere, poco dopo, mostrando trionfanti le monete, per poi, con gesti e parole, urlate in un misto di arabo, inglese, francese e prontamente anche italiano, invitare la gente a lanciarne altre.

Arrivavano poi le barche con uomini vestiti solo di un pareo, e allora iniziava lo spettacolo dei *souvenirs*, e alle voci concitate dei bambini si aggiungevano quelle degli adulti che tentavano di farli tacere per poter meglio decantare, sempre nel babilonico linguaggio, le meraviglie delle loro merci: scarabei portafortuna, statuette appartenute ai grandi faraoni e miracolosamente ritrovate nelle tombe per essere offerte ai signori turisti stranieri, piatti decorati, testine egizie di alabastro, piccole anfore, datteri e *lucum*. Mario acquistò statuette e scarabei per Lia, che credeva, riuscendo ad afferrare qua e là alcune parole del variopinto linguaggio, a tutto quello che gli egiziani raccontavano sui loro tesori. E dal ponte alle barche si alzavano e si abbassavano lunghe aste con appesi cestelli, si incrociavano le dispute sui prezzi, dato che gli egiziani per un loro incrollabile principio usavano chiedere per ogni oggetto una somma altissima per poi avere l'opportunità di mercanteggiare vivacemente. E se qualche ingenuo passeggero dava subito la somma richiesta l'accettavano prontamente e si allontanavano remando verso l'altra estremità della nave.

La «Cristoforo Colombo» si allontanò dal porto lasciandosi dietro una festa di spumeggianti onde color cobalto e i ragazzini che salutavano e tentavano ancora di raggiungere il piroscafo.

Attraversarono il canale di Suez. Era così stretto che in certi punti pareva che la nave dovesse toccare le sponde; i passeggeri guardavano stupiti e ammirati la grande opera dell'uomo che evitava un tragitto molto più lungo per raggiungere le coste dell'Eritrea. Da una parte si stendeva la terra d'Egitto, si vedevano i palmizi, le lontane casette bianche con le *musciarrabiah* che occhieggiavano sul mondo, dall'altra, la terra rossa del Sinai, le catene montuose, il deserto impregnato di sole. E Lia, guardando la terra degli avi, vide Mosè sul monte dettare le leggi di Dio, e il popolo che da quei luoghi se n'era andato esule per il mondo, in attesa della terra promessa.

Sulla nave i giorni trascorrevano allegri e spensierati. Il comandante organizzava feste e cenoni per ogni occasione, cercando di rendere indimenticabile il viaggio verso l'impero.

Erich e Lia evitavano la mondanità. Seduti sulle sdraio assaporavano quel sole novembrino a loro sconosciuto, guardavano i delfini giocare con le onde. La sera fissavano per ore il gran manto nero che si stendeva sul cielo e sul mare accendendo stelle che come fiori luminosi venivano a posarsi sull'immenso giardino della notte: qualcuna si lasciava andare nel vuoto trascinandosi dietro una scia luminosa che il buio ingoiava.

Anche Mario e Sara salivano sul ponte a vedere le stelle cadenti, e Sara, affascinata da quello spettacolo, esprimeva dentro di sé desideri che, come le dicevano quand'era bambina, sarebbero stati esauditi se espressi nel momento in cui cadeva una stella. E il rapido bagliore di un ricordo trasportava Sara nella campagna vicino a Varese, nelle notti estive in cui, passeggiando con la madre, volgeva lo sguardo al cielo in cerca di una stella cadente, e spesso le fissava con tale bramosia che quando una si staccava dal cielo pareva lo facesse per accontentarla. Ora, al contrario degli anni dell'infanzia e dell'adolescenza, le riusciva difficile trovare desideri perché le sembrava di avere tutto. E allora pensava a una bambina che avrebbe potuto nascere sull'altopiano eritreo. E forse anche Dio stava pensando che poteva riunire i due desideri, quello che gli era stato espresso nell'attimo della creazione di Modok e quello di questa giovane che il mare stava portando non lontano dall'isola degli uccelli.

La «Cristoforo Colombo» entrò nel porto di Massaua all'alba di un giorno di fine novembre.

Altre navi sostavano nel porto in attesa di ripartire e i gabbiani ricamavano voli nel mattino trasparente per poi posarsi sull'acqua o sui pennoni dei piroscafi.

Mai come allora Massaua visse i suoi momenti di grandi traffici, di vivacità, di opulenza. Italiani, eritrei, arabi, indiani, greci andavano e venivano per il porto, bevevano all'aperto granite colorate e *mastica*, *mesdames* profumate sostavano sulle soglie delle loro abitazioni esibendo colori di vesti trasparenti e sorrisi invitanti, bambini scalzi correvano dietro ai passeggeri appena sbarcati con la speranza di ottenere qualche moneta.

Mario attese lo sbarco della sua automobile mentre i Mayer facevano un rapido giro per Massaua; poi, quando il mattino conservava ancora un respiro della brezza di notti novembrine, si avviò con i compagni verso l'altopiano. Non c'era più la mulattiera sulla quale si era inerpicato Filippo Conti trentatré anni prima, ma una bella strada costruita dagli italiani in quegli anni, la più bella «dell'impero».

Sara soffriva molto il caldo, e l'aria torrida che venne loro incontro dalla piana di Sabarguma le diede un senso di malessere. Ma c'era la promessa dell'altopiano. E, quando giunsero fra le montagne e i precipizi, l'aria divenne fresca e ristoratrice. I Mayer erano stupiti da quel paesaggio e guardavano non senza emozione i baratri che la strada costeggiava, e a Lia, immersa con lo sguardo ammaliato in quelle profondità, vennero le vertigini. Dopo che ebbero superato il piccolo villaggio di Nefasit, rannicchiato ai piedi del Bizen, Mario frenò di colpo l'automobile. Un vecchio eritreo con una lacera casacca multicolore e tintinnanti collane stava eseguendo una frenetica danza in mezzo alla strada; danzava e rideva, poi cantava e batteva ritmicamente le mani, e non accennava a spostarsi dal centro della strada. Sul viso scuro c'erano chiazze rosa come ferite non rimarginate e gli occhi erano rossi come quelli di diavoli con forconi di antiche pitture.

«È pazzo e lebbroso», disse Mario, «vive fermando le auto e facendosi dare qualcosa. Si è creato la fama di un jolly e nessuno gli rifiuta una moneta».

«E lasciano i lebbrosi per strada?», chiese Sara turbata.

«Ne vedrai anche in città», rispose Mario, «e ci farai l'abitudine. È un paese di gente molto povera ma lo miglioreremo. Non devi lasciarti commuovere dalle loro disgrazie quando ti fermeranno per le strade altrimenti ti seguiranno ovunque».

L'incontro con il lebbroso aveva distolto dal paesaggio anche Lia, che se ne stava rannicchiata nel suo angolo fissando il cielo. Erich seguì con lo sguardo il vecchio pazzo finché non scomparve dietro le montagne.

Pensò alla loro fuga dall'Italia, dalla malvagità, dall'ingiustizia, dalle persecuzioni. Ma dovunque fossero andati lo specchio immenso del male, sospeso fra il cielo e la terra, avrebbe riflesso sul volto di un lebbroso, nella pancia gonfia di un bambino, come quello che ora agitava le piccole mani in segno di saluto, l'impronta millenaria della miseria umana, una miseria che trascinando attraverso il tempo il suo povero corpo piagato, vestita di pianti sommessi che pochi ascoltavano, arrivava fino agli anni in cui gli uomini riuscivano a librarsi negli spazi su ali d'argento, ma non a immergersi nei baratri oscuri del dolore per portare un po' di luce ai compagni che non l'avevano mai vista.

Il paesaggio riprese la loro attenzione e quando passarono vicino alla gola del diavolo Mario fermò l'automobile. Scesero e si accostarono al precipizio. Sara si inginocchiò e guardò affascinata le pareti rivestite di verde che scendevano a imbuto verso un cielo nero e capovolto.

«È la gola del diavolo», spiegò Mario, «gli indigeni dicono che in fondo c'è l'inferno».

Il vento orchestrava suoni in fondo alla gola e li riportava in superficie; l'eco li ripeteva ai monti. Sara vide, fra margherite selvatiche, dei fiori viola a forma di calice. Ne colse uno e la goccia racchiusa nel fiore brillò ai raggi del tramonto.

«Perché c'è una lapide?», chiese Lia indicando una pietra che era stata messa fra le euforbie e sulla quale, sbiaditi dal tempo, c'erano un nome e una data.

«Ce n'è più d'una», rispose Mario indicandone un'altra lontana. «Questa curva è molto pericolosa, alcune auto sono finite giù nella gola. Non sono state più ritrovate».

«Ci sono voci là in fondo», disse Sara, «e si sente un canto...».

Mario sorrise e l'aiutò ad alzarsi.

«È il vento», spiegò, «il vento e gli animali. Solo gli indigeni dicono che sentono voci. Dicono tante cose».

Si avviarono verso l'automobile e prima di ripartire si voltarono a guardare ancora una volta la gola del diavolo.

X

Quando Filippo Conti giunse all'Asmara non trovò il fiume Congo ma il Mai Belà, fiumiciattolo che scorreva alla periferia del villaggio.

Con il crescere della città, il Mai Belà venne in parte coperto e si ridusse a scorrere, povero e sporco, in un tratto che andava dalle vicinanze del mercato indigeno alla strada che portava a Cheren.

Si dava arie da fiume quando le grandi piogge lo gonfiavano, e alzava il suo fragore di vittoria al cielo, ma in realtà fu sempre l'imitazione, povera anch'essa, di un fiume vero.

Eppure molti secoli fa, ebbe il suo momento di gloria quando la regina di Saba, incinta di re Salomone, durante un pellegrinaggio, passando dove ora è Asmara, vide l'acqua, allora limpida, e fece cenno ai suoi accompagnatori di fermarsi.

«Per piacere acqua», chiese la regina e sostò sulla sponda per dissetarsi. E da allora il fiumiciattolo fu chiamato «Mai Belà» che nella lingua tigrina vuol dire «Acqua per piacere».

Se tutti gli abitanti di Asmara avessero conosciuto questa storia avrebbero guardato con più rispetto il povero Mai Belà. Il fiumiciattolo non aveva altra soddisfazione che quella delle grandi piogge, quando nuvole nere gonfie di acqua si lasciavano cadere scrosciando fra tuoni e saette. Poi il temporale finiva lasciando sprazzi d'argento nel cielo; e arrivavano correndo i bambini eritrei; con urla e schiamazzi, inventavano giochi sull'acqua sporca e le loro risate, per quei pochi momenti di gioia, rallegravano il Mai Belà che si gonfiava come un fiume vero.

I bambini se ne andavano, venivano altri giorni, e anche le nubi scure e minacciose sparivano per lasciare per molti mesi intatto l'azzurro del cielo. E il fiume, ripreso dalla sua quotidiana miseria, si consolava narrando agli uccelli di passaggio la storia della regina di Saba, il meraviglioso ricordo che lo aiutava a tirare avanti nei momenti difficili. E avrebbe voluto raccontare la storia anche agli uomini, ma non essendo amato nessuno capiva il suo linguaggio, né sostava per ascoltare chiacchiere di acqua sporca.

Una sera di novembre una bella automobile si avvicinò al Mai Belà e si fermò.

«Fermiamoci un attimo qua», disse Mario scendendo dall'auto. «Si sentono gli odori del mercato. È un luogo caratteristico, ci torneremo domani, con la luce».

«E questo cos'è?», chiese Sara guardando l'acqua che conservava ancora un ricordo delle grandi piogge.

«Il Mai Belà», rispose Mario, «il nostro fiumiciattolo di acqua sporca».

«È bello», disse generosamente Sara che al buio riusciva a vedere ben poco. «A me piacciono molto i fiumi».

«Andremo a vedere quelli del bassopiano; Asmara non ha fiumi, questo è un rigagnolo».

«Mi piace il rumore dell'acqua», e Sara si sporse ancora tentando un approccio con quello che Mario aveva definito un rigagnolo.

Il Mai Belà tentò di gonfiarsi, di alzare la sua voce perché la gentile straniera, che per un attimo gli ricordò il giorno dell'incontro con la sua lontana regina, potesse udirla meglio.

I Mayer respirarono gli odori del mercato, della cittadina racchiusa nel buio, guardarono il cielo luminoso di stelle, ascoltarono il silenzio che vibrava del canto dei grilli, di cantilene lontane.

Le campane della cattedrale suonarono le otto.

«Andiamo», disse Mario «ci stanno aspettando, saranno già preoccupati». Quando l'auto si fermò davanti alla casa dei Conti e Mario suonò ripetutamente il clacson, le sorelle con i mariti, i bambini, le *lettè* si precipitarono al cancello, confusi ed emozionati.

Sara si trovò nella grande sala, guardata ed abbracciata da tutti ed ebbe un attimo di smarrimento ma subito incontrò il sorriso buono e rassicurante di Claudia.

Le sorelle Conti erano state alquanto perplesse sulla scelta di Mario. Una ragazza ebrea che arrivava con i genitori fuggendo le leggi razziali dava loro preoccupazione perché temevano che anche in Eritrea potessero sorgere complicazioni per quel matrimonio, ma in poco tempo Claudia aveva dissipato le ombre: Mario amava Sara e la portava al sicuro insieme ai suoi genitori, lui era felice e tutti dovevano esserlo. E aveva fatto il possibile, aiutata dalle sorelle, per rendere confortevole la casa dei Mayer. Il giorno del loro arrivo lo aveva passato in cucina facendo vov e pan di Spagna mentre Bianca preparava grandi quantità di tortellini, l'eredità emiliana lasciatale dalla madre, e Ada disponeva fiori in tutta la casa e imbandiva la tavola per la grande cena.

Per l'occasione erano stati invitati anche i vecchi coniugi Levi che avevano conosciuto Filippo Conti in quel lontano giorno del suo sbarco a Massaua. I Conti, avevano pensato che, essendo i Mayer ebrei, sarebbe stato un pensiero gentile, e li avrebbe messi più a loro agio, farli incontrare con i loro correligionari. E non si erano sbagliati. I Levi si commossero nel fare la conoscenza di una famiglia ebrea che arrivava da un'Italia dove tristi eventi pesavano sulla loro gente e sebbene anch'essi, dalla loro parte, non avessero mai approvato i matrimoni misti, furono contenti che il figlio di Filippo sposasse una ragazza ebrea, salvando da chissà quale terribile sorte lei e i suoi genitori.

Fu una cena gaia, chiassosa. I bambini, eccitati dall'avvenimento, non volevano andare a dormire e dopo i primi momenti di timidezza facevano gli spiritosi per attirare l'attenzione dei nuovi parenti e soprattutto della futura giovane zia che, con la sua bellezza e l'abbigliamento per loro inconsueto e affascinante, li conquistò immediatamente. Sara aveva portato un'ondata di profumi lontani e nostalgie remote nella vecchia casa coloniale, e la sua pettinatura moderna, con quei serici capelli ai quali non doveva essere estranea l'acqua ossigenata, il perfetto abitino come all'Asmara non se ne erano ancora visti, sebbene in un primo momento avessero destato un attimo di perplessità, avevano disposto tutti all'allegria. E i futuri cognati non nascondevano il piacere per una nota di freschezza e novità che veniva a rimuovere un po' di umidità dalle spesse pareti e dai vecchi mobili che erano là come Filippo e Linda Conti li avevano lasciati. Ada, che era la più giovane, non ancora sposata, vedeva in Sara una futura amica e già pensava di tagliarsi i capelli come lei, ed era certa che nei bauli che sarebbero arrivati avrebbe trovato, come regalo di Mario, qualche abito all'ultima moda.

Lia fu subito amata per lo sguardo chiaro e luminoso, che lasciava trasparire l'affabilità che l'aveva sempre resa cara a tutti. Dopo i primi momenti, in cui il nuovo ambiente le diede una sensazione confusa di timore per quel nuovo capitolo della sua vita, Lia si sentì felice di essere fra quella gente, dell'allegria, del chiasso dei bambini, delle *lettè* che andavano e venivano dalla cucina incuriosite e sorridenti, della rassicurante vicinanza di Anna Levi che le parlava come se si conoscessero da tempo.

Era sicura, ora, che tutto per loro sarebbe cambiato, anche Erich sarebbe stato diverso e avrebbero avuto una casa ospitale, in cui finalmente invitare tanti amici.

Erich si mostrava gentile e premuroso, faceva molte domande sull'Eritrea, parlava dell'Italia, si informava sui cavalli che c'erano all'Asmara. Nonostante la sua inconsueta disponibilità al dialogo, che voleva dimostrare simpatia e riconoscenza alla famiglia di Mario, il suo sguardo, che sembrava arrivare in fondo all'anima per scandagliarla e scoprirne l'essenza, dava a tutti un senso di soggezione, di sottile inquietudine. Le parole non bastavano a creare ponti per arrivare alla solitudine che lo racchiudeva in trasparenze lontane, visibile al mondo ma distante da esso.

Erich sentiva questo disagio, e rompeva i brevi silenzi con frasi scherzose perché una risata frantumasse incertezze.

Dopo la mezzanotte, quando i bambini stanchi ed eccitati furono costretti ad andare a dormire, si spensero le luci e i rumori provenienti dalla grande cucina; Isacco Levi si abbandonò su una poltrona chiudendo pesantemente le palpebre ma tenendo serrata fra le dita la vecchia pipa, i Mayer si congedarono e Mario li accompagnò nella loro nuova casa. Era una villetta bianca alla periferia di Asmara, con un giardino che riusciva a esibire anche al buio grappoli di colori sgargianti, un piccolo terrazzo adornato da euforbie e da bougainvillee che lo ricoprivano di viola e andavano poi ad arrampicarsi sulle pareti della casa fino al tetto.

Si sentiva il profumo della grande pianta di rosmarino, e altri profumi, che la notte rendeva più intensi, si amalgamavano nel buio profondo.

Mario suonò il clacson, la casa si illuminò e venne loro incontro una donna di età indefinibile, alta, magra, con un occhio completamente indipendente dall'altro, e una croce nera tatuata sulla fronte spaziosa. La sua bruttezza fu subito spazzata via da un grande sorriso cordiale, dall'allegria di ogni suo gesto, dalle vivaci parole che in un italiano molto vago davano il benvenuto ai padroni. E mentre accendeva luci e spalancava porte, impartiva ordini all'esile ragazzo che si muoveva dietro di lei come fosse stato la sua ombra, riparato dal volteggiare frusciante della lunga gonna variopinta che pareva l'ala di un uccello esotico lasciata là in una stanza a volare fra bianche pareti.

«È Elias», disse ai Mayer indicando il ragazzo; «lui tiene pulito il giardino e mi aiuta in casa. È molto giovane ma è bravo».

C'erano mazzi di fiori dappertutto. Dalie sgargianti, plumelie, margherite rosa, tuberose il cui profumo dolciastro invadeva ogni angolo della casa, calle bianche dagli esili colli, fiori selvatici. Rigbè non aveva risparmiato il giardino per dare tocchi di colore che si abbinavano a quelli della sua gonna.

«Ci sono troppi fiori», disse Mario guardandosi intorno infastidito, «e un profumo insopportabile».

«Sono bellissimi», e Lia tranquillizzò Rigbè che stava perdendo il suo sorriso per assumere un'espressione altera che disapprovava l'osservazione di Mario.

Sara parlava con Elias e cercava di metterlo a suo agio ma il ragazzo capiva ben poco e sorrideva intimidito guardando il pavimento.

«Credo che andremo d'accordo», disse Erich a Rigbè dopo che Mario se ne fu andato.

«Certo *guitana*», rispose lei con tono allegro e sicuro, guardandolo con l'unico occhio che riusciva a vedere diritto davanti a sé. «So fare tutto, lavare, stirare e cucinare benissimo», poi, facendo un cenno verso Sara che la scrutava con simpatia soggiunse, «peccato che lei va, la casa è più bella con gente giovane».

«Anche noi siamo giovani», ribatté Erich con inconsueta allegria.

«Certo *guitana*», disse Rigbè, «e in questo paese sarete sempre giovani».

Poi se ne andò trascinandosi dietro Elias, il cui nome

sarebbe presto stato tramutato in Eliseo, facendo volteggiare un'ultima volta la gonna.

Rigbè la brutta, come la chiamava segretamente Erich, sarebbe stata la più bella presenza nella casa dei Mayer durante il loro soggiorno in Africa. Rigbè, alta, magra, il volto ossuto e l'occhio strabico, era lo spirito allegro che vinceva i malumori di Erich, che viveva un'intesa perfetta con Lia.

E anch'io un giorno l'avrei conosciuta, e avrei vissuto con lei i momenti di gioia, quando arrivava dalla cucina con la mia pietanza preferita, verdure e olive al forno, una sua invenzione come sosteneva, o quando dalle sue gonne di tutti i colori ritagliava un lembo di orlo per le mie piccole bambole.

Rigbè ed Eliseo, la gioia e la malinconia, avrebbero legato per noi gli anni, i luoghi amati, dai tempi lontani di paesi felici a quelli per noi impensabili allora, dell'oscuro dolore, che, come un fiore notturno che chiude i suoi petali al sole, li avrebbe imprigionati nel suo calice per restituirli all'oblio.

Parte seconda

I

L'Italia perse in poco tempo il suo impero al sole e le illusioni di gloria e potenza vennero spazzate via dalla guerra che stava devastando l'Europa.

In Abissinia, per cinque anni, i soldati italiani furono impegnati in guerriglie con gli indigeni rivoltosi e, dopo che l'Italia entrò in guerra alleandosi alla Germania nazista, gli inglesi sbarcarono in Africa per combattere, insieme agli indigeni, contro gli italiani. La madre patria, che di tanti sogni e promesse aveva nutrito i suoi figli, abbandonò al proprio destino i combattenti in Africa orientale che, scalzi, denutriti, con vecchie armi e munizioni spesso inservibili, senza notizie da casa, esposti al freddo delle notti sull'altopiano, difesero inutilmente quell'impero per cui morirono più uomini nel tentativo di non perderlo di quanti non fossero morti per la sua conquista.

Il negus Neghesti, con lo pseudonimo di Mr Smith, dopo un lungo e difficile viaggio attraverso l'Europa in guerra e dopo varie tappe in Africa, sempre protetto dagli amici inglesi, rientrò in Etiopia dopo sei anni di esilio. Giunto vicino alla capitale del suo vecchio impero, sulle colline di Entotto, Hailé Sclassié, l'eletto di Dio, il conquistatore della tribù di Giuda, si inginocchiò a pregare nella piccola chiesa di Cusquam Mariam, a rendere grazie al Dio in cui aveva sempre avuto fiducia e che lo riportava alla sua gente. Poi riprese a scendere per il sentiero ombreggiato dagli eucalipti e il profumo balsamico che si espandeva nell'aria lo accolse con i ricordi dei tempi lontani.

L'entusiasmo della folla giunse al cielo sereno sfiorato dalle ali dei falchi, e i patrioti dai lunghi capelli, mai più tagliati per voto dal giorno in cui furono costretti a darsi alla macchia, cercarono di arginare la folla che voleva il suo re. Non vi furono incidenti e nessun italiano venne molestato. Sul Ghebbì imperiale fu nuovamente innalzata la bandiera con il Leone di Giuda, e in quella sera di festa i falò che furono accesi sulle colline circondavano la città come una cintura di abbaglianti gioielli. Le fantasie, i canti della povera gente uccisero la paura e la disperazione, giunsero alle stelle per dir loro che la speranza sedeva fra i poveri, che non avevano nulla per vivere se non l'immagine del piccolo re, il padre ai cui piedi appoggiare il loro avvenire.

Il 1° aprile 1941 gli inglesi entrarono ad Asmara per insediarsi nel paese come i nuovi amministratori e una grande folla assistette alla parata.

Un militare sik, con la divisa coloniale e il turbante bianco, guidava a passo d'uomo una motocicletta e dietro venivano le auto blindate, gli scozzesi con i kilt e i baffoni rossi che suonavano le cornamuse, i severi soldati inglesi con i tamburi a tracolla, i soldati indiani alti e fieri. Gli ufficiali britannici, irrigiditi nell'importanza del momento, lo sguardo fisso verso l'orizzonte senza che un ciglio potesse sbattere distrattamente sull'occhio, stavano in sella a stupendi cavalli dai manti splendenti.

La gente guardava i nuovi venuti accompagnati da suoni, pelli di leopardo, bastoni che roteavano nell'aria, come fossero una nuova invenzione del regno della fantasia.

Nella parata nulla peccò di imperfezione, venivano da chissà quali terre i soldati i cui sguardi severi raccontavano antiche abitudini a esser padroni di mondi lontani da casa.

Gli italiani non assistettero all'entrata degli inglesi in

città. Chiusi nelle loro abitazioni, pensavano alle illusioni svanite, alle future incertezze.

Asmara, la campanula screziata dai mille colori, vide nuova gente abitare le più belle palazzine di Viale Mussolini, divenuto rapidamente Corso Italia. Le donne inglesi, vestite con pessimo gusto – come subito notarono gli italiani – e con buffi cappellini con frutta e fiori, si radunavano all'ora dell'aperitivo nei bar più importanti, insieme agli austeri mariti che odoravano di ottimo whisky.

All'Asmara, in quelli che furono poi chiamati nei ricordi e racconti «tempi di guerra», ci fu qualche bombardamento, ma la città guarì in fretta dalle ferite che l'avevano appena scalfita, e seppellì i suoi morti nel cimitero sull'Amba dalla terra rossa.

C'era il razionamento dei viveri, lo zucchero era marrone e appiccicoso, scarseggiava il latte. Le *lettè* percorrevano ogni giorno decine di chilometri a piedi per trovare nelle campagne un po' di latte per i neonati bianchi e tornavan la sera in città dove erano attese con ansia.

Non arrivavano rifornimenti dall'Europa e bisognava arrangiarsi, ma nessuno degli europei che abitavano Asmara poté mai ricordarsi la fame, quella vera, che frustava altra gente.

Gli inglesi ebbero il merito di portare viveri, e quel latte in polvere, gioia dei bambini di tutte le età soprattutto se non diluito, che fu ricordato per anni. E molte madri avrebbero continuato a ripetere, guardando i figli cresciuti nel salubre clima di Asmara: «Se non ci fossero stati gli inglesi...».

Gli italiani continuarono a darsi da fare perché la città prosperasse e in poco tempo si formò un'élite di costruttori, industriali, professionisti, mentre gli altri, «gli insabbiati», andarono a vivere con le loro *mesdames* nei luoghi più periferici o nei villaggi del bassopiano, dimenticando famiglie e anni penosi in cui il sole era un gelido disco e le case fredde e misere.

Il periodo del dominio italiano, cinque anni di lavoro e di sacrifici, lasciava a quel paese strutture che gli italiani avevano costruito per i loro scopi, ma che sarebbero state un valido aiuto nel cammino di popoli poveri verso condizioni di vita diverse. E di questo l'Etiopia avrebbe reso merito al popolo italiano.

Hailé Selassié, subito dopo il rientro, ebbe parole di pace per coloro che gli erano stati nemici, e perdonò i sudditi che lo avevano tradito. Raccomandò di trattare con benevolenza i prigionieri italiani, di agire con onore, di dimenticare i torti.

E facendo distinzione fra gli aggressori fascisti e i pacifici cittadini italiani che contribuivano allo sviluppo del paese, conscio dei vantaggi che la sua terra avrebbe potuto trarne, politico avveduto e non esaltato, divenne per gli italiani, che avevano perso duci e monarchi, il buon imperatore con cui ci fu, negli anni a venire, collaborazione di interessi che portavano lustro all'Etiopia e all'Eritrea e arricchivano coloro che con volontà e scaltrezza sapevano trarre dalla seconda patria notevoli vantaggi personali.

Se ci si allontanava di poche decine di chilometri da Addis Abeba, ci si inoltrava nelle terre in cui scorreva il fiume Auash; sulle sue sponde dormivano al sole i coccodrilli, le farfalle parevano fiori volteggianti nell'aria, le giraffe correndo sfidavano il vento e le orchidee si riparavano all'ombra di alberi, fra i cui rami cantavano uccelli dipinti di tutti i colori del mondo.

In questo Eden vi erano uomini che nulla sapevano della città chiamata «nuovo fiore», né del monarca che governava il paese, uomini nudi che non avevano mai visto un aratro, che guardavano sgomenti gli uccelli d'acciaio che solcavano il cielo.

E per loro, che sapevano solo della terra in cui sopravvivere e in fretta morire, quel Paradiso di suoni e colori nascondeva insidie infernali, e malattie e miserie si aggiravano fra povere capanne di fango e il tempo, che sostava sdraiato sulla sabbia del fiume, guardava la sua immagine riflettere l'alba dell'uomo. L'Eritrea era un paese più evoluto e sebbene la povertà fosse una presenza costante nei villaggi e nei piccoli paesi, la gente sapeva del cammino del mondo. La vicinanza del mare, una storia diversa, i domini stranieri l'avevano resa partecipe della storia di genti aggrappate a un tempo non molto remoto da loro.

Nel bassopiano le tribù nomadi, di religione musulmana, si spostavano da una costa all'altra vivendo di pastorizia. Sull'altopiano i copti coltivavano la poca terra che avevano e molti di essi si inurbavano alla ricerca di maggior sicurezza. Gli eritrei, bel popolo fiero, i cui visi parevano antiche sculture, erano consci della differenza fra loro e gli etiopici; parlavano lingue diverse, si ritenevano superiori ai loro vicini e non volevano avere nulla in comune con essi. Il negus Hailé Selassié non era il loro imperatore, e sebbene si fossero trovati insieme agli etiopici nei momenti drammatici, a combattere il nemico straniero che aveva cacciato il monarca, nessun fuoco brillò sulle colline di Asmara la sera in cui Hailé Selassié riprese il suo posto sul trono di re Salomone.

II

Maria Maciocchi era una donna piccola, con folti e arruffati capelli rossi, lentiggini sul viso sbiadito, vestita sempre in modo stravagante, considerata un po' pazza perché aveva strane abitudini come quella di parlare da sola per strada, con spiccato accento piemontese, e agitando per aria un vistoso ombrello multicolore che si ostinava a portare con sé, ogni giorno, nel paese dove si era sicuri che per almeno nove mesi all'anno non sarebbe caduta una goccia di pioggia. Era bravissima nel suo mestiere di ostetrica, anche se bistrattava le partorienti che più soffrivano e si lamentavano.

Dicevano che avesse passato parte della sua giovinezza in convento, dopo un'infanzia molto povera in una campagna vicino a Torino, e che poi fosse fuggita in Emilia dove, facendo ogni sorta di lavori, aveva imparato un mestiere. Era arrivata in Africa insieme a una esuberante e giovane donna che aveva frequentato, secondo i meglio informati, altro genere di conventi, quelli aperti ai piaceri del mondo, ma che si era decisa a cambiar vita e a tentare l'avventura africana. E, nonostante fossero state fatte molte ipotesi, nessuno seppe mai come si fossero conosciute quelle due strane donne. La zia Bianca, che pareva la più informata di tutti perché spesso Maria andava da lei a prendere il tè, ed era riuscita fra un brandello di chiacchiere e l'altro a ricucire la storia di Maria, diceva che le due donne si erano conosciute in un ospedale dove erano accadute strane cose, e piantava là il discorso lasciando che si facessero le congetture più fantasiose, perché anche lei non sapeva molto di più. Jole, l'amica di Maria, aveva aperto un bar in una delle vie centrali della città e la sua avvenenza le aveva portato molti clienti. Anche i più maligni facevano fatica a inventare avventure nella storia di quella donna, che lavorava tutto il giorno e trascorreva le serate chiusa in casa con la sua aiutante eritrea. Spesso si vedeva nel suo bar, seduta a un tavolino in ombra, Maria Maciocchi, con la sigaretta fra le labbra e le carte in mano, impegnata in lunghi solitari. Ed era nel bar di Jole quando fu raggiunta da Rigbè che ansante ed emozionata le disse di seguirla; Sara era a letto con le doglie.

Maria ricordò sempre quell'estenuante giornata in casa Conti; nei suoi ricordi Milena era la bambina che non voleva nascere.

Faceva caldo, c'era quella cappa di afa che visitava l'altopiano in alcune giornate precedenti la stagione delle grandi piogge, e tutti erano nervosi perché si attendeva con ansia il primogenito di Mario e le cose parevano mettersi male. Maria, preoccupata, si asciugava il viso sudato con un fazzoletto a fiori, e passava in rassegna il suo repertorio di frasi, che facevano arrossire le sorelle Conti, le quali si guardavano perplesse. Lia non badava alle parole dell'ostetrica e stringeva le mani di Sara.

«Questo testardo non vuole nascere», disse esasperata Maria dopo avere incitato per l'ennesima volta la povera Sara stremata a darsi da fare. «Non ho mai visto un bambino che non vuole venire al mondo, ma dovrà pur cedere».

«Sta arrivando il medico», disse Bianca a bassa voce a Lia e a Sara, «state tranquille, andrà tutto bene».

«Se non soffocherà prima», mormorò fra sé Maria ma non abbastanza piano da non essere udita da Claudia.

«Stai zitta», e Claudia le strinse un braccio, «stai perdendo la testa? Quella poveretta è sfinita e se sentisse quello che dici...».

«Ma un caso del genere non mi è mai capitato capisci? E proprio con il figlio di Mario», e per un attimo parve perdere, stringendosi nel suo piccolo corpo, la sicurezza di sempre, ma si riprese in fretta. «E quel porco di Malvasi arriva o è a *sciarmutte*?», disse esasperata.

Avrebbe voluto fare tutto da sola lei che aveva fatto nascere centinaia di bambini, ma Mario aveva voluto anche il medico e ora la certezza di vedere arrivare quel dottor Malvasi che non le era simpatico le dava un po' di sollievo.

Il dottor Malvasi giunse trafelato in compagnia di Mario e di Erich, e li lasciò sull'uscio che fu subito chiuso. Il medico tirò fuori dalla borsa il forcipe e cercò di rassicurare Sara, ma passarono ancora molti minuti prima che la bambina, che non voleva nascere, si arrendesse al forcipe e alla bravura del medico e di Maria. La neonata si presentò al mondo nelle condizioni peggiori. Era cianotica, senza respiro, i piccoli pugni irrigiditi in uno sforzo di difesa terribile, la testa deformata, il cordone ombelicale avvolto intorno al collo come un sottile serpente scuro che stesse soffocandola.

Maria recise prontamente il cordone, schiaffeggiò la bambina, la voltò e rivoltò come fosse stata un pupazzo di stoffa. E finalmente un vagito sommesso tagliò la tensione nell'aria, e seguì un pianto lungo, disperato, sempre più forte, un pianto che pareva non dovesse mai avere fine. Ma tutti ridevano sollevati ed emozionati, perché il pianto, più grande di quel corpicino, allontanò l'apprensione.

«Cattivo mostriciattolo», disse Maria ridendo e alzando ancora nell'aria la bambina prima di immergerla nell'acqua tiepida.

«Non mi direte che è bella questa bambina che ci voleva fregare. È più nera di Turù e ce ne vuole...», poi soggiunse, «ma cambierà presto, fra qualche giorno sarà una bella bambina».

L'uscio si aprì e Bianca disse a Mario che era nata una bambina e dietro di lei Claudia indicò con un segno delle dita il peso della neonata.

Nell'emozione del momento Mario credette, non che la bambina pesasse quattro chili, ma che avesse quattro dita. Sgomento fissò le sorelle, Erich, e non capiva perché fossero tutti allegri.

Pensò che la situazione fosse drammatica e che la disgrazia venisse minimizzata di fronte a Sara e alla neonata viva. Si chinò su Sara che sorrideva felice, poi guardò la bambina e scrutò i piccoli pugni, ognuno con cinque minuscole dita perfette. E allora la sua tensione si sciolse e raccontò l'equivoco, e tutti risero, e altre lacrime, questa volta di gioia, bagnarono gli occhi chiari di Lia.

La bambina, vestita con un camicino rosa che Erich, sicuro della nascita di una femmina, aveva regalato a Sara, venne messa nella culla di legno che era stata di Mario, accanto alla madre. Continuava a piangere, ma sempre più piano, la stanchezza la stava vincendo.

In silenzio uscirono tutti, mentre due donne eritree riordinavano la camera illuminata dagli ultimi bagliori del sole, che, insinuandosi fra le tende, andavano a ricamare le pareti di antichi giochi di luci e di ombre.

Sara guardò a lungo la bambina che si stava calmando, poi si addormentò. Poco dopo, scossa da sempre più radi singhiozzi, Milena allentò la tensione dei piccoli pugni e si lasciò andare al sonno. Sognò il giorno della creazione. Tornarono a lei, in un turbinio di luci, i mille colori del mondo. L'immagine del Dio, le cui mani disegnavano isole e monti passando veloci nell'aria, vagava nel cielo fra fiocchi di nubi e voli di uccelli, e giù in fondo saliva dal baratro nero una massa di acqua turchina e il suo primo respiro formò onde solcate da lembi di spuma e le dita del Dio carezzarono l'acqua e isole bianche emersero al sole.

Poi da ogni cosa parve fuggire la vita, i voli di uccelli

restarono fermi nell'aria, le onde sembravano blocchi di marmo turchino, il soffio del vento che muoveva nel cielo le nubi disparve nell'oscuro incantesimo che aveva rapito il respiro del mondo, e l'immagine del Dio tornò negli abissi ignorati.

Milena rivide Modok. Un silenzio di morte si era disteso sull'isola, sulla spiaggia di bianco corallo non c'erano uccelli che cantavano all'alba il risveglio del giorno, e nei gusci di opache conchiglie, che giacevano freddi lontani dal mare, si erano nascosti lamenti di gioie perdute.

Milena aveva già fatto quel sogno nel grembo materno, e si era rannicchiata di più nel suo piccolo spazio, nel calore del buio che la confortava, con quel cuore che batteva vicino dicendole che non era sola. E ora svegliandosi cercò il primitivo rifugio, ma un vuoto terribile la circondava, una debole luce le feriva gli occhi, e si sentì come un piccolo pesce indifeso, sbalzato dall'onda lontano nell'aria. Allora riprese a piangere con tutto il suo essere, poi trattenne con forza il respiro finché divenne scura come quando era nata. Mario la prese e la scosse ma la bambina continuò a trattenere il respiro.

«Fai qualcosa, chiama qualcuno», implorò Sara.

Erich, che era entrato in quel momento, prese Milena dalle braccia di Mario e il suo sguardo si fissò in quello della bambina e le sue dita accarezzarono la piccola fronte. Allora la piccola emise un respiro profondo e parve calmarsi. Erich la tenne a lungo fra le braccia poi la diede a Sara.

«Sembra una bambina capricciosa», disse Mario con tono allegro per sdrammatizzare la situazione, «speriamo che non continui a farci disperare, ma vedrai che la signora Rina saprà come prenderla e tu potrai riposare».

Mario aveva voluto per sua figlia una bambinaia italiana e aveva assunto una giovane signora vedova e senza figli che aveva fatto per qualche anno la nurse in Italia e che aveva accettato con sollievo, trovandosi improvvisamente sola all'Asmara, la proposta di Mario.

«Ha ancora la testa deformata», disse Sara accarezzando i capelli della bambina, «non le resterà così?».

«Il dottor Malvasi ha detto che andrà a posto in pochi giorni», rispose Mario.

«Sono teste elastiche», disse Maria entrando «avrà anche lei la sua bella testina rotonda. Ci ha fatto disperare», guardò Milena e fece cenno a Sara che tutto andava bene. «Fuori tutti», soggiunse, «Sara deve riposare. Fate portare via i fiori; quelle benedette ragazze quando c'è qualcosa di nuovo non capiscono niente, sanno solo bere *ciai* e chiacchierare. Avevo detto di non portare i fiori nella stanza».

Erich si chinò sulla bambina e le sfiorò ancora con un dito la fronte.

«Fra qualche anno faremo splendide cavalcate», disse come se Milena potesse capirlo.

«Tieni», disse poi a Sara ricordandosi di qualcosa che aveva in tasca. «Rigbè manda un regalo a Milena e domani vorrebbe venire a vederla».

Sara scartò il pacchetto. In una rozza scatoletta di cartone c'era una piccola ciprea scura e lucente, con disegni che nella loro mirabile perfezione parevano eseguiti da un grande artista. La ciprea aveva un gancio d'argento e un filo di cuoio grezzo in cui, attraverso il grancio, poteva scorrere.

«La sua prima collana», sorrise Sara. «Ringraziala e dille che domani può venire».

Gli uomini uscirono ed entrò Bianca per controllare che tutto andasse bene.

«Con i tuoi figli è stata un'altra cosa», le sussurrò Maria, «mi dispiace che Mario abbia voluto chiamare Malvasi, io ho fatto nascere tutti i bambini di Asmara».

«Non farti sentire», la interruppe Bianca a bassa voce,

ma si tranquillizzò vedendo che Sara si era riaddormentata. «Sei stata bravissima. Mario era molto preoccupato e devi capirlo. La bambina sta bene? Era così cianotica che ci ha spaventati».

«Sta benissimo. Non è una bellezza ma ha tempo per migliorare. Dov'è Meret? Ho già detto di far portare via i fiori».

«È in cucina che dà una mano, ci fermiamo qua tutti a cena e Lia si fermerà anche a dormire».

«Ho visto il signor Erich sorridere alla bambina, sembrava un altro uomo. È una delle poche persone che mi mette a disagio, ha un modo di guardarti dentro...».

«È un buon uomo. Lui e sua moglie sono molto preoccupati per quello che succede in Europa. Lei ha il padre e due sorelle sposate con figli e nipoti, e non ha più nessuna notizia. Si dicono tante cose sulle persecuzioni razziali che è facile immaginare la loro pena. Con Sara non ne parlano ma anche lei è molto preoccupata».

«Storie. Tutta propaganda. Mussolini avrà fatto i suoi errori, e chi non li avrebbe fatti al suo posto, con tutte le preoccupazioni che ha? Questa guerra è una gran brutta cosa ma ci si è stati trascinati, e noi grazie a lui siamo qui vivi e al sicuro. Non posso credere che perseguiti gli ebrei, li ha un po' spaventati costretto da quel suo amico tedesco, ma sono certa che non farà loro alcun male. Cattiva propaganda.

«Ognuno ha le proprie idee e tuo fratello le ha un po' diverse dagli altri, ma io non sto zitta davanti a nessuno. Finché faceva comodo, viaggi gratuiti in Italia, colonie anche per i nostri bambini d'Africa, agevolazioni di ogni genere, tutti con lui, adesso...».

«Non esagerare Maria», e Bianca alzò un attimo la voce, «tu sai il rispetto che abbiamo sempre avuto per il duce, e salvo poche eccezioni la pensiamo tutti allo stesso modo. Ma che tutto stia andando all'aria non è propaganda, anche qui non siamo più in casa nostra, molti aspettano la fine della guerra per rimpatriare, e noi speriamo di poter continuare a vivere in pace».

«E chi vuoi che ci dia noia! Gli inglesi si fanno i fatti loro, e questa gente, con tutto quello che abbiamo fatto per loro, dovrebbe baciare la terra su cui camminiamo, e di noi avrà sempre bisogno».

«Io sono preoccupata per Gianni. Non vede l'ora di tornare in Italia. Vorrebbe andare a combattere per rovesciare Mussolini, ma noi lo lasciamo parlare».

«Perché, parla? L'ho sempre visto seduto in poltrona con i suoi libri ma davvero non l'ho mai sentito aprir bocca. Una volta con il cane, ora che ricordo».

«È un ragazzo strano, e anche Ernesto ci fa stare in pena, è sempre malinconico e l'altra sera è tornato a casa ubriaco. Spesso mi chiedo se la morte della mamma...».

«Storie», la interruppe Maria, «voi siete state bravissime e tu hai fatto tutto quello che hai potuto. Sei stata più che una madre, hai sempre lavorato e pensato a tutti, non hai niente da rimproverarti. Sai cosa faccio quando questa guerra bastarda finisce?», e Maria ebbe un tremito nella voce, stanchezza ed emozione stavano per abbattere la sua apparente sicurezza. «Vado a prendermi mia madre e la porto qua al sole. Almeno si passa i suoi ultimi anni servita, al caldo. Più invecchio più mi manca, eppure c'è stato un tempo in cui l'ho detestata. Si cambia, l'esperienza ti fa vedere la vita in un modo diverso, o forse si rincretinisce, diventi vecchia e ti manca la madre, e quando eri giovane...».

Bianca ascoltava avidamente perché da quei momenti avrebbe potuto venir fuori un altro brano della vita di Maria, ma la donna troncò di colpo le parole sussurrate nella stanza al buio, emise un profondo respiro e prendendo Bianca per un braccio le disse:

«Andiamo a berci un bicchiere. Ne ho proprio bisogno».

Sara aprì gli occhi e vide le due donne uscire illuminate dal raggio di luce che attraversava l'uscio. Da un remoto paese del sonno aveva udito parole di guerra e di persecuzioni.

Sentì un'opprimente tristezza stringerle il cuore, fino a toglierle il respiro. Cercò di sollevarsi e la ferita del parto le diede un dolore acuto. Accese il lume sul comodino e guardò la bambina. Milena era sveglia, tranquilla. Con gli occhi spalancati esplorava la penombra. Si stava adattando all'ignoto. Nel guardare la vecchia culla di legno scuro a Sara venne in mente – per chissà quali rapidi incontri di frammenti di ricordi e confusi pensieri che a volte con la rapidità di un lampo salgono da remote profondità dell'essere e illuminano attimi imprecisati – la favola della bella addormentata.

Vide, intorno alla culla della principessa, radunarsi le fate, per regalare ognuna di loro una dote alla prestigiosa neonata. Ma crudele e invidiosa c'era la strega vestita da fata, che lanciava il suo maleficio.

Quali misteriose essenze, pensava Sara guardando la bambina, si radunavano intorno alle culle dei neonati per regalare doti e lanciare malefici, per tessere la rete dell'umano destino dalle cui trame non sarebbe più stato possibile fuggire?

O il caso, potente signore dell'esistenza, il capriccioso mago dalle mille bacchette, si sarebbe subito impossessato della nuova vita e l'avrebbe portata qua e là come una foglia sospinta dal vento?

Sara cercò di allontanare da sé ogni pensiero. Aveva voglia di piangere. Cercò di aiutarsi dicendosi che quella depressione era normale, derivava dal parto, come aveva sentito dire da donne più esperte. Ma non riusciva a vincere lo strano malessere che le si appoggiava sul petto. La percezione confusa di un antico distacco, di una solitudine cosmica, le gonfiava il respiro che voleva frantumarsi in singhiozzi. Sperò che venisse presto sua madre a darle la buona notte, e che passassero veloci le ore riportandole il sole e il canto di uccelli, che parevano spariti per sempre.

III

La guerra dilaniava l'Europa, e l'incubo, ancora una volta piombato fra gli uomini, come un uccello malefico dalle grandi ali nere che oscuravano il sole, divorava ogni giorno, fra cenere e fiamme, le sue vittime.

La mamma di Maria Maciocchi non avrebbe mai visto l'Africa, il breve sogno di un tepore lontano, intravisto fra le poche righe di una lettera della figlia, morì insieme a lei nel freddo inverno di guerra che le recò privazioni, angoscia e una polmonite che se la portò via.

Il padre e le sorelle di Lia con i mariti riuscirono a fuggire in Francia e furono ospitati in un convento. Una nipote rimase in Italia e sfuggì alla deportazione, l'altra, con il marito, fu deportata nel campo di concentramento nazista di Buchenwald.

Nel pomeriggio in cui Milena nasceva, in una bella camera soleggiata dove fu accolta con amore e commozione, una sua lontana cugina, figlia della nipote di Lia, piangeva alla vita in uno squallido camerone del campo. La madre, che non aveva più visto il marito da quando erano scesi dall'orribile treno che odorava di morte, avrebbe voluto tenere nel suo grembo per sempre quel figlio, e nasconderlo al mondo allucinante in cui si trovava. Quando la bambina nacque un giovane soldato nazista stava diritto sulla porta ad ascoltare, umiliato, le urla di un maggiore che lo insultava. Quando il vecchio se ne andò lasciando il ragazzo impettito e immobile come una statua, ma rosso in viso e con gli occhi lucidi, la bambina pianse più forte e la madre cercò di farla tacere premendo il piccolo viso contro il suo seno. Il soldato si diresse con passo marcato verso la branda e, con mani che tremanti di collera, prese la bambina e andò a gettarla in una fossa comune fra gelidi corpi. La madre sperò per un attimo di svegliarsi dall'incubo e quando realizzò che non poteva sperare nel sogno si lasciò andare verso i confini dell'ambiguo regno della follia, cancellando, nella realtà che andava assumendo ai suoi occhi sbiadite e lontane immagini, ogni ricordo. Ma essendo le risorse dell'uomo molteplici e a lui stesso sconosciute, Vera Ancona, molti anni dopo, poteva raccontare il tempo buio della storia in cui a Buchenwald aveva perso il marito e la figlia.

Ancora giovane, bella, ricca di talenti, fu trattenuta nel mondo dalle imprevedibili e magiche mani della vita che non l'aveva lasciata andar via quel giorno in cui aveva tanto desiderato sparire. Venne in Africa, negli anni Cinquanta, per una breve vacanza e ricordo che quando la vidi la prima volta a casa dei nonni rimasi abbagliata. Era una delle più belle donne che avessi mai visto e, sebbene il suo sguardo fosse malinconico, aveva un sorriso luminoso. Mentre mi guardava e mi accarezzava, pensando alla sua bambina che avrebbe avuto la mia età, chinò il viso lasciando che i lunghi capelli rossi lo nascondessero per qualche attimo e io vidi, mentre mi teneva la mano, una lunga fila di numeri tatuati sul suo braccio. La nonna piangeva e il nonno riduceva in piccoli pezzi, lentamente, un foglio di carta, e nel suo sguardo c'era una grande tristezza. Rigbè, come sempre, era sulla soglia della cucina a dare un'occhiata e mi parve che i suoi occhi strabici fossero lucidi. Tornando agli anni in cui l'Europa era diventata il ricettacolo delle peggiori nefandezze compiute dagli uomini, nessuno ancora poteva sapere, nel nostro ghetto dorato troppo lontano da terre a noi sconosciute, che in quella guerra erano stati sterminati milioni di ebrei.

E ancora una volta, smosse le macerie e disperse le

ceneri, ebbe inizio la ricostruzione e nacquero nuove speranze. Quando in Italia tornò la pace, da Massaua ripresero a partire le grandi navi; riportavano in patria coloro che preferivano abbandonare i sogni africani, perché delusi o ancora una volta falliti.

In Eritrea rimasero i vecchi coloniali, alberi che in quella terra avevano messo profonde radici, i loro discendenti e tutti coloro che in un modo o nell'altro si erano bene inseriti e vedevano quel lembo di terra africana come un Paradiso terrestre. Chi in Europa si sarebbe perso nell'anonimità, poteva emergere e raggiungere facili successi nel paese che ancora conservava le caratteristiche e i privilegi della colonia. All'Asmara si formò l'élite dei professionisti, dei commercianti, che con tempismo e scaltrezza avevano accumulato fortune mentre altri le avevano perse, degli industriali, che arricchivano il paese di redditizie aziende, dei costruttori. I fortunati che grazie al prestigio e al danaro erano riusciti a varcare le soglie del circolo italiano, un edificio di cattivo gusto che portava l'impronta dell'epoca fascista, trascorrevano allegre serate ai tavoli di canasta e di bridge, e spesso venivano organizzate feste danzanti, rallegrate da briose orchestre, che trattenevano fino all'alba i ballerini. In quelle occasioni emergeva il parrucchiere che aveva lasciato la sua impronta sulle teste delle signore più in vista, e la sarta più costosa che copiava dai ritagli dei giornali italiani gli abiti di successo.

Si andava al mare a Massaua e a caccia nel bassopiano occidentale, si organizzavano gite nei luoghi più suggestivi con pic-nic all'ombra dei sicomori, si villeggiava a Cheren, la bianca cittadina orientale profumata dalle peonie e dagli zaituni, paradiso di uccelli e di ramarri nonché dei numerosi artigiani che lavoravano l'argento stando seduti per terra fuori dalle loro botteghe. L'albergo «Sicilia», a Cheren, gestito da un baffuto e cordiale siciliano, era un angolo di mondo, con il suo giardino ricco di colori e profumi.

Non erano solo l'accento e gli atteggiamenti estroversi e ospitali di don Antonio e la sua cucina ricca di specialità siciliane, ma tutto l'insieme che pareva essere stato prelevato dalla lontana isola e portato rapidamente a Cheren, palme, oleandri e tutto il resto, da un Mustafà possessore di tappeti volanti.

All'albergo «Sicilia» ci intrattenevamo a lungo con i pappagalli parlanti, due petulanti cocorite che consce dell'attenzione destata dai loro discorsi, poche parole che scivolavano frettolose una dietro l'altra, non stavano zitte un momento.

Le passeggiate sul letto asciutto del fiume Anseba erano per noi bambini avventure dense di mistero. I ramarri diventavano coccodrilli affamati, fra il fogliame sulle sponde del fiume gli occhi delle gazzelle erano quelli delle tigri salgariane, le lepri che correvano via dopo avere sostato un attimo a guardarci, con le orecchie tese e le narici frementi, erano animali feroci che non ci spaventavano. E quando, dopo ore di cammino sulla sabbia calda, nell'atmosfera dove i brusii di insetti invisibili si univano al richiamo dei numerosi uccelli, arrivavamo in vista delle piccole costruzioni che si ergevano su una collina, chiamate i «tre *tucul*», aveva fine, con il raggiungimento del castello fatato che era al termine di un percorso pieno di insidie, la nostra avventura. Attendevamo, stanchi e accaldati, che arrivasse in fretta qualcuno a prenderci per riportarci a Cheren in automobile.

La piacevole abitudine delle gite a Massaua e a Cheren, dei pic-nic a Hebo, della caccia in bassopiano, fu bruscamente interrotta da un orribile delitto, il primo di una lunga catena che per anni avrebbe avvolto l'Eritrea in una realtà sconosciuta, quella della paura ad affrontare qualsiasi strada portasse fuori da Asmara, del terrore del possibile incontro con gli *sciftà*.

I fratelli Vanni, due ragazzi figli di un facoltoso costruttore, erano partiti da Asmara per raggiungere Cheren dove avevano una piantagione di agrumi, e dove spesso invitavano gli amici a trascorrere qualche giorno. Giunti a metà strada, in una curva nascosta da montagne ricoperte da euforbie, avevano trovato la strada sbarrata da grossi sassi. Erano scesi per rimuovere i macigni, convinti che qualche amico avesse loro fatto uno scherzo. Dalle montagne, svelti come scimmie, alcuni uomini con i piedi scalzi, le teste ricoperte da masse di capelli crespi sui quali erano infilati rudimentali pettini di legno, erano piombati sui ragazzi circondandoli. Ogni tentativo di difesa fu inutile; i fratelli Vanni vennero immobilizzati e legati ad un albero. Dopo essere stati a lungo seviziati furono uccisi. L'episodio recò dolore, sgomento e paura nelle comunità europee dell'Eritrea, i genitori dei ragazzi vendettero la piantagione e tutto quello che avevano e tornarono in Italia, disperati, maledicendo l'Africa. Trascorsero due mesi e si pensò che l'assassinio dei fratelli Vanni fosse stato un episodio isolato e inspiegabile. Se ne parlava ancora quando il nonno venne invitato a raggiungere Massaua, per valutare alcuni cavalli che erano stati inviati dall'Arabia Saudita al console italiano.

La mattina della programmata partenza il nonno si era svegliato agitato e di pessimo umore; sospettai che avesse sognato suo padre. La mamma mi aveva sempre detto che il nonno era un «telepatico» e che i suoi sogni erano premonitori. Quel giorno ero a pranzo da loro, come tutti i giovedì, ed ero molto contenta perché Rigbè e la nonna avevano preparato le mie pietanze preferite. Anche il nonno, spesso, mandando via tutti dalla cucina, mi preparava i piccioni ripieni con le olive e altre raffinatezze, vantandosi di essere un ottimo cuoco. Ma quel giorno il suo sguardo era cupo e in quei momenti io preferivo evitare i suoi occhi, che mi guardavano dentro, e cercavo di stare molto composta a tavola e di mangiare meno lentamente del solito, perché non mi facesse alcuna osservazione. Mentre stavamo mangiando, Rigbè disse che c'era Manolo Costas, un ragazzo ventenne appassionato di cavalli che voleva parlare con il nonno. Lo invitarono a sedersi con noi; ne fui contenta perché Manolo era molto bello e mi degnava di qualche condiscendente domanda del tipo «come va la scuola?».

«Vado a Massaua», disse eccitato al nonno; «vado io a vedere i cavalli. Mi hanno telefonato dicendomi che lei non sta bene. Peccato, altrimenti saremmo potuto partire insieme». Mi rivolse poi la parola con simpatia, era così felice che poteva fare anche quello sforzo: «Avremmo potuto portare anche te», disse. «Ti piacerebbe fare un bagno?».

Mi sentii turbata e avrei dato non so cosa per essere più grande e non avere le due pesanti trecce che a dispetto della mamma un giorno avrei fatto sparire.

«Sua mamma non la fa andare in giro così», disse Rigbè prima che io potessi rispondere, passando accanto a Manolo con la torta di frutta, e nessuno replicò perché quella dei nonni era una delle pochissime case in cui una donna di colore potesse esprimere il suo parere con tono di comando. Ma Rigbè il suo parere lo esprimeva dovunque e nessuno riusciva a farla tacere. In quel momento la odiai. Se ci fosse stata anche una remota possibilità di fare una breve gita a Massaua, con il nonno e con Manolo, lei cercava di rovinarla.

«Mia mamma mi farebbe andare», mentii cercando di incontrare lo sguardo strabico di Righè per manifestarle il mio disappunto e di evitare quello del nonno che con un'occhiata avrebbe disapprovato la mia bugia.

«Tua mamma non ti manda in giro», replicò lei.

«Basta», interruppe il nonno, «io non vado e quindi non c'è nulla da discutere». Si rivolse poi a Manolo: «Non andarci», gli disse mentre un'ultima parola di Rigbè vagava ancora per l'aria, «andiemo insieme un'altra volta».

«Mi dispiace signor Erich», disse Manolo, «ma ho promesso che fra poche ore sarò là. C'è giù anche la mia fidanzata, è andata ad accompagnare la madre che parte per la Grecia, così torniamo insieme».

Pensai alla ragazza che avevo visto insieme a Manolo, aveva i denti sporgenti, assomigliava a Fulmine, il cavallo del nonno, e forse per questo, pensai, piaceva a Manolo.

Il nonno, che non amava insistere, disse ancora a Manolo di non andare a Massaua, ma il ragazzo ci lasciò subito dopo il caffè e dal cancello lo vedemmo partire sulla sua jeep verde.

Non fece molta strada. Uomini armati, come quelli che avevano ucciso i fratelli Vanni, avevano sbarrato la strada subito dopo il Monte Bizen. Gli fracassarono la testa con delle pietre e lo mutilarono. La stessa sera entrarono in una piccola azienda dove un noto avvocato italiano trascorreva i fine settimana e lo uccisero con colpi di fucile.

Il terrore scosse la quiete dove la vita si svolgeva al riparo dei grandi mali del mondo, gli *sciftà*, così vennero chiamati i banditi, erano una realtà che gettava un'ombra cupa sulle strade dell'Eritrea, e nessuno si allontanava più da Asmara senza armi.

Quando seppi che avevano ucciso Manolo – me lo disse Rigbè senza mancare di aggiungere che io e il nonno ci eravamo salvati, pur sapendo che non avrei potuto partecipare al viaggio – la morte, che si era presa Manolo in modo così terribile, mi apparve sotto un aspetto nuovo. Non avevo mai pensato che i giovani e in particolare quelli che io conoscevo potessero morire da un momento all'altro, e cercai di ascoltare, stando dietro le porte, i discorsi degli adulti che raccontavano i particolari dell'assassinio di Manolo e parlavano degli *sciftà*, gli uomini neri che scendevano dalle montagne per assassinare gli uomini bianchi. Le forze dell'ordine si davano da fare, e spesso si leggeva che erano state portate a termine brillanti operazioni e catturati alcuni *sciftà*. Le foto sui giornali li mostravano in primo piano con la massa di capelli ispidi che si alzavano alti sul capo e occhi allucinati. I delitti continuavano e i proprietari di piantagioni vivevano in continuo stato di ansia, e spesso decidevano di abbandonarle. Non fu mai aggredito nessun inglese e si cominciò a mormorare che gli *sciftà* erano sovvenzionati dagli inglesi, che c'erano oscure manovre politiche anti italiane. Vennero aggrediti e uccisi dei musulmani e iniziò anche per loro l'incubo di essere inclusi nella feroce caccia all'uomo dei banditi eritrei.

Non si capiva quali fossero le manovre politiche, ma ormai era certo che gli *sciftà* non erano dei disperati che avevano deciso da un giorno all'altro di costituire comitati di morte, ma facevano parte di un'organizzazione che sarebbe sfuggita per anni a tutti i capi di polizia. Presto il nome di Mosasghì, il grande capo *sciftà*, nascosto da qualche parte a organizzare le sue bande, divenne sinonimo di morte.

L'inafferrabile uomo delle montagne si spostava con facilità da una zona all'altra dell'Eritrea e spesso gli uomini della polizia che venivano mandati in perlustrazione avevano l'impressione di vederlo in un punto lontano, alto, robusto, circondato dai suoi accompagnatori, e si lanciavano all'inseguimento; ma Mosasghì svaniva nel nulla e quando i poliziotti, figli della miseria che li aveva mandati fuori dai paesi a guadagnarsi la sopravvivenza, venivano chiamati a rapporto, tutti dicevano di averlo visto ma nessuno era riuscito a catturarlo. In questo modo Mosasghì, l'uomo sulla cui testa pesava una taglia, confondeva le idee, e venivano rinforzate le pattuglie che dovevano occuparsi dell'uomo onnipresente.

Si sussurrava, con voce sempre più alta, che Mosasghì godeva di importanti protezioni e che alcuni *sciftà* si fossero infiltrati nei corpi di polizia e altri girassero indisturbati nei quartieri indigeni. Bisognava escogitare nuovi piani per fare fronte alle accuse di inefficienza rivolte ai responsabili delle forze dell'ordine. Sui giornali venne annunciato che i banditi catturati sarebbero stati impiccati sulla piazza del mercato, e lasciati là per un'intera giornata perché tutti potessero vederli.

Una mattina, approfittando dell'assenza dei miei genitori e dei nonni che erano stati invitati a un matrimonio, pregai Rigbè di accompagnarmi al mercato a comprare i coralli per infilare collane e bracciali; i coralli che i venditori musulmani esponevano in modeste scatolette erano oggetto di grande consumo, sia perché era divertente inventare giuochi multicolori di bigiotteria, sia perché le perline erano così piccole che se ne perdevano tante e spesso ce ne volevano altre.

C'era molta agitazione sulla piazza e si sentivano le urla di una donna, così potenti da vincere il clamore delle molteplici voci che si incrociavano nell'aria.

«Hanno impiccato uno *sciftà*», rispose a Rigbè una donna che era stata da lei interpellata, e iniziò fra le due una fitta conversazione, poi altre donne si unirono formando un gruppo vociante in cui ognuna voleva esprimere il proprio parere.

Rigbè, con la sua alta statura e i decisi movimenti di chi sa comandare, dominava le donne che le si stringevano intorno curando la regia dei discorsi perché non si creasse troppa confusione e non venissero persi quelli che a lei sembravano più interessanti. Sopraggiungevano anche sue amiche, con gli *zembil* pieni di merci avvolte in carta di giornale, e gli incontri avvenivano con abbracci e baci ripetuti molte volte, così come usano gli eritrei quando si ritrovano anche se si sono lasciati da poco.

Io, confusa fra quel mare di gonne e di *fute* mosse dal *kamsim* che quel giorno soffiava su Asmara, cercavo di capire qualcosa da tutte quelle parole che mi rotolavano addosso. Le donne sostenevano che il ragazzo impiccato era innocente, lo avevano preso a caso per fare una pubblica dimostrazione, e che la madre stava disperandosi per il figlio che non aveva alcuna colpa.

Quando ebbi capito che si parlava solo dello *sciftà* riuscii ad allontanarmi dal gruppo e, non meno eccitata di Rigbè che non si era accorta di non avermi più accanto, salii sui gradini della piazzetta dei venditori di granaglie e allungando il collo e spostando leggermente un mendicante cieco che non avrebbe potuto vedere nulla vidi lo *sciftà* impiccato. Pareva un vuoto pupazzo nero coperto di stracci, con la testa reclinata sul petto, i piedi nudi, le braccia mosse qua e là dal vento. Una donna urlava agitando le braccia verso il rudimentale patibolo, pareva volesse richiamare alla vita, con la potenza della voce, quel povero corpo inutile. Poliziotti con randelli tenevano lontana la folla dei curiosi e dei mendicanti, ma qualche bambino, quei bambini che a tre anni conoscono per necessità le astuzie della vita, riusciva ad arrivare sotto l'impiccato per guardarlo da vicino finché un poliziotto non lo restituiva in malo modo alla folla. Vidi la donna che piangeva portata via a forza da uomini e donne che cercavano di calmarla e mentre si voltava a guardare ancora il figlio morto intravidi il suo viso semicoperto da una *futa* e mi apparve come una nera Madonna ai piedi della croce.

«Andiamo via», disse Rigbè salendo in fretta i gradini che le avrebbero consentito di vedere la scena, «andiamo, andiamo via subito. Tu non devi vedere queste cose e non dovevi scappare, sei cattiva e non ti porto più al mercato. Se lo sa il signor Erich, tua mamma, meglio non dire niente... Povero ragazzo e poveretta sua madre»; e dopo quelle ultime parole l'espressione del suo viso divenne misteriosa e contenuta, da grande attrice, tipica in lei quando sapeva che ci si aspettava che rivelasse storie da noi ignorate.

«Li conoscevi?», domandai sapendo che prima di ottenere una risposta avrei dovuto attendere molti minuti perché Rigbè amava le lunghe pause prima di concedere le sue rivelazioni. E io non volevo darle la soddisfazione di mostrarmi impaziente sapendo che avrebbe parlato.

«Li conoscevo», disse con noncuranza, e mi lasciò con la mia curiosità. Ero sicura che mentiva, altrimenti avrebbe raccontato tutta la storia. Ma non era da lei andare al di là di quelle piccole bugie che la facevano sentire al centro dell'attenzione senza comprometterla troppo.

IV

Mio padre aveva fatto costruire per noi una villetta lontana dal centro, con un giardino dai bellissimi fiori e un'altalena, che mi dava vertiginose sensazioni di ebbrezza quando, lanciandomi verso l'alto, anelavo a sfiorare il cielo con la punta dei piedi. La mamma curava il giardino con passione, lasciando poco da fare a Elias che le correva dietro tentando di aiutarla, ed era molto gelosa delle sue variopinte creazioni. Ogni tanto mangiavo di nascosto i petali delle begonie che avevano un piacevole sapore agrodolce, ma la mamma se ne accorgeva e mi rimproverava e allora mi rassegnavo a brevi periodi di astinenza, in attesa che le begonie si moltiplicassero per poter prendere i petali più nascosti. Era difficile che sfuggisse alla mamma una mia merenda di begonie, perché faceva sempre minuziose ispezioni e ogni fiore era come un suo figlio allevato con cura, e notava subito l'impronta di piedi che avevano scavalcato un'aiuola.

Davanti alla nostra casa c'era la campagna attraversata da un binario morto, sul quale sostava senza speranze il vagone di un treno, il mio giocattolo preferito. Non avendo più mete da raggiungere, il vagone si accontentava di tramutarsi in casa fantastica dove io e altri bambini dei dintorni ci nascondevamo per diventare maghi e streghe, portandoci dietro, senza farci vedere dagli adulti, copriletti e lenzuola che dovevano servire al nostro travestimento.

C'era un fossato fra la nostra casa e la campagna e, durante il periodo delle grandi piogge, si riempiva d'acqua che scorreva rombando e noi galleggiavamo su una grande tinozza di legno, aiutandoci con rami di alberi abbattuti dai fulmini e facendo correre sull'acqua, in una gara che creava fra noi vivaci polemiche, fuscelli accuratamente selezionati. La mamma era spesso assente perché aiutava mio padre in ufficio, e Mafrasc, la ragazza eritrea che aveva sostituito la signora Rina, rientrata definitivamente in Italia, cedeva spesso ai miei capricci e mi sorvegliava dal cancello. Il fossato di allora, che nel ricordo rimase a lungo come un fiume dalle acque agitate, rivisto dopo molti anni, mi apparve una povera cosa, un minuscolo e basso canale sul quale la tinozza non affrontava grandi pericoli.

Mafrasc era una bella ragazza che sorrideva sempre esibendo denti bianchissimi e profonde fossette sulle guance rotonde. Aveva una notevole cultura cinematografica essendo stata presso una famiglia dove c'era un fortunato bambino che ogni giorno veniva mandato al cinema con lei. Conoscevo benissimo le trame dei film che lei aveva visto perché me le raccontava tutte, e quando aveva esaurito il repertorio ricominciava daccapo e aggiungeva qualcosa di suo per non rendere monotone le ripetizioni e perché aveva fantasia.

Le sue invenzioni erano per me più interessanti di quelle del regista, al quale erano sfuggiti particolari importanti, e variavano di volta in volta senza troppo tradire la storia originale.

Aveva tappezzato la sua camera con ritagli di giornale dai quali sorridevano o lanciavano languide occhiate i suoi attori preferiti tra cui spiccavano Deanna Durbin, che le assomigliava, Rita Hayworth e Tyrone Power. Parlava bene l'italiano e io trascorrevo ore ad ascoltare le sue storie; spesso andavamo nella sua stanza perché lei potesse meglio illustrarmi le caratteristiche dei suoi beniamini.

Sapevo che una mia cugina, la figlia della zia Claudia, aveva riviste con foto di attori e riuscii a barattare, con un bel fermacapelli che mi aveva regalato la mamma, una pagina con Clark Gable e Vivien Leigh in una scena di *Via col vento*. Mafrasc fu molto felice e dovemmo fare alcune variazioni sulle pareti della sua stanza per dare un posto di rilievo ai due famosi attori.

Anch'io le raccontavo storie, erano quelle lette sui libri che mi comprava la mamma; lei ascoltava interessata e commossa le vicende del bambino incompreso o della piccola fiammiferaia e io mi soffermavo sui particolari più tristi, cercando di renderli ancora più drammatici perché lei continuasse a pensarci e a farmi domande. La mamma, che leggeva molto ed era gelosa dei suoi libri come dei suoi fiori, mi aveva regalato *Pinocchio* quando mi erano state tolte le tonsille. Non sapevo ancora leggere, ma avevo la sensazione che quel libro, che stringevo sul petto mentre me ne stavo nascosta sotto le coperte, offesa per la falsa promessa di mio padre: «Vedrai che non ti faranno alcun male», sarebbe stato l'inizio di viaggi in mondi sconosciuti dove avrei trovato molte emozioni. E Pinocchio, che io amavo molto, divenne uno dei personaggi preferiti da Mafrasc.

Un pomeriggio, mentre mi stava raccontando la storia del film *La sepolta viva*, una delle mie preferite, la vidi deporre il ferro da stiro con uno scatto e correre verso il giardino. La seguii e, con ancora nella mente le macabre scene che le sue parole avevano appena evocato, pensai che avesse visto dalla finestra orribili cose e mi aggrappai al suo braccio, con la speranza che qualcosa delle nostre storie si materializzasse nell'aria per farci vivere un attimo nel racconto. Tutto era tranquillo e Mafrasc, immobile, fissava un punto dell'orizzonte. Guardai il cielo e vidi, in direzione dello sguardo di Mafrasc, che stava oscurandosi. Non erano le nubi che arrivavano veloci portando in grembo le grandi piogge, ma un sottile velo verde che avvicinandosi diveniva più spesso, fino a oscurare il sole. Grappoli di cavallette cominciarono a scendere sulle piante, sulla campagna, a invadere strade e sentieri. Scendevano sulle aiuole della mamma, si lasciavano dondolare un attimo sui fiori, poi divoravano tutto.

«Mangiano il giardino», urlai; «la mamma non troverà più i suoi fiori, dobbiamo mandarle via».

Anche Elias era venuto a vedere e se ne stava con la sua aria desolata a guardare, e immaginai che pensasse alla reazione della mamma.

«Non c'è niente da fare», disse Mafrasc e notai che le tremava la voce, «dobbiamo andare a chiudere tutto altrimenti entreranno in casa. Mangeranno il raccolto queste maledette».

Io le guardavo arrivare, sempre più numerose, e fissavo affascinata le ali screziate, gli occhi sporgenti che parevano palline di vetro, le mandibole che masticavano veloci. Quando vennero a posarsi sul mio vestito urlai per mandarle via e Mafrasc mi trascinò in casa. In pochi attimi la città, le campagne, i villaggi furono invasi dalle cavallette che sostavano sugli alberi, sui fili della luce, sui tetti. Formavano viscidi tappeti su ogni strada e non si riusciva a evitarle. Scomparvero dai giardini i fiori e l'erba, scomparvero dalle campagne il grano, il mais, l'orzo, scomparvero, divorati dall'esercito alato che piombava sulla terra come un sortilegio di spiriti malvagi, i raccolti della povera gente che per mesi aveva lavorato la terra per avere quel poco che consentiva di sopravvivere.

Nelle strade periferiche delle botteghe orientali la sera si sentiva odore di cavallette fritte; i musulmani, estimatori della tenera carne delle locuste, riuscivano a trarre qualche vantaggio da quella calamità. Dopo due giorni l'immenso sciame si alzò in volo e rapidamente sparì.

Mafrasc chiese il permesso di andare al suo paese, Macallè, sapendo che i genitori e i fratelli stavano vivendo momenti disperati per il raccolto perduto. Inoltre aveva una piccola escrescenza sotto la lingua che voleva far curare da un vecchio paesano. La mamma le aveva proposto di farsi visitare da un medico italiano ma Mafrasc non si fidava, tutti al paese erano sempre stati curati da Zegai che godeva di grande considerazione. Nemmeno io riuscii a convincerla; Mafrasc era intelligente ed evoluta ma certe tradizioni non le avrebbe mai abbandonate, erano cresciute con lei e con la sua gente nel piccolo paese sull'altopiano del Tigrai e se le era portate dietro per non dimenticare quella parte della sua vita, lontana come una stella dalle piccole cose che aveva imparato ad amare in città.

Comprò due galline, caffè e zucchero, riempì i vari *zembil* di misteriosi cartocci e salì sulla corriera che l'avrebbe portata al paese. Fu un viaggio lungo e quando arrivò, affaticata anche dai chilometri percorsi a piedi per raggiungere la sua abitazione, nessuno corse ad abbracciarla nel vederla entrare. I genitori e i fratelli, che nel crepuscolo parevano fragili figurette d'ambra, erano riuniti intorno al *mogogò* e sembrava che attendessero, con cupa rassegnazione, che un colpo di vento li portasse via dal mondo. Mafrasc aprì gli *zembil* e sparpagliò in terra i suoi doni, e le galline, finalmente libere, starnazzarono in giro per il *tucul*, poi accese un lume a petrolio e cominciò a parlare vivacemente per scacciare, con le parole, l'umore cupo che pesava sulla povera stanza. Abeba, la sorella tredicenne, passò il dito su un bracciale di vetro e sorrise, i fratelli piccoli cercarono di immobilizzare le galline.

«Le cavallette», disse il padre di Mafrasc dandole una fetta di *borgutta* che aveva in grembo da chissà quanto tempo perché l'angoscia impediva alla sua fame di alzare la voce, «ci hanno distrutto tutto».

Sua madre si prese la testa fra le lunghe mani ossute.

«L'anno scorso non è piovuto», gemette, «quest'anno le cavallette. C'era un bel raccolto...».

«Ho portato dei soldi», la interruppe Mafrasc, «e potrei trovare un posto di lavoro per Abeba. Conosco molta gente in città».

Guardò i cinque fratelli, l'ultimo aveva pochi mesi e dormiva rannicchiato in un angolo.

«Abeba si sposerà fra due mesi», disse suo padre «ed è meglio così che venire in città», e guardò severamente la figlia.

Mafrasc chinò il capo turbata. Anche lei si era sposata a tredici anni, costretta dalla famiglia, con un ragazzo che non amava. Aveva avuto un figlio che era morto dopo pochi mesi e suo marito non le aveva più parlato. Una notte, raccolte le sue poche cose, era fuggita in città, e dopo molte peripezie aveva trovato lavoro come lavandaia. Era tornata al paese dopo due anni portando alla famiglia tutti i suoi risparmi ed era stata perdonata, ma il padre preferiva che non si parlasse di Asmara e c'era sempre, in certi suoi silenzi, un antico rimprovero.

Mafrasc amava la famiglia, ma stava ben lontana dalla miseria che l'aveva accompagnata fin dalla nascita, stringendola per mano ogni giorno, alitandole in viso la sua presenza ogni mattina, quando si svegliava e si ricordava di esistere.

Mafrasc si recò dal medico del villaggio, il vecchio Zegai, che con le sue erbe e i suoi riti curava la gente che veniva anche da lontano. Zegai guardò preoccupato l'escrescenza sotto la lingua di Mafrasc poi prese un'asta di ferro, la rese incandescente, tenendola a lungo sul fuoco che brillava nella capanna, e la posò sul piccolo pezzo di carne. Mafrasc urlò e il suo dolore scosse le sottili pareti del *tucul*, arrivò al cielo, ma lasciò indifferenti i vecchi occhi di Zegai da sempre abituati alla sofferenza. Abeba, che aspettava fuori, aveva udito le urla di Mafrasc, era entrata correndo e aveva preso sotto braccio la sorella per portarla a casa. Mafrasc si raggomitolò per terra avvoltolandosi nella *futa*. Sembrava un fagotto povero e dimenticato dal quale provenivano gemiti e sussulti. I familiari si avvicinavano a turno e dicevano all'informe fagotto che l'indomani tutto sarebbe passato. E all'alba, mentre gli uccelli impazziti destavano il sole, tutto passò. Il fagotto era immobile e un primo raggio di luce, insinuandosi sotto l'uscio sgangherato della capanna, illuminava la *futa*, non più candida, che avvolgeva il corpo di Mafrasc.

Il *tucul* si riempì di grida di dolore, di singhiozzi.

Arrivarono uomini e donne del villaggio perché tutti conoscevano Mafrasc e il sorriso che portava allegria. Le donne intonavano antichi lamenti che venivano dai secoli bui per gridare alla morte l'offesa subita, si inginocchiavano e battevano la fronte in terra, ripetutamente. Gli uomini si lamentavano sommessamente e bevevano l'amaro *mies* che veniva loro offerto. Abeba, inginocchiata accanto alla sorella dal cui viso si era allontanato il dolore, singhiozzava e le stringeva le mani come per trasfondere in esse un po' della sua vita. Sua madre aveva smesso di piangere. Conosceva bene la morte, non le faceva più impressione. Era la vita che non sopportava più. Il raccolto divorato dalle cavallette, la figlia maggiore che li lasciava nel momento in cui avevano più bisogno di lei, il marito che affogava nel *mies* le sue preoccupazioni, i figli malaticci, non aveva più voglia di piangere come avrebbe dovuto.

Mafrasc indossava il suo abito bianco della domenica, ricamato con le croci copte, e il capo era coperto dalla *futa* che Abeba aveva avuto da lei in dono.

Nella casa in città, dove c'era la sua cameretta tappezzata dalle fotografie dei divi del cinema e la miseria era uno spettro sconosciuto, io l'attendevo con impazienza.

Dopo qualche giorno si presentò a noi, accompagnata da Rigbè, una ragazzina in lacrime. La guardammo con pena e curiosità. Era magrissima, indossava un abito troppo grande per le sue poche ossa sporgenti, e aveva negli occhi un'espressione addolorata e impaurita.

«È la sorella di Mafrasc», disse Rigbè con il tono mesto e l'espressione distaccata dei momenti tristi, «viene dal paese e ha girato molto per trovare la casa. L'hanno accompagnata dai signori Mayer i nostri vicini».

«E Mafrasc?», domandò la mamma con impazienza.

Rigbè mi guardò e dovemmo rassegnarci a una delle sue lunghe pause. Poi decise che non mi si doveva nascondere nulla.

«È morta», disse, «il medico del villaggio l'ha operata sotto la lingua ed è morta il giorno dopo».

«Per quella stupida escrescenza?», la mamma era indignata. «Doveva venire con me, era una cosa da niente, una ciste».

«Che idiota», disse mio padre, «farsi ammazzare da un selvaggio». Poi si ricordò che io ero presente. «Mi dispiace molto», soggiunse, «era una brava ragazza».

Mi dissi, guardando Abeba che non capiva nulla di quanto stavamo dicendo, che Mafrasc non sarebbe più tornata. Se si moriva era per sempre, e il per sempre non aveva rimedi.

Nemmeno il nonno, che sapeva tante cose, che aveva avuto tante avventure, e che guariva i cavalli quando non ci riuscivano i veterinari, non avrebbe potuto far niente per Mafrasc. Il rimedio poteva esserci se quel momento fosse stato un sogno, uno dei tanti sogni che agitavano le mie notti, ma c'erano troppe prove che era mezzogiorno e io ero sveglia da un pezzo. Avevo fatto dei patti con mia cugina per i ritagli dei giornali con gli attori, e avevo quasi finito di leggere un libro, *La capanna dello zio Tom*; mi aveva fatto piangere molto e avevo pregustato la commozione di Mafrasc quando avrei fatto vivere anche a lei quella triste storia, così insopportabilmente triste che avevo odiato chi l'aveva scritta.

Abeba se ne stava appoggiata alla parete, sembrava un animale selvatico di fronte ai cacciatori.

«Cosa facciamo?», domandò la mamma posando una mano sui miei capelli.

«Non sa una parola d'italiano, è una ragazzina», e mio padre accese nervosamente una sigaretta.

Abeba, pensavo, non sarebbe mai stata come Mafrasc. Ma era sua sorella e non si poteva rimandarla al paese. Sapevo che mio padre non avrebbe avuto il coraggio di mandarla via, e infatti disse che si poteva tenerla in casa e insegnarle a fare qualcosa.

«I signori Mayer aspettano Milena», disse Rigbè.

«La porterò io più tardi», rispose la mamma, con tono che non ammetteva repliche, intuendo che Rigbè avrebbe trovato il modo di insistere.

Io non volevo più sentire nessuno. Uscii di casa sbattendo la porta, ignorando mio padre che mi chiamava.

Raggiunsi correndo il vagone incantato e mi nascosi là dentro. E per la prima volta quel rifugio, che si trasformava in castello per i nostri fantastici giochi, mi apparve come una povera squallida cassa di legno.

V

La nostra casa era una fortezza di silenzio. Qualcosa era accaduto per togliere ai miei genitori il desiderio di parlare, nei pochi momenti in cui ci trovavamo riuniti a tavola.

Meret si muoveva come un'ombra andando e venendo dalla cucina, e il suo corpo abbondante, che le ampie vesti rendevano ancora più grande, pareva muoversi nell'aria, mentre io tenevo gli occhi fissi su un qualsiasi oggetto, preferibilmente la saliera, fino a quando il papà andava a sedersi in poltrona per bere il caffè e io potevo andarmene, sentendomi liberata da quell'atmosfera opprimente. La notte spesso venivo svegliata da parole che provenivano dalla camera dei miei genitori; cercavo di afferrarle ma si perdevano prima di arrivare alla porta della mia camera. Capivo che stavano discutendo poi il papà alzava la voce e diceva che non si poteva andare più avanti in quel modo, la mamma si metteva a piangere, si alzava e andava in un'altra stanza o a farsi una camomilla in cucina. Un giorno si fece aiutare da Eliseo e da Meret, e trasferì tutte le sue cose in una camera lontana da quella del papà e da allora dormì sola.

Non abitavamo più nella casa che aveva davanti la campagna e il vagone incantato; ci eravamo trasferiti in una villa del centro, una grande casa bianca con un giardino ombreggiato da palme e da una imponente araucaria, la più alta che c'era ad Asmara. Salivo spesso sui rami dai quali si dominava parte della città; portavo lassù un libro e in compagnia degli uccelli respiravo con gioia profonda le ore in cui i folti rami dell'albero mi nascondevano al mondo, e mi avvicinavano al cielo.

In breve tempo il giardino divenne una macchia di colore, la mamma creava aiuole di papaveri americani che si accendevano come fiamme quando sbocciavano, begonie che non avevo perso l'abitudine di masticare, dalie sfacciate nelle loro tinte sgargianti, piante grasse che fiorivano una volta ogni dieci anni e bisognava star lì a spiare l'evento che un giorno o l'altro sarebbe potuto accadere. E mi chiedevo se la mamma lo avrebbe messo sotto una campana di vetro quell'unico fiore che qualsiasi piccola calamità avrebbe potuto portarsi via per dar luogo a un'altra attesa decennale. Checca, la tartaruga che mi era stata regalata e di cui ero molto fiera, perché sembrava una panchina sulla quale ci si poteva riposare al sole, si rivelò ben presto un disastro per il giardino; aveva una predilezione per i papaveri americani e l'erba novella, e dovetti metterla a pensione da un amico del papà sapendo che, avendo Checca almeno duecento anni da vivere ancora, un giorno me la sarei ripresa. I due piccoli struzzi, che mi furono portati dal bassopiano, vennero rinchiusi in un recinto che il papà fece costruire per loro, ma, dopo poco tempo, uno morì di polmonite e l'altro di crepacuore. Li diedi a un mio conoscente che li fece imbalsamare e rivedendo le loro teste appese a una parete rinunciai per sempre agli struzzi. Il leprotto orfano – essendo finita in salmì la madre – che allevai faticosamente con un biberon si uccise infilandosi in un tubo di scarico, e Pierino il porcospino, l'animale da me più amato, che di notte si aggirava arzillo per la mia camera e di giorno dormiva, morì per troppe attenzioni culinarie. Un abbondante menù domenicale lo aveva mandato a raggiungere il leprotto suicida e gli altri sfortunati animali. Dopo questi decessi, mi fu negato il permesso di acquistare da un venditore ambulante – che li dava per un prezzo stracciato – due piccoli coccodrilli per i quali già pensavo a una vasca in cui avrebbero potuto stare fino all'adolescenza. Rinunciai così ai minuscoli zoo che per un motivo o per l'altro causavano agitazioni in famiglia, e che finivano sempre in sepolture, imbalsamazioni o distacchi. La mamma respirò di sollievo e i suoi fiori, non più intimoriti, pareva mi guardassero soddisfatti e vincitori mentre stendevano i rilassati petali al sole. Rimanevano il cane e il gatto.

Il cane aveva un suo spazio lontano dalle aiuole, il gatto faceva finta di ignorarle perché detestava i fastidi e le polemiche, ma non credo si facesse molti scrupoli quando andava per gatte nelle ore buie.

Una notte, mentre guardavo la luce della luna che passando fra i rami alti delle palme formava arabeschi sulle pareti della mia camera, sentii chiamare Roberta, e non capii se era una voce del sogno in quell'attimo in cui stavo vagando verso il sonno o se qualcuno realmente l'avesse chiamata. Qualcosa si squarciò nel profondo dell'io dove, compressi come in una bottiglia chiusa, si agitavano fantasmi e ricordi, e mi parve di sentire la risata allegra di Roberta vicino al mio letto. E nell'oscurità della camera, ora che la luna si era portata via i suoi giochi argentati, vidi affollarsi immagini e voci, e ricostruii, come in un puzzle i cui pezzi si siano sparsi ovunque, i giorni lontani in cui vedevo Roberta che ridendo trascinava una scopa in giardino.

Mia sorella Roberta era nata quattordici mesi dopo di me e Maria Maciocchi si era presa la sua rivincita perché Roberta non si era fatta pregare per venire al mondo e non aveva creato agitazioni e inquietudini. Maria disse che era la più bella bambina che avesse mai visto, e continuò a ripeterlo sempre, ogni volta che incontrava qualcuno di noi. Roberta aveva riccioli neri, folti e lunghi, occhi scuri e pelle ambrata; era così bella che i Conti – pur avendo desiderato un maschio – le perdonarono subito il fatto di essere una femmina. Crescendo rivelò un temperamento allegro ed estroverso e conquistò le simpatie di tutti con le sue risate squillanti e comunicative. E mentre io ero capricciosa e di umore instabile e facevo spesso perdere la pazienza alla mamma gettandomi in terra urlando, Roberta era serena e arrendevole. Una volta sola la mamma la rimproverò: quando Roberta colse in giardino uno splendido fiore. Il lieve schiaffo che la mamma le diede sulla mano causò in mia sorella una insospettata reazione. Si offese perché era convinta di non avere fatto nulla di male e con la sua simpatica parlata di bambina di due anni minacciò la mamma dicendole che avrebbe detto al papà di essere stata picchiata.

Si divertiva sull'altalena e il papà trascorreva molto tempo a sospingerla verso l'alto, forse per sentirla ridere di gioia. Anche i nonni erano infatuati di Roberta. Cercavano di contenersi se io ero presente, temevano che fossi gelosa, ma gli occhi del nonno brillavano quando la prendeva in braccio, e c'era sempre qualche scusa per portarsela via un po' di tempo; però stavano attenti a far sì che i giorni che Roberta trascorreva con loro non fossero più numerosi di quelli che venivano chiesti a me. Poi ci fu l'episodio dei sudanesi, quel giorno di cui poche ma nitide immagini si accesero come dei flash nell'attimo in cui avevo sentito chiamare Roberta e rimasero per sempre nella memoria.

La signora Rina era in giardino con noi e camminava facendo svolazzare il fiocco bianco della sua camicetta. I miei genitori erano in città e avevano portato con loro Elias. Sentimmo, all'improvviso, suonare lontane sirene e in poco tempo un'eco di spari, di urla, di auto che correvano impazzite, giunse alla nostra villetta. Arrivarono, su una camionetta inglese, alcuni sudanesi, si fermarono di fronte al cancello e dissero alla signora Rina qualcosa che non capimmo.

I sudanesi facevano parte delle truppe dell'esercito inglese, erano uomini alti, robusti, molto scuri, con lineamenti marcati.

Mi ricordavano alcune illustrazioni a colori viste sul libro *Le mille e una notte*.

La signora Rina era molto spaventata, mentre Roberta, a cavallo della sua scopa, cantilenava: «Gli ingalesi, gli ingalesi», guardando con simpatia i giganti oltre il cancello.

«Sono sudanesi non inglesi», la corressi io sentendomi superiore a lei che ancora non distingueva un nero da un bianco, e intanto mi chiedevo che cosa potessero volere dalla signora Rina. Scorsi le sciabole appese alle loro cinture e uno di loro sfilò la lunga lama che brillò al sole. Chiesero se c'erano eritrei in casa. La signora Rina, che in un attimo aveva capito tutto, negò con il capo e io pensai a Meret che era in cucina e intuii che volevano farle del male. La signora Rina aprì il cancello e li lasciò entrare, li vidi correre verso casa e aprire la porta urlando fra loro parole che non capivo. Uscirono poco dopo e senza nemmeno guardarci salirono sulla camionetta e sollevando una nuvola di polvere rossa se ne andarono. E mentre si allontanavano vidi penzolare, come informi manichini che ballavano nel vuoto, due gambe imbrattate di sangue che pendevano dal retro della camionetta.

Mentre fissavo i piedi scuri e nudi e le macchie rosse sugli informi pantaloni, la signora Rina, urlando, mi trascinava via tenendo in braccio Roberta che ripeteva ostinatamente: «Gli ingalesi».

Meret, che aveva seguito lo svolgersi degli eventi nascosta dietro una finestra, si era poi rinchiusa in un armadio e quando uscì ebbe, insieme alla signora Rina, una crisi di nervi. I miei genitori e i nonni riuscirono ad arrivare a casa prima che in tutta la città scendesse il silenzio del coprifuoco, rapida decisione degli inglesi per porre fine a una giornata di massacri che avevano tollerato nella più completa indifferenza, lasciando che i sudanesi delle loro truppe scendessero dal Forte Baldissera per uccidere per strada e nelle case tutti gli eritrei che trovavano.

Da tempo tra sudanesi ed eritrei c'erano rancori e quel giorno, al mercato, era scoppiata una rissa. Fu la scintilla che scatenò l'ira dei sudanesi. Ci furono morti e feriti tra i quali undici italiani. Gli eritrei venivano trascinati fuori dalle case e assassinati, alcuni furono uccisi nei bar, altri inseguiti su per le scale delle palazzine in cui cercavano rifugio, dietro le siepi, sotto i letti. Quando entrarono nell'ufficio di mio padre, Elias era sotto la scrivania e riuscì, nonostante lo spavento lo facesse tremare, a trattenere il respiro, e il papà, con il suo aspetto altero e intimidatorio mantenne la calma mentre asseriva che, in quel momento, non c'erano eritrei nel suo ufficio.

Io, che parlavo poco, quella sera fui molto loquace e cercai di dimostrare il mio ruolo di sorella maggiore narrando particolari dell'avvenimento e dicendo che Roberta non aveva nemmeno capito che gli uomini entrati in casa erano sudanesi. Guardavo con superiore distacco la signora Rina che continuava a piangere e a ripetere, fra un singhiozzo e l'altro, che sarebbe definitivamente rientrata in Italia. Il nonno mi ascoltava con molto interesse e io volevo conquistarmi la sua ammirazione, e la promessa di una cavalcata con lui sul cavallo che avrei scelto io.

Roberta si ammalò pochi giorni dopo. Era stata a fare una gita con i nonni a Decamerè, un paese sempre percosso dal vento, e al ritorno era raffreddata e tossiva. Sembrava una banale influenza. La mamma la mise a letto e fece bollire le foglie di eucalipto in una grande pentola per farle respirare l'aroma intenso e balsamico che invadeva ogni stanza quando qualcuno di noi era raffreddato. Roberta peggiorò rapidamente, venne chiamato il pediatra che arrivò, per vari disguidi, con tre ore di ritardo.

La nostra casa si riempì di gente. Era una consuetudine della grande famiglia recarsi a portare la propria solidarietà dove qualcuno stava male, e le zie erano così sollecite che bastava uno starnuto perché arrivassero con i consigli frutto delle loro esperienze: tisane, impacchi caldi, borse del ghiaccio e durante le convalescenze c'erano sempre i pan di Spagna e i vov della zia Claudia.

Vennero anche le mie cugine, adolescenti che consideravano me e Roberta due giocattoli; quando volevano vedermi piangere mi dicevano che tutti invecchiano e muoiono e che anche la mamma e il papà un giorno sarebbero diventati curvi e con i capelli bianchi, e mentre io rifiutavo questa terribile verità loro si accanivano sui particolari della vecchiaia. Quando finalmente mi vedevano singhiozzare, come una bambola che manovrata in un certo modo emette dei suoni, cercavano di consolarmi e io mi facevo promettere che nessuno dei miei cari, ma in particolare la mamma, il papà e i nonni, sarebbe mai invecchiato né morto, il paese dei morti era troppo buio e lontano da me perché solo io potessi soffermarci il pensiero.

Quella sera venne anche lo zio Ernesto e stette a lungo appoggiato a una parete fissando con il suo sguardo buono e smarrito la porta della camera di Roberta. I nonni sembravano due manichini di cera dimenticati su un divano, e l'attesa del medico creava un silenzio carico di apprensione. Mi affacciai alla camera da letto della mamma e intravidi sul grande letto Roberta. I riccioli neri erano sparsi sul cuscino e lei respirava affannosamente. La mamma cercava di mantenere la calma e andava e veniva dalla cucina con impacchi caldi, il papà era seduto accanto a Roberta e le sistemava le coperte. Io ero una piccola cosa senza un posto in cui stare, vagavo da un angolo all'altro della casa sperando che qualcuno si accorgesse di me e prendesse un po' dell'inquietudine che mi cresceva dentro. Lo zio Ernesto mi passò una mano fra i capelli e mi diede una caramella, ne aveva sempre in tasca qualcuna da distribuire al momento opportuno.

Finalmente arrivò il medico, passò veloce attraverso il soggiorno e si trattenne a lungo nella camera dov'era Roberta. Attesi di sentire il pianto di mia sorella perché ero convinta che il dottor Simoni, prima di guarirla, le avrebbe fatto male con uno degli arnesi che aveva nella borsa. Non si sentì nulla, il medico uscì senza guardare nessuno di noi e poco dopo arrivò un'autoambulanza. Elias spalancò il cancello e l'auto bianca si fermò davanti all'uscio di casa. Il papà, che portava fra le braccia Roberta avvolta in una coperta, fu aiutato da un infermiere a sdraiarla su un lettino sul retro dell'auto.

«Fai la brava», mi disse la mamma fermandosi un attimo accanto a me prima di salire anche lei sull'autoambulanza, «torneremo presto e la riporteremo a casa».

«Perché la portate via?», chiesi, e mi sarebbe sembrato giusto andare anch'io con loro dato che facevo parte della famiglia.

«Deve essere curata in ospedale», rispose la mamma, «guarirà più in fretta».

Era calma, convinta che Roberta sarebbe guarita, come sostenne in tutti gli anni a venire, e mi sembrò molto bella mentre mi mandava un bacio sulla punta delle dita.

La zia Bianca si era avvicinata ai nonni e diceva che non c'era motivo di preoccuparsi, in ospedale avrebbero saputo cosa fare. Le mie cugine, che avevano cominciato a litigare tra loro a bassa voce, stanche del lungo pomeriggio, andarono via con lo zio Ernesto, le zie si trattennero ancora con i nonni e io dopo cena fui mandata a letto.

Non riuscivo ad addormentarmi e quando sentii suonare il campanello della porta di casa mi alzai; ebbi qualche attimo di perplessità prima di andare in soggiorno, temevo la disapprovazione del nonno nel vedermi ricomparire, ma una voce nota mi decise ad aprire la porta. Fermo in mezzo alla stanza c'era Nazmuddin, il nostro amico indiano che riusciva sempre a trovare, quando all'Asmara scarseggiavano molti generi alimentari, le tavolette di cioccolata. Veniva sempre il giovedì sera a farci visita, e dai suoi occhi, ammiccanti dietro le spesse lenti, uscivano folletti di allegria che noi bambine accoglievamo con gioia. Nazmuddin aveva un pregio, superiore alle meravigliose tavolette avvolte in carta d'argento che estraeva dalle magiche tasche; una delle sue mani aveva due pollici, ed era per questo che lo avevano soprannominato «*sciddistù*», che in lingua tigrina vuol dire «sei dita».

Lui era fiero di questo errore numerico della natura e aveva fatto stampare sui biglietti da visita, sotto il suo nome, la mano con i due pollici. Diceva che gli portava fortuna e io ero convinta dei suoi poteri magici, altrimenti come avrebbe potuto trovare la cioccolata che non si trovava nemmeno da Gennaro, il pasticciere siciliano?

Nazmuddin era una delle poche persone che riuscivano a far sorridere il papà. Qualche volta ci riusciva anche il polacco Dabrozcky, l'eterno rivale di mio padre nel gioco degli scacchi, le loro serate erano lunghi silenzi e nuvole di fumo, ma io sapevo che il papà si divertiva.

Nel vedere Nazmuddin in mezzo alla stanza, con gli occhi bassi e le spalle curve, sentii che insieme a lui era entrata un'ombra gelida e aveva avvolto la casa. Le zie piangevano sommessamente, la nonna singhiozzava e il nonno aveva la testa appoggiata alla spalliera del divano e gli occhi chiusi.

Dalla cucina si sentivano i lamenti di Meret e il pianto della signora Rina, Elias era sparito.

Quando Nazmuddin mi vide sorrise ma non vidi dietro le lenti l'ammiccare dei suoi occhi. Mise una mano in tasca, quella con sei pollici, ed estrasse due tavolette di cioccolata. Sapevo che una era per Roberta e la misi sul tavolo.

«Torna a letto», mi disse Nazmuddin, «ti accompagno io».

Mi rimboccò le coperte.

«Piangono tutti», dissi, sperando che lui mi rivelasse qualcosa.

«Ora dormi. Domani ti porto un regalo».

Il giorno dopo, avendo intuito che il nonno riusciva a sostenere una penosa situazione con una calma che nascondeva il suo grande dolore, gli chiesi di portarmi da Roberta. Andammo, io e lui soli, all'ospedale.

Ci affacciammo ad una camera che dava sul giardino. La porta era aperta. Il nonno mi prese in braccio.

«Non possiamo entrare», mi disse, «puoi salutarla da qua».

Roberta era vestita di rosa e una morbida cuffia le copriva i riccioli. Il respiro affannoso era scomparso. C'erano alcune persone vicino a lei ma non volli guardarle, non capivo che cosa sarebbe stato di mia sorella.

«Non tornerà a casa», disse il nonno rispondendo al mio pensiero, «perché è diventata un angelo. Ma non si dimenticherà di te».

«Maria dice che è bella come un angelo. È per questo?».

«Anche», e il nonno, che non avrebbe mai supposto di dover parlare di angeli, mi riportò a casa in silenzio.

Andai a prendere la bambola vestita alla marinara che era stata di Roberta, era ancora nuova mentre la mia stava diventando un rottame; ma la bambola fu presto chiusa in un cassetto, la mamma conservava i suoi giocattoli, le sue scarpette e un ricciolo bruno.

Ricordo poco del dolore che sconvolse allora la vita della mia famiglia, ma crescendo capii che la mamma non si sarebbe mai rassegnata. Una serie di sfortunate coincidenze avevano causato la morte di Roberta: il medico arrivato tardi, l'altro medico di fiducia che in quel periodo era in Italia, una diagnosi sbagliata, un'operazione inutile alla gola e nessuna iniezione, come ripeté per anni la mamma che aveva intuito tutto, per sostenere il cuore della bambina durante l'intervento chirurgico.

Il dottor Buffa, quando tornò dall'Italia, addolorato per la morte di Roberta che aveva sempre considerato una bambina robusta, confermò le ipotesi della mamma.

I nonni trascorsero un periodo terribile sentendosi in parte responsabili per la gita a Decamerè dalla quale erano tornati con Roberta raffreddata.

Poche immagini di lei si fissarono nella mia memoria. Quando guardavo in giardino l'altalena vuota, sentivo la sua cantilena mentre trascinava la scopa. E osservando le soffici nuvole bianche transitare nel cielo di Asmara, trasformandosi in mille modi diversi, io, che avevo sempre avuto il desiderio di cullarmi su una nube che nessuna altalena avrebbe potuto raggiungere, con il sole vicino, pensavo a Roberta. Era lei che errava per il cielo su una nuvola, l'angelo musicante che in un giorno perduto in tempi remoti era apparso a mio nonno che vedeva per la prima volta il cielo dell'altopiano.

VI

Il nonno aveva fondato all'Asmara, con l'aiuto di alcuni soci, una scuola di ippica. Divenne un maestro per i giovani di Asmara che amavano i cavalli; la sua professionalità, il suo temperamento severo e forte, gli avevano creato una cerchia di ammiratori che ogni domenica si riunivano allo stadio di Campo Polo, dove venivano organizzate le corse al trotto e al galoppo.

Nelle gare più importanti Erich era il dominatore, colui che in una corsa avvincente riusciva a portare al traguardo i suoi cavalli preferiti, ai quali sussurrava tenere parole di incoraggiamento o dava secchi colpi di frusta quando gli sembrava non rispondessero allo sforzo come lui avrebbe voluto. Eravamo tutti al Campo Polo, i bambini e gli adulti della famiglia, a fare il tifo per lui, a gridare «Forza Erich» e anche la nonna, che fremeva per gli sforzi fisici del marito che, come diceva lei, non era più un «ragazzo», finiva col tendersi oltre la palizzata e, mentre il cappellino le cadeva dalla testa per posarsi sulla terra rossa, lei gridava eccitata, stringendo una mano della mamma: «Forza Erich». Lo vedevamo passare veloce come una saetta, tutto un insieme con il suo cavallo, il marcato profilo da saraceno che pareva una scultura nella fissità tesa verso il traguardo.

C'era l'Asmara che contava alle corse domenicali. Le signore sfoggiavano eleganti *toilettes*, gli uomini si davano un contegno all'inglese, da intenditori, in quella minuscola Ascot senza reali. Noi bambini, dopo aver urlato per tutta la corsa la nostra solidarietà all'insuperabile Erich, lasciandoci sfuggire ogni tanto commenti poco lusinghieri verso fantini che ci sembravano scorretti o che minacciavano di superare il nonno, correvamo, negli intervalli fra una corsa e l'altra, a vedere e a carezzare i cavalli dalle narici fumanti, ad ammirare Erich di cui io ero molto orgogliosa perché era mio nonno mentre per molti era solo un conoscente, ad ascoltare come lui parlava ai cavalli premiandoli con zollette di zucchero. Caminito, il bellissimo cavallo nero con la stella bianca in fronte, il cui manto setoso brillava al sole, immortalato nelle molte fotografie scattate allo stadio e rimaste famiglia, ci sembrava conscio della sua bravura quando andavamo ad accarezzarlo. E mentre ci spostavamo da una parte all'altra, in allegre corse, eravamo seguiti dai venditori di noccioline e di chichingioli, bambini eritrei che non avevano bisogno di insistere molto perché noi tuffassimo le mani nei capienti *zembil* per riempirci le tasche di cose da sgranocchiare. La mamma era sempre elegante nei suoi *tailleurs* dai colori spenti, aveva un binocolo per seguire meglio le corse e noi bambini spesso lo chiedevamo in prestito. Anche il papà riusciva a entusiasmarsi nei momenti più eccitanti sebbene non lasciasse trasparire la sua partecipazione. Quando il nonno non poté più montare a cavallo perché il suo cuore si era indebolito, e lui non voleva vedersi sconfitto né sfidare ogni giorno i rimproveri pieni di apprensione della nonna, decise di trasferirsi a Massaua dove gli avevano offerto un lavoro di controllo alle saline. Da quando fra i miei genitori si erano create fratture insanabili il nonno aveva deciso di non lavorare più per il papà, sentendosi a disagio a contatto con un uomo verso il quale aveva sentimenti contrastanti, e la stanchezza del suo cuore gli diede una valida scusa per trasferirsi.

Molte amiche della nonna erano rimpatriate e la vecchia Levi si era trasferita a Massaua dopo la morte del marito, per cui anche la nonna, che trascorreva sempre più tempo in casa a ricamare arazzi, accettò con gioia il trasferimento pensando al cuore del marito e all'amica a Massaua, e con dolore dovendo lasciare me e la mamma, ma aveva già tutto un suo piano per convincerci ad andare a trovarla spesso.

Nei suoi radiosi occhi chiari c'era un velo di malinconia da quando la tragedia ebraica, che aveva coinvolto anche alcuni suoi parenti, si era impressa nel suo animo come una cicatrice aperta; c'era poi stata la morte di Roberta e il fallimento del matrimonio di sua figlia, eppure la nonna ritrovava i momenti di allegria e sapeva infondere con il sorriso sprazzi di serenità.

«È una fortuna», mi ripeteva mentre imballava gli oggetti per il prossimo trasferimento, «andare a Massaua. Tu che ami molto il mare potrai trascorrere là tutte le vacanze e ti divertirai molto. Ti preparerò una bella cameretta con la vista sul mare, e il nonno ti porterà a pescare. Ora che non potrà più cacciare le povere lepri e i disgraziati uccelli si dedicherà alla pesca».

«Verrai se farai la brava», soggiungeva Rigbè altrettanto indaffarata a chiudere bauli, «se ti comporterai bene», e ostentava altezzosamente, ma non senza una malcelata emozione per il distacco, un suo dominio su di me. Io avrei voluto risponderle male, facendole notare che lei non c'entrava con le decisioni mie e dei miei nonni, ma stavo zitta per non dare adito a polemiche che turbavano la nonna.

E un giorno li vidi partire, seguiti da un camion che trasportava i loro mobili e i bauli, incastrati in una lunga fila di automobili e corriere straripanti di indigeni con i loro *zembil* pieni di viveri dai quali saltavano fuori vivaci galline. All'inizio e alla fine della fila c'erano le camionette dalle quali i poliziotti dai larghi cappelli, con il fucile tra le gambe, avrebbero difeso i viaggiatori da eventuali attacchi degli *sciftà*. Allora si poteva andare a Massaua e negli altri paesi solo in colonna, in determinati giorni, con partenze che venivano organizzate all'alba in un babilonico linguaggio.

La nonna, il nonno, l'amata Rigbè dagli occhi storti, erano chiusi in una vettura, in attesa del segnale di partenza. Vidi l'auto muoversi e loro voltarsi ancora verso me e la mamma, agitare le mani e la nonna sporgersi e, con gli occhi velati di lacrime, gridare tentando di coprire gli altri rumori: «A presto, a presto. Venite giù subito, appena sistemata la casa. Se tu non puoi mandami Milena, il mare le farà bene. Milena...», la sua voce si perse nel rombo dei motori. La lunga fila si mosse adagio, poi sparì dietro una curva. Io e la mamma eravamo là, nel mattino assolato, a guardare nel nulla, nei nostri pensieri che ci passavano davanti come pulviscoli nella luce, e io vedevo la sala da pranzo dei nonni, i piccioni farciti con le olive, i gesti teatrali di Rigbè, le corse dei cavalli, i sorrisi della nonna e gli occhi indagatori del nonno che sapeva tutto. Poi visioni più gaie dispersero i pochi attimi di malinconia. Avere i nonni a Massaua era un insperato colpo di fortuna. Voleva dire andare al mare ogni volta che c'era vacanza e se capitava qualche malattia anche in convalescenza, stare per giorni nell'incanto della città sempre desiderata, e con i nonni che mi avrebbero colmata di tenerezza. Un mese dopo la loro partenza, dopo insistenti richieste perché la mamma non desiderava avermi lontana, venni mandata dai nonni. Non riuscii ad addormentarmi, in attesa dell'alba, in cui una littorina mi avrebbe condotto a Massaua. Era ancora buio quando il papà mi portò alla stazione e io ero molto eccitata. Venni affidata a un'amica della mamma che faceva lo stesso viaggio, una bella signora con tanti riccioli ramati e un sorriso contagioso. Sul tetto della littorina sedevano, con le gambe incrociate, due poliziotti, e io invidiai per un attimo quella splendida posizione all'aperto. Altri poliziotti sedevano vicino al manovratore. Erano una presenza rassicurante con i fucili che sembravano troppo pesanti per i loro corpi magri, e i cappelli simili a quelli degli sceriffi nei film western. Gli occhi gialli e spenti e le gambe che sbucavano dai pantaloncini corti, erano il segno della miseria che si portavano dietro come un'inseparabile ombra; la conquista del posto sulla littorina si sarebbe tramutata in pochi soldi per numerose famiglie.

Io non avevo paura degli *sciftà*. Le littorine, si sapeva, erano un mezzo sicuro per raggiungere Massaua, e i poliziotti, in caso di attacco, ci avrebbero difeso. Mi sarebbe piaciuto vedere da lontano, sulla cima di un monte, il leggendario Mosasghì e poterlo raccontare, ma sulle montagne c'erano solo piante di fichi d'India che le ricoprivano, un manto verde e spinoso dal quale sbucavano i frutti acerbi, e qualche scimmia che ci spiava curiosa. La littorina si tuffò nel vuoto e l'alba ci venne incontro con le nubi che galleggiavano intorno a noi e giù nei precipizi. Passammo attraverso i tunnel che foravano le montagne, sui ponti sospesi sui burroni, fin quando l'odore del caldo annunciò il bassopiano e un concerto di uccelli diversi riempì l'aria umida. Nidi giganteschi apparivano fra i rami di piante scarne, cammellieri si dondolavano sui cammelli, donne velate seguivano a piedi le carovane spingendo con bastoni muli e somari. Era un mondo assonnato quello del bassopiano, e l'alito caldo che spazzava le piane deserte lo rendeva più pigro.

Prima di entrare a Massaua un intenso odore salmastro preannunciava il mare, e subito dopo ecco ai due lati della ferrovia la distesa azzurra, i gabbiani e i pellicani che si tuffavano fra le onde, le abbaglianti montagne di sale lambite da immobile acqua rosata, e in lontananza «l'isola Verde», il regno delle mangrovie e delle stelle di mare.

In vista della stazione di Taulud, dove ci sarebbero stati i nonni e Rigbè ad accogliermi, io mi davo da fare, ansiosa, a raccattare gli indumenti che mi ero tolta mentre la littorina scendeva nella piana di Sabarguma, calze e golfini, e mi assicuravo di avere sotto l'abito il costume da bagno, così, nonostante fosse quasi l'ora del pranzo, avrei potuto convincere i nonni a farmi fare un bagno, e non avrei perso tempo per cambiarmi. Salutando calorosamente l'amica della mamma per scusarmi di quella mia fretta, con borse e indumenti sul braccio, facendo un cenno di cortese saluto ai poliziotti che avrebbero potuto salvarci la vita e che adesso mi indicavano le calze scivolate a terra, saltai giù dalla littorina e i nonni allegri mi abbracciarono, la nonna era commossa, e l'occasione di un pianto – diceva con bonaria ironia il nonno – le sarebbe stata gradita. Rigbè esplodeva nel suo ricco repertorio di parole gioiose e per dimostrarmi che non ci sarebbero state polemiche mi diceva «Sciccorina», tentando di sistemarmi gli arruffati capelli. Giunsi in casa già in costume da bagno e davanti a quell'evidenza i nonni non seppero negarmi un breve incontro con il mare. Senza degnare di un'occhiata la casa corsi fuori, gettai lontano i sandali ed entrai nell'acqua calda mentre i pesci mi guizzavano intorno e i granchi si tuffavano velocemente nei loro labirinti. Massaua era uno scrigno di sorprese e i giorni correvano via veloci perché la felicità vola sempre più in fretta del tempo. I nonni mi portarono «all'isola Verde» e mentre Omar, il barcaiolo musulmano, remava, io guardavo avidamente le onde dai colori cangianti per scoprire i tesori che si celavano sotto.

Guardando poi verso orizzonti lontani indovinavo altre isole, e chiedevo a Omar cosa c'era nel mare oltre all'isola Verde.

«Tante isole,» diceva Omar, «le isole Dalak, lontano, non si può andare con i remi... Sono più belle dell'isola Verde, ci sono tante conchiglie e si vede tutto il mare giù in fondo».

«E poi? Tu ne conosci altre?».

«Sì», disse Omar, «c'è un'isola che conosco, ci sono stato una volta, su piccola nave».

«Come si chiama?».

«Modok», rispose Omar, e il suo sguardo fissò l'infinito.

Fui turbata da una sensazione che mi fece vivere per il frammento di un secondo in tutti gli spazi del tempo, lasciandomi stanca come se avessi realmente viaggiato una vita nelle voragini dell'universo.

«Modok», ripetei, «non possiamo andare?».

«Non con remi», sorrise Omar con indulgenza per la mia ignoranza. «Modok è lontana».

«E cosa c'è a Modok?».

«È bianca, tutto corallo. È l'isola degli uccelli. Senti che gridano tutto il giorno, e non devi pestare le uova. Gli uccelli sono i padroni di Modok».

Mi chiusi in un lungo silenzio, la nostalgia di un mondo lontano e sconosciuto mi opprimeva il petto, era un'angoscia che non conoscevo, diversa dalla malinconia dei miei giorni peggiori. Incontrai gli occhi del nonno...

«Un giorno vedrai Modok», mi disse, «hai tanto tempo».

«Anche l'isola Verde è bellissima», disse la nonna turbata dal mio improvviso cambiamento d'umore. «Omar dice che ci sono le stelle marine».

Più tardi, mentre stavo disponendo sulla sabbia calda dell'isola il mio bottino di conchiglie e di stelle per ammirarlo meglio, Omar si sedette vicino a me.

«Mio padre è morto su un'isola», disse, «una delle isole».

«Non Modok», dissi ansiosa.

«No, un'altra».

«E come è morto?».

Mi raccontò la storia del padre che pochi anni prima si era imbarcato su un grande sambuco, insieme a molti altri musulmani, per dirigersi in pellegrinaggio alla Mecca. Dopo poche ore l'imbarcazione, troppo vecchia per reggere un carico così pesante era naufragata vicino a un'isola. Alcuni uomini erano affogati, altri avevano raggiunto la terra. Stremati dalla sete e dal sole avevano inutilmente sperato che qualcuno arrivasse a salvarli, ma la voce delle loro preghiere non raggiunse Allah per il quale avevano affrontato quel disastroso viaggio. Quando persero ogni forza, e il sole e il mare divennero un incubo che li sprofondava nelle allucinazioni di sofferenze mortali, i granchi si mobilitarono in minuscoli eserciti che invasero i loro corpi e scavarono la carne bruciata dal sole. Qualche mese dopo furono ritrovate sull'isola ossa sparse ovunque, e il resto dell'imbarcazione. Ci furono polemiche, accuse, ma i musulmani continuarono ad andare alla Mecca su imbarcazioni di fortuna. Avevo ascoltato la storia di Omar affascinata dall'orrore che creava visioni di isole in cui si moriva divorati dai granchi.

«Vado solo isola Verde», disse Omar alla fine, «e un giorno anche alla Mecca».

«E non hai paura?».

«*Allah karim*»[1], rispose Omar, «si fa quello che lui vuole».

Era uno strano Allah, pensai, e guardai con nuovi occhi i granchi che correvano sulla sabbia e che ad un mio leggero schioccare di dita si immobilizzavano come pietrificati. Mi sdraiai sulla sabbia, trattenendo il respiro, affinché le lucenti casette dei paguri ricomparissero per correre come giocattolini intorno all'isola, e mentre attendevo sentii che qualcuno mi osservava e accennava con la mano verso la sabbia dove si nascondevano le conchiglie.

Omar si avvicinò a noi.

«È Ahmed», disse guardando il ragazzo, «è di Dancalia. Viene qua per pesca».

[1] Letteralmente «Dio è grande»

«E dov'è la Dancalia?».

«Là», disse Omar e tese la mano verso le montagne del Gheden. «Lontano. Troppo caldo e sale».

Ahmed, che aveva ancorato la sua barca vicino a quella di Omar, si tuffò nell'acqua e riemerse con una stella marina che gettò sulla sabbia vicino a me.

«Lui va giù», e Omar mi fece capire che il giovane dancalo era un eccezionale subacqueo. «Trova anche perle».

Ahmed mi fece segno di seguirlo. Non attendevo altro. Insieme a lui mi immersi nel mondo nascosto che circondava l'isola. E fra i rami di corallo mi venne incontro l'incanto dei colori che il mare protegge.

Piccoli pesci si muovevano nell'acqua sostando vicino al corallo per nutrirsi e ognuno di loro aveva una tinta diversa, come i fiori del giardino della mamma. Volevo mostrare ad Ahmed che anch'io sapevo prendere le stelle, trattenevo il respiro fino a quando sentivo il petto che pareva volesse scoppiare e tornavo su velocemente con la mia stella.

«Ne hai per tutta la vita», mi disse il nonno mentre io le contavo disponendole in un giro tondo. «Sarebbe meglio se ne restituissi qualcuna al mare, temo sia rimasto senza». Ne scelsi tre e le misi insieme ad alcune conchiglie in uno *zembil* che si impregnò subito dell'inconfondibile odore dei piccoli tesori del mare. Il nonno aveva ragione, sarebbe stato come se avessimo depredato di tutti i suoi astri un lembo di cielo, e tutti guardando la notte avrebbero compianto quel vuoto di stelle. Notai che Ahmed aveva un braccio più sottile dell'altro; una lunga cicatrice glielo deformava.

«Pescecane», disse Omar quando più tardi gli chiesi che cosa era accaduto ad Ahmed; «lo ha preso pescecane».

«E lui va ancora a pescare?».

Omar alzò le spalle. «E cosa fa?», disse, «ha già figli e fratelli e genitori vecchi. Tutti peschiamo».

«Ma i pescicani non sono qua», tentai di rassicurarmi.

«No», rispose il nonno, «hanno molto pesce da mangiare e non aggrediscono gli uomini. Ahmed è stato sfortunato, forse c'era del sangue di altri pesci intorno a lui e in quei casi gli squali arrivano. Comunque è meglio non allontanarsi molto».

Scrutai l'acqua in cerca di una pinna e ritirai la mano che, mentre Omar remava, accarezzava il mare.

Da allora uno squalo si introdusse nei miei sogni. Si chiamava Azel e nelle notti in cui riusciva a insinuarsi nelle pieghe del sonno io nuotavo disperata verso l'isola Verde seguita da Azel ma riuscivo a svegliarmi prima che lui mi afferrasse.

Non rividi più il giovane dancalo. Omar mi disse che veniva a Massaua una volta al mese, pescava per i ristoranti e ripartiva per la Dancalia.

VII

Abeba aveva imparato in fretta a parlare italiano, nelle ore libere si chiudeva in camera, e sola, con un libro che le aveva procurato un comboniano nostro conoscente, cercava di studiare i caratteri tigrini.

«Perché togli le fotografie?», le chiesi un giorno vedendo che dalle pareti sparivano i sorrisi di Tyrone Power e i lunghi fiammeggianti capelli di Rita Hayworth.

Abeba alzò le spalle e rispose: «Non mi piacciono», con una vaga aria di superiorità.

«Ma a Mafrasc piacevano», replicai io.

Abeba non disse più nulla ma continuò a staccare i ritagli di giornale, poi ne fece un fascio e me lo porse. La pazienza e la fatica di Mafrasc, pensavo io, nonché la mia collaborazione nel procurarle fotografie rare erano ridotte in carta straccia. Speravo che Mafrasc non potesse vedere quello scempio anche perché Abeba non si era curata di staccare i ritagli con attenzione. Presi i giornali e li chiusi in un cassetto, in qualche modo sarebbero ancora esistiti.

Non c'era nulla in Abeba della sorella, nemmeno fisicamente, e non avrei mai osato raccontarle una favola. Era silenziosa, diffidente, desiderosa di imparare e di vivere in un mondo dal quale noi eravamo esclusi, perché eravamo bianchi, eravamo i padroni e quindi diversi, e sembrava che lei ci tenesse a far notare che la «diversità» non era la stessa che sentivano verso di noi gli altri domestici.

«È molto intelligente», diceva la mamma, «ma è così antipatica...».

«Sarebbe stato meglio lasciarla dov'era», commentò

una volta il papà che aveva sempre trattato con gentilezza gli eritrei che servivano in casa; «è arrivata qua affamata, l'ho fatta restare perché faceva pena e adesso sembra lei la padrona». Io pensai che, come tanti altri, avrebbe fatto il riepilogo di tutto quello che avevano fatto gli italiani, strade, scuole, ospedali, fabbriche, ma il papà non parlò più di Abeba, né di quello che avevano fatto gli italiani; era molto riservato e non amava emettere giudizi tranne quando si adirava. Eliseo il fedelissimo, con il suo atteggiamento servile e un po' spaventato, avendo il merito di apparire «sottomesso e riconoscente» poteva in parte riscattare l'alterigia di Abeba. Non si occupava più del giardino della mamma ma faceva il fattorino nell'ufficio di papà dove aveva conquistato una sua posizione, facendo valere le sue ragioni sia quando c'era da discutere con persone invadenti, sia nei riguardi dei mendicanti che il sabato venivano a riscuotere il *bacscisc*; mio padre, per non essere importunato per strada, e non volendo negare una moneta, li riceveva tutti il sabato pomeriggio. Era una fila che si allungava di settimana in settimana essendosi sparsa la voce di quel convegno.

C'era il bel vecchio con una lunga tunica e i capelli bianchi che gli scendevano sulle spalle; vedendoci poco, si affidava al suo bastone e lo si sentiva arrivare dai rintocchi sul marciapiede.

Esiliato nella sua dignità non chiedeva nulla, ed Eliseo, che controllava i movimenti dei mendicanti evitando che i bambini si presentassero due volte nel giro di pochi minuti, gli riservava sempre un trattamento di favore avendo, come tutti gli eritrei, un grande rispetto per la vecchiaia. C'erano i ciechi accompagnati dai bambini, la donna lebbrosa, il ragazzo che si trascinava in terra appoggiandosi sulle mani, il gobbo, la giovane con le stampelle. Erano presenze familiari nel centro di Asmara, noi bambini li vedevamo da sempre e loro conoscevano tutti e sapevano a chi potevano rivolgersi con sicurezza, insistendo in un accompagnamento che poteva durare molti minuti ma che dava alla fine i risultati sperati, e da chi era meglio stare lontani.

Spesso stavano ore vicino a un'automobile e quando arrivava il proprietario sostenevano – questo era un lavoro dei giovani e dei bambini – di aver «fatto guardia» ben sapendo che nessuno avrebbe osato rubare un'auto in pieno giorno nel centro di Asmara, nemmeno di notte. Si creavano, con i ragazzini che pedinavano la persona prescelta, rapporti confidenziali. Avevano, i mendicanti del centro, una vasta rete di comunicazione, la «radio marciapiede», e di noi sapevano tutto.

«Ho visto Gianni», gridava il piccolo lustrascarpe alla ragazzina che stava cercando il suo ragazzo. «È entrato al circolo prima, poi è uscito con avvocato quello grasso».

«Tuo papà è in ufficio», e mi fermavano sulla porta; «ha preso macchina con Bamismusc, non quello con occhiali, l'altro ricco. Sono andati verso mercato. Anche Eliseo è uscito, aveva tante carte, torna tardi».

«Tua amica non venuta a scuola», interveniva l'adolescente che sfiorava con occhi avidi i miei abiti, come se avesse voluto mangiarseli. «Era con mamma vicino chiesa, c'era funerale di quello del bar».

I ciechi, ed erano molti, se ne stavano silenziosi nelle loro tenebre; i piccoli accompagnatori, dai visi tristi e denutriti, chiedevano con il gesto della mano, e se non ottenevano nulla i ciechi uscivano dal silenzio e recitavano preghiere invocando Mariam.

Le informazioni di «radio marciapiede», venivano date senza richiesta di *bacscisc*, con tacita e sorridente complicità; i lontani mondi dei poveri per un attimo sfioravano i nostri e loro ci salutavano, spesso correndoci dietro per dire un «ciao Franco», «ciao Renata», mantenendo così l'ombra di confidenza che impediva di insistere per il *bacscisc*, lo avrebbero poi chiesto ai nostri genitori.

Erano ingombranti per la coscienza i bambini piccoli, che sapevano appena camminare e staccandosi da una madre accovacciata per terra con un altro bambino legato alla schiena, tendevano le mani; sui visi, invasi da mosche, c'era già un'ombra consapevole di rassegnazione e a volte riuscivano a dire una sola parola: «fame». I lustrascarpe, privilegiati da un reddito quotidiano dato dal «mestiere», erano vivaci e instancabili nell'insistere per pulire anche le scarpe più brillanti.

Le scarpe dei passanti avevano poche occasioni per sfuggire ad appostamenti che spesso terminavano in operazioni di spazzole e lucidi. Sapevano quale poteva essere la loro clientela e non insistevano con i signori che entravano e uscivano rapidamente dalle loro automobili, con scarpe di marca lucidatissime da cameriere personali.

Quando la stagione delle grandi piogge lasciava sulle montagne verso Nefasit i fichi d'India maturi che, con colori sfumati dal rosa al rosso al viola, rallegravano le carnose foglie piene di spine, la miseria spingeva fuori dalle loro catapecchie, nel buio di notti stellate, ragazzi e uomini, che scendevano la strada costeggiata dai baratri. Si arrampicavano sulle montagne riempiendosi di spine, per colmare le taniche, servendosi di lunghi bastoni a cui avevano legato in cima un rudimentale arnese di latta per arrivare ai frutti più alti. Risalivano appoggiando sulle spalle curve il bastone, dalle cui sommità pendevano le taniche cariche di fichi d'India che avrebbero venduto per pochi centesimi.

Le strade di Asmara si riempivano delle grida dei venditori – «*Beless, beless*» – e le *lettè* uscivano sul cancello a contrattare il prezzo già misero della grande fatica, cercando di fare gli interessi dei loro datori di lavoro, e non sapendo rinunciare all'abitudine della contrattazione.

A me piaceva scegliere i fichi d'India che venivano sbucciati rapidamente con piccole lame, e prima che Meret riempisse il cesto ero già sazia. Mi sembrava assurdo contrattare il prezzo di un lavoro che richiedeva ogni giorno lunghe e faticose marce, nonché tutte le spine sulle mani e sulle gambe. Se io intervenivo Meret tagliava corto dicendo: «Lo so io cosa costano», e riprendeva a parlare in fretta mentre altri venditori passavano gridando: «*Beless, beless*», altri cancelli si aprivano e apparivano donne con lunghe sottane colorate. Da un cancello all'altro, fra qualche pettegolezzo volante, venivano fatti i confronti dei prezzi e i venditori venivano messi alla prova mentre le parole si intrecciavano per l'aria, in fretta, perché in pochi momenti erano tante le cose da dire.

«Allora, questi fichi d'India», si sentiva ogni tanto una voce da una finestra socchiusa, il venditore veniva liquidato in fretta, c'erano scambi di monete, e le *lettè* rientravano in casa con i frutti attesi.

Era la stagione in cui il Mai Belà, nel breve tratto scoperto vicino al mercato, si gonfiava, il cielo azzurro diveniva in pochi attimi buio, cavalcato dalle nubi che arrivavano veloci da chissà dove come furiosi cavalli, e un attimo dopo l'acquazzone spazzava le strade, piegava gli alberi; una sinfonia s'innalzava dai tetti di Asmara e quelli in lamiera divenivano tastiere per invisibili pazzi pianisti che, fra i lampi, estraevano le violente note musicali in un concerto per lamiere e pioggia. Poi, all'improvviso, tutto taceva. Il cielo tornava limpido e di un azzurro più intenso, il sole caldo asciugava le strade del centro, mentre in periferia c'erano allagamenti ovunque e i bambini eritrei, snidati dalla luce che tornava, sguazzavano nelle pozzanghere. Dopo il buio e il fragore dell'acqua, mentre la città si distendeva al sole, ricominciavano a echeggiare le voci dei venditori ambulanti: «*Beless, beless*».

VIII

Nel 1952 gli inglesi lasciarono definitivamente l'Eritrea. Le note dell'inno nazionale britannico risuonarono per l'ultima volta nelle vie della città, e come undici anni prima l'imponente sfilata dei soldati britannici, accompagnata dal rullio dei tamburi e dal suono delle cornamuse, chiudeva quella parentesi di storia e l'Eritrea diventava un'unità autonoma federata all'Etiopia.

Poco tempo dopo gli Stati Uniti firmarono con l'Etiopia un contratto a lunga scadenza e installarono all'Asmara una delle loro basi militari più importanti. I tecnici statunitensi costruirono vicino all'ippodromo una minuscola *city* e dall'America arrivavano continuamente rifornimenti, tutto *made in Usa*, anche il pane e le bistecche.

A Kagnew Station si riproponeva, in piccolo, un esempio di vita americana; c'erano il bowling, le salette per il fast food, i ristoranti più pretenziosi – dove grazie a selettivi inviti potevano accedere qualche volta anche gli italiani. I nuovi ospiti non spendevano nulla in città per i loro acquisti e le donne, più simpatiche delle cittadine britanniche, le si vedeva talvolta nel centro di Asmara passeggiare con aria svagata e sorridente, bigodini in testa e marmocchi biondissimi in jeans e scarpe da tennis, che le seguivano masticando chewing-gum, ben diversi dai nostri bambini dall'abbigliamento ancora fermo alle gonnelline plissettate e ai pantaloncini con piega.

I giovani militari scoprirono presto l'esistenza dei bar gestiti da belle donne eritree, il dollaro americano varcò le mura di Kagnew Station, e qualche anno dopo comparvero per le vie della città i bambini meticci dalla pelle scura e i capelli biondi. C'erano notti in cui venivano consumate lattine di birra e amori provvisori, interrotti all'alba dagli uomini della Military Police che riportavano a casa i loro ragazzi. Gli americani erano ben visti da tutti, e quando si scoprì che erano amanti dei *souvenirs* locali sorsero in fretta negozietti le cui vetrine mostravano zanne d'avorio, *foulards* con pitture naïf riproducenti la storia della regina di Saba, oggetti di cattivo gusto fatti con legno e spine di istrice, bellissime spille in oro lavorate a mano dagli artigiani locali. Molti eritrei andarono a Kagnew Station a prestare servizio come camerieri, bambinaie, lavapiatti, fattorini e, quando gli alloggi per le famiglie americane non bastarono più, alcuni militari di rango superiore si installarono con mogli e bambini nelle villette in città e se intrecciavano cordiali rapporti con qualche famiglia italiana dimostravano la loro ospitalità con inviti a cena in cui venivano serviti tacchini e marmellate. Quando ricorreva qualche loro festività, come il «*thanksgiving*», non ci si poteva sottrarre alle specialità Usa, giudicate pessime in confronto alla cucina italiana.

Kagnew Station trasmetteva musica giorno e notte e presto nelle abitazioni di Asmara divennero familiari le voci di Frank Sinatra e di Dean Martin, *Granada* e l'*Ave Maria* cantate con esuberanza latina da Mario Lanza, le note delle trombe che invadevano le stanze con celebri composizioni come *Smoke gets in your eyes o Tea for two*.

Per gli europei che rimanevano in Eritrea la vita era serena allora, il fenomeno degli *sciftà* stava scomparendo e sebbene la paura delle aggressioni non fosse completamente scomparsa si ricominciava a viaggiare liberamente, non più costretti ad andare fuori città in colonna e con la protezione della polizia.

A Massaua, in una di quelle rare giornate in cui il cielo pareva appena lavato e l'afa era meno opprimente, Erich, seduto su una grande pietra a forma di panchina, fra il giardino di casa e il mare, chiamava con un fischio gli uccelli. Vicino a lui guizzavano in sussulti di agonia i pesci appena pescati e qualcuno riusciva a saltar via verso l'acqua.

«Vieni», disse Erich richiamato dal grido del pellicano che si era goffamente posato vicino a lui, «sei in ritardo Giosuè. E gli altri?».

Il pellicano emise un grido stridulo e poco dopo apparvero altri pellicani che planarono sbattendo le ali bagnate, e chiamati da Giosuè arrivarono anche i gabbiani che formarono un gruppo in disparte. Erich prese un pesce e Giosuè fece qualche piccolo passo in avanti, poi allungando il collo afferrò con il lungo becco il pesce. Erich li chiamava per nome, gli uccelli si avvicinavano a lui e ognuno aveva la sua razione di cibo; c'era fra loro qualche chiassosa disputa quando i più avidi pretendevano pesci supplementari ma Erich riusciva a calmarli.

Aveva ammaestrato gli uccelli marini e ogni giorno alla stessa ora arrivavano inondando la sabbia di candide piume. Giosuè il capo, che nell'aria pareva un leggiadro disegno di ali, muovendosi sulla terra come un grande e goffo giocattolo, esercitava il suo potere tenendo lontani con colpi di becco i compagni più invadenti, intrecciando con essi vivaci discorsi. Quando non restò nemmeno un pesce, gli uccelli si alzarono in volo e insieme tornarono al mare.

«Sono sempre più numerosi», disse Lia raggiungendo il marito. «È sempre Giosuè il primo?».

«Sempre. Oggi ha tardato di qualche minuto».

Lia si sedette vicino a Erich. Aveva un leggero abito bianco, i capelli color argento erano raccolti sulla nuca e un'ombra di rossetto le ravvivava il viso che conservava una trasparente luminosità.

«Com'è tutto bello», disse guardando il mare e lasciando scivolare fra le dita una manciata di sabbia umida; «dovresti occuparti della palma, mi sembra abbia bisogno di cure in questo periodo».

«Torniamo in Italia Lia», la interruppe Erich.

«In Italia?». Lia lo fissò sgomenta.

«Sì». Erich le pose affettuosamente un braccio sulle spalle. «È ora di tornare. Voglio morire in Italia».

«Ma Erich c'è tempo, sei ancora giovane, stai benissimo...».

«Non si può mai dire c'è tempo. Torniamo a casa, e presto».

«A casa?». Lia lo guardava sempre più smarrita. «Quale casa? Hai sempre detto che la nostra casa è ovunque».

«Evidentemente sono invecchiato. Il tempo di preparare i documenti, di sistemare tutto, faremo in fretta...».

«E Sara, Milena? Come possiamo lasciarle? E Rigbè?».

«Sara se la cava benissimo. È una donna indipendente e non ha bisogno di nessuno. E Milena non è più una bambina, ha molti interessi; ha un'età in cui si scoprono cose più importanti dei nonni, e potrà venire in Italia quando vorrà. Rigbè andrà a stare con loro».

«Lasci anche i tuoi pellicani. E non vedrai più Fulmine e Caminito». Lia tentava di aggrapparsi a qualsiasi argomento potesse far rimpiangere al marito la sua decisione, ma sapeva che Erich non avrebbe cambiato idea.

«Si lasciano tante cose. Siamo sempre in viaggio Lia, e non c'è niente di veramente importante».

Lia non rispose. Pensava a Milano, ai suoi familiari che non vedeva da tanto tempo, a Porta Magenta e alle strade della sua giovinezza. Tornavano nella memoria le voci degli arrotini e degli ombrellai, il sapore delle caldarroste e la neve che si posava sui davanzali, una sepolta nostalgia le riportò alberi che si coprivano di fiori rosati e il profumo della primavera.

«Come vuoi», disse più tardi mentre si aggirava per le stanze della sua casa guardando ogni oggetto; «mi devi dire quando partiamo».

«Con il "Tirrenia", fra un mese».

Andarono all'Asmara a sbrigare le pratiche e a salutare gli amici, e ritornarono a Massaua accompagnati da Mario, Sara, Milena, e Rigbè. La mattina della partenza, sul molo, oltre ai Conti c'erano la vecchia Levi, i discepoli di Erich che continuavano a frequentare l'ippodromo, qualche amica di Lia. Rigbè, con il suo abito più bello, taffetà rosa e azzurro con sottogonna bianca, opera di uno degli innumerevoli sarti massauini che confezionavano abiti e caftani in poche ore, teneva per mano Milena e con la candida *futa* che le copriva la testa e le spalle asciugava furtivamente le lacrime che le scendevano sulle gote incavate, voltando il capo per non essere osservata. Erano in molti a rimpatriare, e il molo si riempiva di voci e di addii.

Milena notò che c'era Lisetta, una sua coetanea con la quale aveva spesso giocato, da bambina, sul vagone incantato, e che allora abitava in una casetta dimessa oltre la ferrovia. Lisetta era meticcia, nata da una donna eritrea e da un italiano. Il padre, un uomo anziano che aveva avuto in tarda età tre figli dall'indigena, era in partenza per l'Italia dove sperava di raggiungere, dopo quasi vent'anni, la famiglia che aveva lasciato.

«Stai tranquilla», diceva il padre di Lisetta abbracciando la compagna. «Vi farò venire in Italia, vi manderò presto del danaro».

La donna assentiva con il capo e non diceva nulla. Sapeva che l'attendevano tempi duri, l'uomo sarebbe scomparso; non voleva sperare, come altre donne che vivevano nell'inutile attesa di una lettera.

I due bambini più piccoli guardavano incantati la nave

e il mare che vedevano per la prima volta, Lisetta si teneva in disparte con lo sguardo fisso nel vuoto. Aveva visto Milena ma preferiva ignorarla, sentiva lo squallore e l'oppressione di quel momento in cui una nave portava in terre lontane un uomo che finora era stato per loro un sostegno e che dopo avere avuto preoccupazioni di lavoro aveva deciso di tornare in Italia. Avrebbe voluto non essere là, con quella madre rassegnata che si copriva il capo con la *futa* come le altre donne eritree vicino alla nave, in compagnia, ancora per poco, dei loro padroni. Sperava di non essere vista da Milena che aveva una bella mamma bionda e un padre giovane e cercava di nascondersi dietro i bagagli accumulati sul molo.

«Quando verrai a Massaua», diceva Erich a Milena con tono allegro che voleva sdrammatizzare i momenti di addio, «non dimenticare Giosuè e i suoi compagni».

«Ci verrà spesso, con mia nipote», diceva la vecchia Levi e sussurrava a Lia qualcosa che nessun altro riusciva a sentire.

Più tardi il suono cupo della sirena annunciò la partenza. I passeggeri erano sul ponte e agitavano le braccia, gridavano nomi. Salutavano gli amici, i parenti, e un addio silenzioso e struggente era per la terra d'Africa, per gli anni che rimanevano sospesi nel riflesso di quella luce che avrebbero sempre portato con loro, piena di immagini, di colori, di sole.

La nave si staccò lentamente dalla banchina, poi, sempre più veloce, si diresse verso il mare aperto. Erich e Lia, sul ponte, guardavano in silenzio Massaua che svaniva diventando un punto luminoso sempre più piccolo, e pensavano a quando molti anni prima, con Sara e Mario, vedevano quel punto che si avvicinava. I ricordi affollavano il mare in una processione di immagini e voci, e Lia non riusciva a trattenere le lacrime. Un pellicano si posò sul pennone della nave, Erich lo salutò con la mano.

Sul molo la gente si disperdeva in silenzio, ognuno con il proprio rimpianto. Sara stringeva la mano a Milena, i grandi occhiali scuri le nascondevano il volto. Mario e Rigbè le seguivano in silenzio. Giunsero presto lettere e cartoline dall'Italia. Erich e Lia erano stati accolti con gioia dai pochi parenti rimasti, avevano trascorso due settimane a Ferrara dalle sorelle di Lia, poi erano andati qualche giorno sul lago di Garda e avevano mandato a Sara delle fotografie in cui apparivano sereni e sorridenti.

Quando tornarono a Milano, nella vecchia casa vicino a corso Magenta, Lia ebbe la sensazione, per un attimo, di non avere mai lasciato quel luogo, che gli anni trascorsi in Africa si dissolvessero all'improvviso in un nulla. Ebbe come un rimorso e prese dalla borsetta una busta contenente alcune fotografie e le dispose nelle cornici appena acquistate. Guardò a lungo la fotografia scattata un lunedì di Pasqua nel boschetto di Bet Gherghis; c'era la famiglia Conti al completo, le sorelle con i mariti e i figli, Mario con Sara e Milena, c'era Erich, e lei teneva in braccio Roberta e la guardava sorridendo.

«Vieni a dormire», le disse Erich andando verso la camera da letto. «Disfaremo i bagagli domani, è tardi».

Ma Lia si trattenne un altro poco in soggiorno con gli oggetti più amati e davanti allo specchio si provò la sciarpa colorata che le aveva regalato Rigbè. Quando raggiunse il marito nella camera da letto c'era una luce ancora accesa sul comodino.

«Erich», disse sistemando le coperte, «è stata una bellissima vacanza. Sono molto felice di avere rivisto tutti, ora spero che Sara e Milena vengano presto a trovarci e un giorno, chissà, anche Rigbè... Non farò fatica a riambientarmi, è la nostra vecchia Milano anche se...», si interruppe e si voltò verso il marito.

Erich era passato dal sonno alla morte senza accorgersene.

Lo aveva intuito prima che c'era poco tempo, quando un mattino, a Massaua, mentre nell'ora del sole più alto chiamava Giosuè e gli altri uccelli del mare, aveva deciso che era l'ora dell'ultima partenza.

IX

Il padre di Lisetta non trovò nessuno ad attenderlo. Sua moglie conviveva con un altro uomo, i figli lo ignorarono. Gli fu dato un letto in un campo profughi vicino a Latina dove, insieme ad altri rimpatriati, si consumava nella nostalgia dell'Africa, sapendo che non sarebbe più potuto tornare.

«E poi?», diceva aggirandosi per il campo guardando con un senso di oppressione la grigia luce invernale che non conosceva più. «Anche se tornassi cosa potrei fare?».

«Riprenderesti a fare il tassista», gli rispondeva un altro nostalgico. (I nostalgici, per gli italiani dell'Eritrea e dell'Etiopia, sono coloro che hanno il «mal d'Africa».)

«Ma non si guadagnava più niente, e poi è inutile, abbiamo avuto il rimpatrio e l'Africa ce la scordiamo anche se io ci tornerei a piedi».

«A piedi», echeggiava un'altra voce, «anch'io ci tornerei a piedi. La notte sogno sempre di essere là e quando mi sveglio avrei voglia di sparire».

«Qua siete a casa vostra», interveniva un altro che ostentava una falsa sicurezza, «là prima o poi ci avrebbero sbattuto fuori, meglio venire via subito, di neri non ne potevo più. In qualche modo ce la caviamo. Io ho un fratello ricco al paese, sbrigo le pratiche e mi sistemo, coltiviamo pomodori e arance...».

Il padre di Lisetta metteva la mano in tasca e stringeva la busta già sgualcita che aveva ricevuto giorni prima. Gli aveva scritto la vecchia sorella che un letto c'era, ma lui sapeva che anche lei, vedova, stentava a campare. Pensava a Lucia, la docile compagna eritrea che lo aveva servito per tanti anni, ai bambini, a Lisetta che cresceva, e naufragavano le speranze di poter mandare loro del danaro. Avrebbe scritto dicendo di attendere, poteva fare dei progetti, andare dalla sorella e coltivare anche lui i pomodori e le arance, e se invece come profugo gli avessero dato in fretta la licenza di tassista era a posto, era stata questa la prima speranza. Ma in quel campo triste, dove come condannati giravano i profughi, con bagagli di nostalgie, di pratiche da sbrigare, di speranze e di delusioni, si era spesso vittime di un immenso sconforto. Era come essere stati sbalzati all'improvviso in un mondo sconosciuto e ostile; come aver perso lontano la propria identità.

Il «mal d'Africa» non era una prerogativa dei più sfortunati che abitavano i tristi campi per i profughi. Si insinuava nelle confortevoli case di chi aveva ripreso in Italia, grazie ai mezzi economici e agli appoggi di familiari e amici, un decoroso posto in società. Mancava il cielo sempre azzurro, le *lettè* disponibili in ogni momento, la vita tranquilla e senza stress, le riunioni con gli amici al circolo, mancava Massaua e il suo mare. Gli anni in cui ci si era adagiati nella piccola città africana erano vestiti di ricordi sempre presenti nell'aria, come folletti che avevano ognuno una storia. I nostalgici si cercavano fra loro, si riunivano per soffrire insieme il bel tempo andato, per rievocare tutto ciò che ormai era un nulla.

All'Asmara il numero degli abitanti europei era molto diminuito, ma la città era ancora vivace e le vie del centro, come l'*Avenue* Hailé Selassié, erano sempre affollate nelle ore della passeggiata, soprattutto dai giovani che andavano avanti e indietro continuando a salutarsi l'un l'altro quando si incontravano. Io avevo fatto amicizia con Emma Levi, la nipote dell'amica della nonna, ed eravamo ormai inseparabili. Ci eravamo ignorate per anni poi un giorno, trovandoci insieme in prima media, erano bastate poche parole e il ricordo delle nonne a Massaua perché cominciassimo a frequentarci. Eravamo invaghite della giovane e bella insegnante di lettere da poco giunta dall'Italia, la professoressa Luisa, i capelli biondi sciolti sulle spalle, gli eleganti *tailleurs*, le scarpe dal tacco basso che rendevano più svelta la sua inconfondibile andatura, e quando vedevamo a distanza l'esile figura che non avremmo mai potuto confondere con quella di nessun altro, la seguivamo in estenuanti pedinamenti, attente a non farci notare.

Avremmo voluto sapere qualcosa della sua vita privata, addentrarci nei suoi segreti, ma Luisa pareva non avere segreti e noi, deluse dalla sua vita tranquilla che si svolgeva fra casa e scuola, ipotizzavamo un fidanzato lasciato in Italia, e stavamo molto attente quando un suo collega le rivolgeva la parola, spiavamo gli sguardi e i possibili approcci. Parlavamo sempre di lei e io mi emozionavo quando leggeva in classe i miei temi e, sapendo che aveva una predilezione per Leopardi, imparavo a memoria con passione anche le poesie che erano fuori programma. L'unica volta che mi trovò impreparata, perché distrattamente non avevo capito che la poesia del giorno era *Sant'Ambrogio*, consumai sul banco gran parte delle mie lacrime, inutilmente confortata dalle sue rassicuranti parole. Erano i tempi in cui l'amicizia con Emma e i molti interessi – che ci facevano trascorrere piacevoli giornate divise fra lo studio, le passeggiate sul corso, il tennis di Bet Gherghis, le rappresentazioni teatrali che mettevamo in scena nelle nostre case facendo contemporaneamente i registi, gli autori e gli attori, aiutati da amici – mi distraevano dai problemi familiari che si sarebbero risolti con la separazione dei miei genitori, dalla morte del nonno e dal ricordo della nonna lontana.

Emma era timida ma quando eravamo insieme riusciva a vincere la sua timidezza e ogni occasione era buona per suscitare in noi momenti di irrefrenabile ilarità. Quando la zia Claudia ci invitava a fare merenda da lei e oltre alla squisita torta di mele trovavamo la signorina Giuliana, una delle vecchie coloniali non ancora estinte, col cappello fiorito e merletti al collo, dovevamo disporre fra noi il vaso da fiori della zia per evitare di guardarci in faccia e ridere. Non avremmo voluto farlo ma era una reazione inevitabile che nemmeno un evento triste, nel quale trovavamo sempre un lato umoristico, riusciva a evitarci.

Rigbè, nel vedermi a casa la sera, dopo la passeggiata, non mancava mai di dirmi che consumavo i marciapiedi, e sospirava con aria che disapprovava le mie ore sciupate. E quando andava ogni tre giovedì a «farsi i capelli», una testa fitta di minuscole trecce attaccate al capo, e tornando a casa passava con un'amica per il corso, lanciava furtive occhiate in giro per sorprendermi in compagnia di qualche ragazzo e lanciarsi poi in ambigui e camuffati interrogatori. Aveva molto sofferto con noi per la morte del nonno, contenendo come sempre il suo dolore dietro l'impenetrabile espressione degli occhi strabici ma non parlando con nessuno per lunghe settimane, e se si nominava la nonna lunghi e accorati sospiri le gonfiavano il petto scarno e la si sentiva mormorare, non abbastanza piano da non essere udita, che «nessuna donna era come la signora Lia».

Fu durante la festa del Mascal che incontrai ancora Lisetta e mi ricordai del giorno in cui suo padre era partito.

Il Mascal, la «Festa della Croce», si celebra in settembre. Su una grande piazza vengono eretti covoni di fieno e i preti eritrei, nei loro parati delle feste, con gli ombrelli di diversi colori aperti nel sole, assistono alla festa solenne; sulla cima delle piramidi di fieno viene attizzato il fuoco e a seconda della direzione del fumo si traggono pronostici per il prossimo raccolto.

La sera i bambini indigeni correvano per la città con

i tizzoni accesi, li posavano in terra e gridando «Ohiè, ohiè» saltavano più volte da una parte all'altra del legno incandescente, e anche a noi ragazzi piaceva partecipare alla festa e saltare cantando fra le luminose scintille che adornavano il buio.

«Ciao», disse Lisetta mentre saltava vicino a me e a Emma in una strada poco distante dalle nostre abitazioni. Aveva un abito attillato che metteva in evidenza la sua magrezza e sul viso minuto gli occhi erano grandi e tristi.

«Ohiè, ohiè», cantavano i bambini scalzi saltando accanto al fuoco e noi li imitavamo e le scintille ci seguivano per un attimo per poi morire nella notte.

«Ohiè, ohiè», cantavano le donne eritree che uscivano ridendo dai cancelli e sollevando le lunghe gonne saltavano e si divertivano con noi.

«Ohiè, ohiè», la notte si riempiva del canto e del fuoco, il crepitìo del legno che bruciava accompagnava la festa.

Saltavo vicino a Lisetta che era rientrata nel suo malinconico silenzio dopo quel breve ciao.

Stavo per dirle qualcosa quando un'auto si fermò all'angolo della strada. Lisetta ci lasciò e salì sull'auto accanto a un uomo che si teneva riparato nel buio; l'auto ripartì velocemente.

«Fa la *sciarmutta*», commentò una donna eritrea che lavorava presso una famiglia di nostri conoscenti, «e porta i soldi a casa».

«Suo padre», proseguì un'altra guardandomi severamente come se io fossi in qualche modo colpevole, «è andato in Italia e ha lasciato la famiglia senza soldi».

«Lo so», risposi, e pensai al vecchio dall'aspetto dimesso, il tassista di piazza della Posta.

«Ohiè, ohiè», cantavano i bambini vestiti di stracci e ridevano sfidando il fuoco che lentamente si spegneva.

Io ed Emma iniziammo ad andare avanti e indietro

fra le rispettive abitazioni. Lei accompagnava me e io accompagnavo lei; poi, all'improvviso, ci accorgevamo che era tardi, ancora una volta a casa ci avrebbero rimproverato. Allora ci lasciavamo in fretta a metà strada e correvamo, per recuperare qualche secondo, verso casa.

«È tardi», mi disse il papà la sera del Mascal, «ti ho già detto più volte che non devi rientrare dopo le sette», il suo tono era adirato, spostò con gran rumore la sedia e si mise a tavola.

«C'era l' "ohiè, ohiè" e Rigbè lo sapeva che ero qua davanti», replicai.

«Non mi interessa quello che c'era».

La mamma non disse nulla ma mi guardò severamente; non era il caso, mi dicevano i suoi occhi, che io aumentassi i malumori del papà. Anche Rigbè mi lanciò una delle sue occhiate di disapprovazione, e io sentii un gran bisogno di alzarmi, uscire e tornare nella notte a saltare tra i fuochi. Ma i fuochi erano ormai spenti e io ero là, con il desiderio che la cena finisse in fretta, per chiudermi nella mia camera.

Il silenzio fra noi, invece di abitare un'oscurità discreta, era sfarzosamente illuminato dal grande lampadario di cristallo i cui bagliori ci scoprivano troppo l'uno all'altro, nascosti come avremmo voluto essere anche fisicamente, ognuno nel nostro mondo.

Sperai che i miei genitori, e lo speravo tutti i giorni, si decidessero a separarsi. Ero certa che solo allora avrebbero ritrovato un po' di serenità.

La mamma lavorava da tempo in un grande studio di architetti, era molto apprezzata e aveva raggiunto una sua indipendenza economica. Era sempre bella, giovane; quando la vedevo fuori casa il suo sorriso era allegro e comunicativo, e anche quando la domenica si metteva a dipingere – talvolta andava alla periferia di Asmara con il cavalletto – aveva un'espressione serena. Mi dicevano che sembrava mia sorella; io ero orgogliosa di lei, ma avevamo poche occasioni per stare insieme, e io non le raccontavo quasi nulla di me. Detestava le passeggiate sul corso e faceva sempre lunghi giri tornando a casa per evitarlo, non amava la mondanità, non giocava a carte, però le piaceva ballare e qualche volta, nei rari periodi in cui fra lei e il papà c'erano momenti di distensione, partecipava alle feste danzanti al circolo o nella sede di qualche consolato. Allora la spiavo nei suoi preparativi, e quando veniva a salutarmi mi sembrava bellissima coi lunghi abiti di velluto nero o di *chiffon* rosa, con gli strass che le illuminavano il viso, e gli occhi accesi da un improvviso entusiasmo. Li guardavo, dalla finestra della mia camera, uscire dal cancello, il papà vestito di scuro, con il portamento altero e i folti capelli brizzolati, lui alto e lei minuta, e li vedevo danzare nelle grandi sale illuminate. Ci sarebbe stato fra loro qualche sorriso, e chissà quanti cavalieri avrebbero chiesto di poter ballare con la mamma.

Parentesi, notti che duravano un attimo, qualche giorno in cui il papà diventava loquace e ci raccontava episodi del suo lavoro. Poi si ripiombava nei tetri silenzi e i lunghi abiti della mamma restavano appesi per molto tempo nell'armadio.

X

... I feriti, intorno al lago Ascianghi (il lago Ascianghi fu avvelenato dagli italiani, con l'iprite, nella guerra del 1936 contro gli etiopici), si trascinavano verso l'acqua, tentando di scavalcare i corpi morti. Per due giorni gli uomini appostati intorno al lago per combattere contro gli uomini bianchi avevano atteso inutilmente i rinforzi, i viveri e l'acqua che nessuno mandava; era giunta invece un'altra aggressione del nemico, dagli aeroplani erano stati lanciati i gas venefici e molti di loro erano morti fra terribili sofferenze. Ora, alla luce del tramonto che mandava ombre rosse sul lago tranquillo, nella bellezza di una natura che ignorava l'inferno che l'abitava, i feriti gemevano e urlavano e uccelli rapaci roteavano scendendo dall'alto e gridavano anch'essi rispondendo ai lamenti. Le ferite e la sete torturavano gli uomini che ancora riuscivano a muoversi. Molti si lasciavano andare distendendo le braccia come in segno di resa, con gli occhi sbarrati verso il cielo.

La morte, come un'esile trasparente fanciulla, con veli che una brezza leggera faceva ondeggiare, passava fra loro raccogliendo in un cesto, con lunghissime e pallide dita, i sospiri che lasciavano i corpi per sempre.

Zegai, l'eritreo che aveva combattuto in Etiopia la sua battaglia contro gli invasori, strisciò fino alla sponda del lago. La sete gli consumava il cervello, la pazzia glielo frantumava urlandogli dentro la testa il frastuono della guerra. Ma ora l'acqua era là, a portata di mano, e il lago immobile rifletteva il viso devastato di Zegai, gli occhi allucinati che lo fissavano. Zegai baciò l'acqua e sentì le labbra brucianti rinfrescarsi e la gola placarsi. Fu un attimo. Dolori atroci gli contorsero lo stomaco e altri come lui che stavano bevendo urlarono al cielo, al Dio che era altrove.

«Non bevete», gridò un ragazzo.

«L'acqua è avvelenata». Ma i feriti volevano l'acqua.

La notte scese cancellando in un attimo il lago e i boschi. Le iene uscivano dalle loro tane. La morte sedette sulla sponda del lago, in attesa, fissando lontano dove il giorno era stato inghiottito dal nulla. Nel suo cesto i sospiri, contorti l'uno sull'altro, tacevano...

Elias si svegliò agitato, il respiro affannoso. Era sempre lo stesso sogno che da quando era un ragazzo veniva a visitare i suoi sonni. Nel buio riandò alle lontane memorie quando Aptè era tornato al paese reggendosi sulle stampelle. Era mutilato di una gamba, e una benda sporca e stracciata gli fasciava la testa.

Entrando nella loro casa di tufo – era domenica e avevano pregato – ricordava Elias, Aptè si era seduto in terra con quel moncone di gamba che cercava di assestare in qualche modo, perché non gli desse troppo fastidio. Mariam gli aveva dato l'*anghera* e lo *scirò*, avevano mangiato in silenzio, pareva che tutti avessero paura di parlare.

«Tuo padre», disse infine Aptè al ragazzo che lo fissava con timore, «è morto. Ha combattuto con molto coraggio, poi gli uomini bianchi lo hanno assassinato».

Aptè aveva chiuso gli occhi. «Non come in guerra», proseguì, «come Dio può accettare che si combatta la guerra. Hanno avvelenato il lago e loro non c'erano a vedere morire gli uomini».

Aptè raccontò i giorni e le notti del lago Ascianghi; fantasmi che urlavano le sofferenze dei vivi entrarono nella casa portando con loro l'ultima notte sulle sponde del lago.

Mariam si era buttata in terra e singhiozzava invocando la Madonna che aveva il suo nome, le parole si frantumavano nel pianto in quei solitari richiami ai cieli lontani.

Elias teneva sulle ginocchia un bambino di pochi anni e gli passava le dita fra i capelli crespi cercando e uccidendo i pidocchi. Lacrime scendevano sulla testa del bambino mescolandosi agli insetti che le dita di Elias schiacciavano.

Vennero nella casa, da ogni parte del paese, uomini e donne ad ascoltare la storia del lago e altri singhiozzi e lamenti si unirono a quelli di Mariam. Una vecchia, con gli occhi bruciati dal sole, cadde sulle malferme ginocchia e alzò le braccia al cielo.

«Dio li castigherà», gridava, «gli assassini di Zegai, e saranno cacciati dalla nostra terra come cani randagi»; tutti la guardavano con rispetto e timore perché Tabetù la veggente, vecchia come il tempo, vedeva, con i suoi occhi bruciati, i giorni che ancora non erano nati, e andava a frugare nel cuore degli uomini dove le cose nascoste vivono al buio. Tutti sapevano che non c'era castigo peggiore della maledizione di Tabetù, né gioia più grande della sua benedizione.

Tabetù diceva quando non sarebbe piovuto e quando sarebbero arrivate le cavallette e se una donna incinta avrebbe partorito un figlio morto, e aveva detto a Mariam, passandole sul viso le mani callose per infonderle forza, che Zegai non sarebbe tornato.

Da allora Elias aveva spesso rivisto nel sogno la notte del lago e Aptè, che era morto poco tempo dopo essere tornato al paese, un giorno gli aveva detto di non dimenticare l'assassino di suo padre e di raccontare ai figli ed ai figli dei figli, perché la memoria dell'ingiustizia non andasse perduta, la storia del lago Ascianghi. Mariam era stata chiesta in moglie più volte in paese, perché era ancora bella e forte e perché suo marito era stato un notabile e un martire, ma lei aveva rifiutato ogni proposta. Passava per i sentieri portando sulla testa la cesta con il raccolto, era diritta e altera e pareva non vedesse nessuno. Volle che il prete del paese insegnasse a Elias a scrivere e leggere, perché così avrebbe voluto Aptè, e, dopo che morì Zegai, nessun uomo poté mai entrare nella sua casa.

Elias aiutava la madre a lavorare la terra ma era gracile e faceva fatica, poi venne l'anno della siccità e per tutti fu una lotta estenuante per la sopravvivenza. Alcuni, con le ultime forze, andarono in città ma vi arrivarono solo per morirvi, lasciandosi cadere oltre un uscio che si apriva nei quartieri poveri della periferia.

Elias raccolse in un fagotto le sue poche cose e un piccolo libro che gli aveva donato il prete, e disse a Mariam che non poteva più stare al paese, in città avrebbe trovato un lavoro e l'avrebbe aiutata.

Era andato, timoroso, da Tabetù perché vedesse i suoi giorni futuri e lo benedicesse. La vecchia aveva sospirato guardandolo e aveva stretto fra le sue la mano sudata per l'ansia.

«Vai Elias», gli aveva detto, «potrai aiutare tua madre, sei un povero ragazzo triste ma la miseria non ti ucciderà. Ricordati sempre come hanno assassinato tuo padre, e guarda negli occhi gli uomini bianchi prima di parlare con loro». Gli aveva dato un amuleto da tenere sul cuore perché lo rinforzasse contro il male del mondo; gli occhi della vecchia, mentre parlava, pareva vedessero il ragazzo che stava partendo.

Quando Elias si trovò nel mondo dei bianchi, dopo un lungo viaggio attraverso i villaggi sui quali gravava l'aria pesante di una stagione senz'acqua, sentì l'angoscia che gli schiacciava il cuore e strinse l'amuleto che gli aveva dato la vecchia.

Passò per le strade del centro dove passeggiavano i signori puliti e ben vestiti, cercò di farsi più piccolo e camminò lungo i muri guardando la sua ombra che allungandosi sui marciapiedi lo denunciava al mondo.

Ma nessuno lo guardava, era come se non esistesse, e anche l'ombra poteva continuare ad adagiarsi per terra ché il mondo non sapeva chi fosse, né voleva saperlo. Si avviò al mercato per informarsi su qualcosa da fare. E mentre si addentrava fra le strette vie che portavano alla piazza, non guardato nemmeno da quelli che come lui si portavano sulle spalle gli anni della miseria, urtò Rigbè sbucata da un angolo, con gli *zembil* pieni di frutta e verdura. Rigbè imprecò in malo modo mentre raccoglieva le banane e i pomodori che rotolavano sulla strada, aiutata da quel maldestro ragazzo spaventato. Poi lo invitò a sedersi con lei su uno scalino e riuscì a sapere, anche se con molta insistenza – perché Elias faceva fatica a parlare, gli tremava la voce – la sua storia.

Aveva notato che Elias aveva un aspetto decoroso, un viso dai lineamenti gentili, si vedeva, pensava, che suo padre era stato un notabile, e che il ragazzo era stato educato da un prete. Decise di aiutarlo e lo portò a casa Conti annunciando con tono gentile ma fermo, dopo avere a lungo studiato le parole per la sua entrata in scena, di avere trovato un ragazzo che l'avrebbe aiutata nella casa dove sarebbero arrivati i Mayer. Era Elias, un suo lontano cugino, figlio di un grande signore, educato e colto, sapeva leggere, scrivere e fare i conti, doveva assolutamente trovare un lavoro perché sua madre, una zia alla quale lei era molto affezionata, aveva bisogno di soldi per un male che doveva curare. Suo padre era morto tanto tempo fa in una terribile guerra, e non specificò, per delicatezza, quale guerra, sapendo che le sorelle Conti, tenere di cuore, avrebbero capito e non sarebbero state capaci, nel sentire il racconto di tante disgrazie – così magistralmente declamato – di porre un rifiuto. Così Elias entrò in casa Conti e venne chiamato Eliseo.

Rigbè gli disse che gli uomini bianchi di Asmara erano diversi da quelli che avevano ucciso suo padre, erano buoni e comprensivi e lui poteva guardarli tranquillamente negli occhi, come gli aveva detto Tabetù, e non pensare agli uomini del lago. Elias trovò coraggio nel sorriso e nei modi delle sorelle Conti che parlavano la sua lingua e gli facevano tisane per la tosse. Quando conobbe i Mayer, e Lia ed Erich si occuparono con tenerezza di lui, non abbassò lo sguardo come faceva sempre, confuso da contrastanti emozioni, e si sentì animato da nuove speranze.

Non riusciva a guardare negli occhi Mario Conti; sapeva che era nato all'Asmara – non era venuto da lontano in quegli anni terribili –, che trattava bene gli eritrei, ma il suo viso severo, le sue poche parole lo mettevano a disagio. Se Mario aveva un improvviso slancio di generosità nei suoi confronti Elias si diceva che non doveva temere nulla, il suo cuore poteva stare tranquillo.

Andava spesso al paese e portava danaro alla madre ma lei ne usava pochissimo, avvolgeva le monete in cartocci che nascondeva sotto la terra della casa. Elias poi si sposò e in paese si fece una gran festa e ci fu *zighinì*, *anghera* e *mies* per i parenti e gli amici, Mariam spese parte del danaro perché ci si ricordasse del matrimonio del figlio di Aptè. La moglie di Elias, Zainesc, aveva quindici anni, la pelle chiara e trasparente «come quella della luna» dicevano in paese, gli occhi lunghi resi più scuri e brillanti dal *kohl*, e le mani, dalle palme rosse di *henna*, avevano dita affusolate. Era una nipote di Zegai e Mariam aveva sempre pensato che avrebbe potuto essere, un giorno, la moglie di Elias. Il danaro messo da parte, quello suo e quello del figlio, le era servito per comprare le bestie da dare ai genitori di Zainesc perché dessero a Elias, il figlio del notabile morto come un martire, la loro più bella ragazza per la quale altri avevano offerto molto di più.

Tabetù non intervenne al matrimonio. Disse che la morte, che finora non l'aveva voluta lasciandole vivere un tempo più lungo, affinché le sue mani curassero i mali dell'anima e del corpo, presto sarebbe venuta. Lei non voleva stancarsi troppo in attesa di quell'ultimo evento, doveva riceverla in piedi sulla porta dell'uscio, così come si riceve un viandante atteso, che arriva da molto lontano per portare notizie dai mondi sconosciuti. Mandò agli sposi un bellissimo cesto intrecciato di paglia di tutti i colori che lei stessa aveva lavorato nelle notti insonni, con le abili dita che avevano occhi. Tabetù avrebbe detto ad Elias che uno solo dei suoi figli sarebbe morto, gli altri sarebbero cresciuti sani e forti e avrebbero visto andar via gli uomini bianchi. Ma non gli disse che nelle sue tenebre lei vedeva, lontano, altre guerre, e che tempi di fame e di morte erano sospesi in attesa per il povero popolo a cui il destino avrebbe chiesto grandi sofferenze.

Elias lasciò la moglie al paese, con Mariam. Doveva trovare un alloggio in città dove portarla ed era meglio attendere, mettere via altro danaro per una piccola casa dove sarebbero cresciuti i figli, che avrebbero studiato nelle scuole di Asmara e forse un giorno sarebbero diventati geometri o ragionieri, perché anche per loro sarebbero venuti altri tempi e ci sarebbero state le scuole superiori.

Zainesc aveva partorito il primo figlio prima dell'ottava luna, era un bambino piccolo come una bambola, lei aveva latte ma il bambino vomitava sempre, non c'era più Tabetù che avrebbe potuto fare qualcosa.

Una sera – Elias sarebbe arrivato il giorno dopo con le medicine avute dai suoi padroni – il bambino smise di piangere e rimase fermo sulla stuoia, raggomitolato come fosse rientrato nel grembo materno, i piccoli pugni serrati. Mariam e Zainesc lo lavarono e lo misero in un minuscolo sudario, da sempre i bambini morivano al paese, era inutile disperarsi, Zainesc era giovane e avrebbe avuto altri figli. La giovane madre vegliò il suo bambino per tutta la notte, il suo cuore era pesante come un sasso. Prima che le luci dell'alba facessero svanire la notte, Zainesc uscì di casa, e con il piccolo corpo fra le braccia si diresse verso la collina. Si fermò vicino a una giovane donna che stava sistemando la terra dov'era stato appena sepolto un altro bambino. Era un rito antico per le donne di quei luoghi i cui bambini morivano ogni giorno, indifesi dalla miseria e dalle malattie, uscire dalle povere case quando la notte scoloriva nel cielo, e andare con il loro bambino avvolto nel sudario verso la terra a cui restituirlo. C'era una cupa rassegnazione in quella cerimonia all'alba, ereditata da altre donne che sapevano che i figli non sarebbero tutti vissuti, e loro, le madri, si avviavano sole, nel silenzio fra la notte e il giorno, alla collina vicino al paese con i piccoli morti fra le braccia.

La donna vicino a Zainesc cantava sommessamente, era un canto malinconico che abitava il paese del pianto, ma non aveva del pianto l'abbandono. Zainesc intonò anch'essa il canto, piano, come se temesse di offendere il suo dolore, e quando ebbe finito di sistemare la terra tornò a casa affiancandosi all'altra donna; intanto il sole si era alzato dietro la collina, e gli abitanti del paese che passavano per i sentieri le salutavano con un riverente cenno del capo, sapendo da dove venivano.

Zainesc ebbe altri tre figli. Come aveva predetto Tabetù erano sani e forti e lei attendeva che Elias portasse la famiglia in città. Elias beveva il *mies* la sera, chiuso nella sua stanza, e i suoi occhi diventavano gialli. Una volta si fermò in una mesticheria prima di rientrare nell'ufficio di Mario Conti, e le gambe gli tremavano mentre consegnava al *guitana* il danaro degli affitti che aveva riscosso.

«Non devi più bere», urlò Mario, «altrimenti te ne vai. Non voglio ubriachi in giro».

Elias teneva lo sguardo basso e dentro piangeva. Sapevano entrambi che non se ne sarebbe mai andato, ma Elias aveva paura.

«Quando porti la famiglia in città?», aveva poi proseguito Mario con voce pacata.

«La casa l'ho trovata», rispose Elias con un filo di voce, «è al 78. Ma ci vogliono i mobili».

«E non potevi dirmelo?», disse ancora adirato Mario. «Con tutti i mobili che ho in magazzino te la metti subito a posto. Avresti dovuto parlare prima della famiglia che vuoi portare in città, ti avremmo aiutato. Come sempre ha parlato Rigbè. Ora vai e non bere, non dovrai più farlo con tua moglie e i bambini».

«Grazie», ed Elias, chinando tre volte il capo in segno di ringraziamento, uscì dall'ufficio cercando di non barcollare.

Portò la famiglia al 78 dove una volta c'era la villetta dei Conti in mezzo alla campagna. La villetta non c'era più, era stata demolita, ed era sorto un quartiere di indigeni con piccole case l'una vicina all'altra. Nel fossato, che durante la stagione delle piogge si riempiva d'acqua, giocavano i numerosi bambini eritrei, così come avevano giocato anni prima la figlia di Mario Conti e i suoi amici. Dai cortili si spandeva nell'aria l'odore del *berberé*, e le donne cuocevano all'aperto, sui *mogogò*, le *anghere*.

Elias, in quella notte in cui il sogno dopo tanto tempo venne ad angosciarlo, rivide le immagini della sua vita, il padre che ricordava appena, Zegai, il prete della sua infanzia, Tabetù; sentì l'odore dei covoni di fieno, vide i colori del giorno del suo matrimonio e la collina dove Zainesc aveva sepolto il loro primo bambino. E sentì le lacrime bruciargli gli occhi pensando al giorno in cui, per la prima volta, vagava, perso in una solitudine immensa, per la città di Asmara, e al suo fortunato incontro con la buona Rigbè. Ora aveva la famiglia in città, Zainesc era contenta della casa di mattoni, dei letti, degli armadi, c'era anche un tappeto, e un quadro donato dalla signora Claudia, con una veduta della chiesa copta. I figli andavano a scuola, puliti e ben vestiti, e giocavano con i vicini di casa. Pensò di essere fortunato e che poteva guardare negli occhi gli uomini bianchi, non erano quelli del lago.

Il mattino, mentre con la bicicletta percorreva il sentiero sassoso facendo propositi di non bere più, forse solo la domenica sera, incontrò Milena che veniva dall'altra parte, anche lei in bicicletta. Elias frenò bruscamente.

«Cosa fai qua? Non vai a scuola?», domandò con tono gentile, ma velato da un tenue rimprovero, perché aveva visto nascere Milena e fin da quando lei era una bambina e c'era ancora Roberta avevano parlato e lui l'aveva fatta giocare.

«Entro un'ora dopo, ma non dire a mio padre che mi hai incontrato. Vado alla baracca», e Milena scese dalla bicicletta. «La baracca» era il nome che avevano dato i Conti alla villetta davanti al binario, perché in parte era stata costruita in legno, e a Sara era molto piaciuto quel nome.

«Ma non c'è più la baracca», ed Elias guardò Milena preoccupato.

La ragazza si mise a ridere. «Lo so Eliseo che non c'è più la baracca... sono anni! Ho voglia di vedere dov'era, ma è tutto cambiato, hanno portato via anche i vagoni».

«Non si riconosce più niente, hanno fatto tante case».

«Il fossato è rimasto lo stesso, ma mi sembra sempre più piccolo. Sono cresciute tante piante di fichi d'India», e Milena si guardava intorno alla ricerca degli alberi che aveva piantato la madre e che non c'erano più.

«Tuo padre verrà un giorno a prendere il *ciai* così conoscerà mia moglie e i miei figli. Se vuoi venire anche tu».

«Verrò», promise Milena e risalì sulla bicicletta. Sull'uscio di una casa, una bella donna dalla pelle chiara e trasparente li osservava sorridendo.

«È mia moglie», disse Eliseo, «ma ora devo andare in ufficio». Salutò Milena che andava nella direzione opposta e si avviò verso il centro.

XI

Nessuno aveva mai saputo nulla della famiglia di Rigbè. Ogni tanto chiedeva il permesso per andare al paese, che non si capiva dove fosse, perché sulla sua vita privata Rigbè manteneva il mistero; ma c'era sempre, al paese, se annunciava che non poteva fare a meno di andarci, un cugino, un nipote, uno zio della madre, un fratello del padre o un amico del nonno che aveva bisogno di lei. Altro non diceva. Quando tornava ci portava le uova fresche e i saluti di quei «tutti» che noi non sapevamo chi fossero. Una notte, dopo essere tornata da una delle sue visite al paese, si sentì male. La mamma, che spesso si alzava a causa dell'insonnia, la trovò in cucina, seduta per terra, la testa contro le ginocchia. Poche ore dopo Rigbè partorì tre gemelli nella camera di una sua amica ostetrica, vicino al mercato, dove aveva voluto essere portata.

Andai a trovarla il giorno dopo, insieme alla mamma. Lei ci guardò sorridendo come se nulla fosse accaduto e fosse stata la cosa più naturale del mondo nascondere per mesi, sotto ampie gonne, una gravidanza che sembrava non l'avesse ingrassata di un grammo, e partorire tre bambini.

«Rigbè», sentii che le diceva la mamma sedendosi, mentre io venivo trattenuta sulla soglia da una donna anziana «non mi hai mai detto che hai un uomo. Sei con noi da tanti anni, perché non hai detto nulla?».

«Io non ho uomini», rispose Rigbè meravigliata dalle parole della mamma.

Vidi la mamma irrigidirsi sullo sgabello di paglia e

capii che aveva voglia, in quel momento, di urlare a Rigbè di non prenderla in giro. Ma la mamma, che era molto impulsiva, fece un grande sforzo per mantenere la calma.

«Allora è stato un incontro così, per caso... e questi bambini non hanno un padre», disse la mamma, e attese, guardandola fissa negli occhi, la risposta di Rigbè. Ci fu un lungo silenzio; e io attendevo il seguito guardando la scena dalla soglia come se fossi stata a teatro, spettatrice di un'avvincente commedia, sapendo che Rigbè, la prima donna, avrebbe, come sempre, sostenuto con grande maestria la sua parte.

«Una madre non basta?», domandò Rigbè con il tono finto ingenuo che amava usare spesso. «Io non ho mai avuto uomini. I bambini sono miei», e si voltò a guardare con espressione trionfante i tre piccoli esseri scuri che si agitavano vicino a lei.

«Allora», disse la mamma con ironia, «sei come la Madonna. Un giorno metteranno il tuo ritratto nella vostra Chiesa, tu poi sei riuscita ad averne tre...».

Rigbè sorrise ignorando le parole della mamma e disse alla sua amica di preparare un *ciai* per noi, non molto forte, nel bicchiere per la signora, nel *fingian* per me.

Mi avvicinai al letto e le sorrisi cercando di mostrarle la mia solidarietà; ero fiera di un evento così insolito, nessuno di noi avrebbe potuto immaginarlo. Guardai i bambini, erano così piccoli che facevano impressione e non avevo il coraggio di mentire a Rigbè fino al punto di dirle che erano belli, ma lei certamente si aspettava degli elogi mentre guardava con ammirazione contenuta, come si conveniva al suo modo di essere, i suoi tre capolavori.

«Manderemo una fotografia alla nonna», dissi sfiorando con le dita i pochi capelli di uno dei bambini. «La farà vedere a tutta Milano».

Rigbè mi sorrise. In quel momento non c'era nessun

artificio nel suo viso che si distendeva in una dolcezza a noi ignota, e negli occhi strabici apparve un velo di pianto.

«La signora Lia», disse guardando altrove, «la bambina l'ho chiamata Lia, e il signor Erich diceva sempre che non ero capace di avere bambini, a lui piaceva scherzare e dirmi come...», cercava affannosamente la parola che non ricordava.

«Zitella», le dissi, «il nonno diceva che eri zitella».

Rigbè rise, e anche la mamma sorrise, commossa dal ricordo dei suoi genitori, di quel padre severo che con gli anni si era addolcito e amava anche ridere mentre un tempo, quando lei era bambina, non aveva mai avuto negli occhi barlumi di spensieratezza.

«Ecco», disse Rigbè assentendo con il capo, «zitella».

«Sarebbe meglio se venisse un medico e vedesse te e i tuoi bambini», e la mamma si alzò per chinarsi sui piccoli che emettevano tenui vagiti, aprendo la bocca come quei gattini che pare stiano miagolando, ma fanno un suono appena percettibile.

«La mia amica è molto brava», disse Rigbè con uno dei sorrisi migliori, quelli – diceva il nonno – della festa. «Non c'è bisogno di disturbarsi».

Ricordai Mafrasc ed ebbi paura che anche Rigbè non tornasse più a casa. Guardai la sua amica, una donna grassa con un seno che le ballava fin sulla pancia, e un fazzoletto scuro che le avvolgeva la testa lasciando sbucare qua e là ciuffetti di crespi capelli grigio-neri. Ci stava servendo il *ciai* su un tavolino che una ragazzina dall'aria spaurita aveva trasportato dalla camera accanto. Attesi che la donna grassa uscisse un attimo dalla stanza per dire a Rigbè che se non voleva il medico avrebbe potuto venire Maria Maciocchi; lei che conosceva i bambini come nessun altro.

«Se vuole...», accondiscese Rigbè con un sospiro guardando i gemelli, «ma deve dire che è vostra parente se viene a trovarmi, altrimenti la mia amica, che è parente di mia mamma poveretta, resta male».

Quando usava il termine «poveretto» riferito all'uno o all'altro dei suoi misteriosi parenti significava che la persona menzionata non era più in questo mondo, qualcosa avevamo capito.

«Sempre tutto complicato», disse la mamma, e accorgendosi che Rigbè aveva il viso sudato e il respiro un po' affannoso, finì in fretta di bere il suo *ciai* sussurrando che era troppo scuro e si alzò.

«Andiamo», mi disse, «torneremo presto».

«Grazie di tutto», sorrise Rigbè. Mentre stringevo la sua mano ossuta pensai che aveva ragione, ai tre bambini poteva bastare una madre come lei, avrebbe saputo allevarli e difenderli da tutto, i minuscoli capolavori della sua vita, e già li vedevo giocare, mentre Rigbè seguiva da lontano soddisfatta e orgogliosa quel gruppetto che era riuscita a comporre in nove mesi senza che nessuno se ne accorgesse.

La mamma si fermò a parlare con la grassa donna eritrea che assentiva con il capo; le lasciò del danaro raccomandandole di comprare anche molte arance – le arance erano una delle fissazioni della mamma – e di tenere i bambini molto coperti perché erano gracili e dovevano stare al caldo. Rigbè si sarebbe seccata, pensavo, se avesse sentito quelle raccomandazioni, perché l'amica sapeva tutto, e io facevo cenni alla mamma perché abbassasse la voce.

«Lasciami dire quello che voglio», mi disse spazientita la mamma, «me ne intendo anch'io di bambini, e questi, così piccoli, dovrebbero stare in ospedale».

La ragazzina spaurita, che doveva essere un'inserviente della donna grassa, si aggirava per la stanza lanciandomi occhiate furtive mentre distrattamente spostava qua e là qualche oggetto. Aveva un abito largo e rammendato che le pendeva da tutte le parti ed i piedi scalzi e rossi di *henna*.

Uscimmo con un senso di sollievo dalla casa impregnata dall'odore del burro abissino e di spezie che rendevano l'aria pesante. Avevo notato strani amuleti appesi alle pareti delle stanze; mi dissi che dovevo ricordarmi di chiedere a Rigbè se la sua amica leggeva il futuro. Nei pressi del mercato c'era qualche chiromante ma non ero ancora riuscita a sapere dove abitasse la vecchia cieca che, con i fondi del caffè o le conchiglie, diceva tutto sul passato e sull'avvenire.

A me e alla mamma piaceva camminare. Attraversammo a piedi le vie del mercato; io allungavo il collo a destra e a sinistra per vedere se non ci fosse, su una di quelle stuoie cariche di merci, qualcosa di eccezionale, una collana antica e finemente lavorata con pietre e argento, o un oggetto che colpisse la mia fantasia. Ma erano sempre le stesse cose, *zembil* e corallini, *fingian*, non capitavano mercanti venuti dai paesi delle mille e una notte a contrattare collane di regine cadute in disgrazia.

«È incredibile», disse la mamma interrompendo i miei pensieri.

«Tre gemelli! E non dire niente a nessuno... Nemmeno la zia Bianca, e a lei non sfugge nulla, si è accorta che era incinta. Rigbè è incorreggibile, voleva anche...». Si interruppe.

Pensava alla storia del padre ma non volle affrontare con me quell'argomento, perché sapeva che mi sarei irrigidita nella mia insofferenza. Avevo quindici anni e certe cose le sapevo, con Emma ne parlavamo spesso e andavamo alla ricerca, sui giornali di una nostra amica, di episodi in cui giovani donne rimanevano incinte o espiavano duramente la verginità perduta. Ci divertivamo molto a leggerli insieme e a commentarli ridendo fino alle lacrime, c'era spazio, nei nostri giovani anni, per certe sciocchezze. Ma con la mamma era diverso. Già parlavo pochissimo e a fatica riuscivo talvolta a raccontarle qualcosa delle mie giornate, ma non avrei tollerato, mi sarei sentita molto a disagio, se avesse affrontato l'argomento del sesso. Lo aveva affrontato per noi ragazze di una seconda media di Asmara la professoressa Luisa. Si era inoltrata nei meandri dell'informazione sessuale con garbo e intelligenza, cominciando, dai fiori e dalle farfalle, per arrivare, soffermandosi anche sul vento che trasportava qua e là i vari semi, al concepimento dei bambini. Penso che nessun'altra insegnante abbia osato tanto nelle nostre scuole di allora.

Mentre la mamma si era rinchiusa nei suoi pensieri, pensavo con nostalgia alla nostra Luisa che con gli esami di terza media ci aveva lasciato, togliendo dalla nostra vita la sua rassicurante presenza.

Era bello camminare a lungo, perché si veniva seguiti da tanti pensieri che, come farfalle variopinte, ci svolazzavano intorno facendoci compagnia, e ora si seguiva l'una ora l'altra e in certi momenti tutte insieme venivano a danzare dentro la testa. I colori si confondevano e nello stesso momento ci si trovava in mondi diversi e lontani fra loro e dei pensieri rimanevano i frammenti, come rimangono sulle mani i tenui colori che in un soffio spariscono quando si rinchiudono fra le dita le ali di una farfalla.

«Stanno già sfiorendo», disse la mamma mentre ci stavamo avvicinando a casa osservando sui marciapiedi tappeti di petali color pervinca. Guardai le jacarande dai grandi ombrelli intessuti di fiori che parevano pezzetti di cielo.

C'era rammarico nella voce della mamma, e anch'io guardai con tristezza i petali che mi venivano incontro nell'aria, volteggiando in un soffio di brezza. Tra poco gli spazzini avrebbero tolto dalle strade i tappeti dei fiori scomposti e bisognava attendere un altro anno per svegliarsi un mattino e, affacciandosi alla finestra, vedere, con gioia e sorpresa, le piante fiorite.

«Come farà con i gemelli?», domandai alla mamma per sapere se aveva dei programmi.

«Troveremo una soluzione se vivranno. L'importante è che Rigbè si lasci curare; mi è sembrata sofferente e la sua amica, che poi non so come facciano a essere tutti suoi amici e dove li trova, quando ha il tempo...».

«E la sua amica?», la interruppi sapendo che, se la mamma abbandonava il tema centrale dei suoi discorsi per seguire innumerevoli vie traverse, bisognava attendere chissà quanto per arrivare a ciò che si voleva sapere. «La sua amica?», insistetti.

«Non mi piace», disse la mamma calcando le parole, «non mi piace affatto. Ha l'aria di una sfaccendata imbrogliona, posso immaginare come curi quei bambini e Rigbè».

«Io credo che li curi», la contraddissi.

«Cosa vuoi che capisca Rigbè di bambini e delle conseguenze che può avere lei; porteremo Maria, poi vedremo».

Eravamo arrivate a casa. In giardino, sotto le palme, Abramo il materassaio stava rifacendo il materasso del letto di Rigbè.

Fin da bambina, dai tempi in cui Turù andava a lavare dalle zie, conoscevo Abramo che veniva periodicamente in tutte le nostre famiglie per rifare i materassi. Era uno dei numerosi ebrei yemeniti che vivevano all'Asmara. Era piccolo, bruno, e i suoi occhi guardavano uno in una direzione e uno nell'altra, ma non assomigliavano a quelli di Rigbè. Abramo era molto silenzioso, e pur conoscendoci da molti anni, e avendo visto fin dalla nascita tutti noi ragazzi, ci salutava con un mesto sorriso e si limitava a chiederci come stavamo.

«Ciao Abramo», lo salutai avvicinandomi a lui, contenta di vederlo, perché era una presenza a cui si era abituati, un piccolo intarsio nel mosaico della nostra vita.

«Rigbè ha avuto tre gemelli», dissi con orgoglio sperando di veder mutare la sua espressione, anche se era impossibile che già non lo sapesse.

«Me lo ha detto Eliseo», rispose continuando a infilare il grosso ago nelle fodere bianche.

«La nonna scrive sempre di salutarti», soggiunsi sapendo che anche Abramo aveva voluto bene alla nonna.

«E tu quando vai da lei?». Notai che quel giorno era abbastanza loquace anche se pareva stesse parlando da solo.

«Non lo so», risposi; «quest'anno andrà la mamma, io ho la scuola e non posso».

Gli girai un po' intorno guardando se c'erano nuovi nidi fra le foglie delle palme, richiamata dal cinguettio degli uccelli che andavano e venivano portando fili di paglia nel becco.

Poi decisi di concedermi un'ora di lettura sui rami dell'araucaria prima di andare a studiare da Emma, dove avremmo commentato la nascita dei gemelli e ci saremmo sbizzarrite a fare congetture sul misterioso amore di Rigbè. Mi ero creata un posticino sulla grande pianta, dove poter leggere tranquilla senza che nessuno sapesse dove fossi. I rami fitti mi nascondevano, il sostegno era robusto e io potevo appoggiarmi al grande tronco e dominare dall'alto tutte le case e i giardini intorno. Mi attendevano, là in cima, il principe Andrei e Natascia, e Pierre, così buono e rassicurante che speravo non sparisse fino all'ultima pagina. *Guerra e pace* fu uno dei libri più amati, era l'incontro quotidiano con emozioni profonde, con rivelazioni continue, con il ritrovare, perfettamente descritte da un'altra persona, sensazioni confuse che si chiarivano con l'incontro di chi sapeva cercare nel profondo dell'animo umano e scandagliarne l'essenza.

La notte non riuscivo a spegnere la luce mentre le pagine sottili si adagiavano l'una sull'altra e la mamma veniva a rimproverarmi dicendomi che dovevo dormire. Poi avrei parlato con lei di Natascia e di Pierre, e del cielo lontano che Andrei guardava svanire, perché amavo parlare con la mamma delle nostre letture. Lei riempiva di volumi la sua biblioteca che era per me una fonte di continui piaceri; mi aveva raccomandato di non leggere Lawrence e *Il pozzo della solitudine* fino a quando non lo avesse deciso lei; ero molto curiosa di arrivare a scoprire cosa ci fosse in quei libri.

Quella sera dissi al papà che avevamo visto i gemelli di Rigbè; mi rispose che se ne sarebbe occupato anche lui e non fece commenti sulla vita privata di Rigbè.

Due giorni dopo morì la femmina e poco dopo i due maschi. Maria li aveva visti e aveva subito detto che non sarebbero vissuti, erano troppo piccoli e anche prematuri.

Non tornammo da Rigbè. Intuivamo che preferiva essere lasciata sola; le sarebbe costato uno sforzo troppo grande nascondere il suo dolore.

Le mandai un biglietto da Eliseo in cui le esprimevo il desiderio che tornasse presto a casa.

La vidi tornare una sera su un calesse trainato da un vecchio ronzino con gli occhi cisposi. Era avvolta nella sua *futa* bianca, e accanto a lei, sul sedile imbottito e sfilacciato da tutte le parti, c'erano vari cartocci. Già che c'era aveva fatto la spesa al mercato e per la prima volta si era concessa il lusso di un calesse. Il calessinaio, un vecchio omino italiano che da anni viveva all'Asmara con una compagna eritrea, – l'ultimo rimasto dei calessinai con cui eravamo andati su e giù per Asmara, consumando magri e tristi cavalli – aiutò Rigbè a scendere e prese i cartocci. Io le andai incontro e salutai l'omino che vedevo da sempre sonnecchiare, insieme al ronzino, sotto il sole di Piazza della Posta, in attesa di qualche cliente.

«Ciao sciccorina», mi disse Rigbè, e io le sorrisi sforzandomi di far finta di nulla come se lei stesse rientrando dalla messa dell'alba.

Mentre entravamo in casa e le luci le illuminavano il volto notai che sembrava più alta e più magra. Le guance avevano ora un'incavatura più profonda; ma lo sguardo che scrutava intorno per accertarsi che nulla fosse cambiato durante la sua assenza, e l'ombra del sorriso accondiscendente, mentre Meret le veniva incontro e la baciava e l'abbracciava un'infinità di volte, erano sempre gli stessi.

Dopo essere andata nella sua camera si diresse in cucina. La mamma e il papà non erano ancora tornati a casa e Meret, che non amava cucinare, era in ritardo con la cena.

Rigbè prese una forchetta e la infilò nella carne dentro la pentola; «Chissà dove ha preso questa carne», disse fra sé. Già vedevo Meret stringere le labbra in segno di collera e speravo che almeno per quella sera non ci fossero discussioni fra le due donne. Rigbè, come sempre, stava sostenendo con molta bravura la sua parte, ma quando più tardi, prima di andare a letto, mi affacciai sul giardino, la vidi seduta su uno scalino con la testa stretta fra le mani. Il cane le girava intorno muovendo la coda e cercando di farsi notare, come se avesse voluto distrarla. Ma lei era immobile e alla debole luce della lampada pareva un'antica scultura di argilla.

XII

Abeba, la sorella di Mafrasc, se n'era andata dalla nostra casa. Aveva trovato lavoro in un cotonificio di Asmara e ci aveva detto che preferiva andare in fabbrica. Non l'avevamo rimpianta, perché aveva sempre avuto nei nostri confronti un atteggiamento di silenziosa ostilità, che nessuno era riuscito a capire.

Poteva essere, il suo severo silenzio, un modo di proteggere un'eccessiva timidezza o un senso di malessere in un mondo che sentiva lontano da lei. In pochi anni aveva imparato a parlare bene l'italiano, a leggere e a scrivere, e a fare di tutto in casa. Portava le gonne corte, le magliette e i golfini.

Si era fatta lisciare i capelli che erano bellissimi e le incorniciavano il viso dall'ovale perfetto. Non c'era più niente in lei, quando se ne andò, della bambina spaurita arrivata dal paese dopo la morte di Mafrasc.

Ci disse, mentre ci porgeva la mano, che da noi si era trovata bene. Fummo meravigliati da uno dei suoi rari sorrisi, e quando dopo molti anni vidi su un giornale italiano la fotografia di un gruppo di guerriglieri eritrei riconobbi immediatamente la giovane donna con pantaloni, camicia e berretto verde, il cui viso era diventato ancora più bello e più fiero. Pensai che non c'era da sorprendersi, quello era il suo posto da sempre.

Quando Rigbè tornò a casa, dopo la sua breve e infelice esperienza di madre, se ne andò Meret. Due coniugi italiani le avevano offerto di seguirli in Italia, a Roma, dove avrebbe guadagnato molto di più e le avevano promesso che, in seguito, suo figlio li avrebbe raggiunti. Meret era stata con noi per un lungo periodo; era una donna allegra che cantava tutto il giorno; per le domestiche eritree era un'abitudine cantare. Allegre o no, le si sentiva mentre lavavano i pavimenti, stiravano o facevano il bucato, il loro canto faceva parte della vita di casa. Meret se n'era andata con un senso di sollievo, perché, pur essendo affezionata a noi, sopportava con disagio la supremazia di Rigbè, venuta dopo di lei ma che in casa si era subito imposta facendo di Meret, sebbene con i suoi modi più studiati di eccessiva gentilezza, una subalterna. Spesso la gentilezza di Rigbè cedeva e allora le si sentiva discutere e un intercalare frenetico di «Uhai» proveniva dalla cucina dove Meret cercava disperatamente di tenere testa a Rigbè; ma era troppo mite e dopo poco si arrendeva, e la sua naturale allegria aveva il sopravvento. La mamma si spazientiva sentendo le loro discussioni e gridava di chiudere la porta, ma non interveniva mai e al papà bastava che una delle due gli portasse il caffè. Le discussioni avvenivano dopo pranzo, quando lui si sedeva in poltrona.

Il giorno in cui Meret ci lasciò, emozionata e commossa per quell'evento che la portava in paesi lontani, oltre il mare, in un mondo dove un giorno suo figlio avrebbe vissuto come i ragazzi italiani, ci scambiammo dei doni. Lei promise di mandarci sue notizie e che un giorno sarebbe andata a Milano a salutare la signora Lia.

Abbai arrivò un mattino. C'era stata una grandinata eccezionale, il giardino era ricoperto di grossi pezzi di ghiaccio che scintillavano al sole mandando bagliori azzurrini. Del violento temporale, con pioggia, grandine e vento, rimaneva per terra quel bianco che mi entusiasmava – la mamma un po' meno per via del giardino –; il cielo, appena lavato, non aveva ricordi di gravide nubi, nel suo manto turchino spiccavano le ali dei falchi.

Abbai camminava sul ghiaccio con logore scarpe bagnate, e Malik abbaiava all'intruso sebbene Rigbè – che era andata ad accogliere l'uomo – tentasse con severe parole in tigrino di zittire quel cane che non l'ascoltava sentendosi nel pieno diritto di «fare la guardia».

Abbai indossava una giacca consunta e pantaloni rattoppati, toppe che sembrava fossero state messe insieme di fretta per un giorno importante. Sul suo viso si leggevano gli stenti di tutta una vita, mi ricordava i venditori di *beless* che arrivavano durante le piogge. Il papà disse che Abbai gli era stato raccomandato da Teclè il muratore – pareva volesse giustificarsi per l'aspetto dimesso dell'uomo –; si sarebbe occupato del giardino e del cane. Rigbè fece subito un *ciai*, Abbai era entrato nelle sue simpatie.

In breve tempo si creò fra Abbai e Malik un legame destinato a durare nel tempo e un raggio di luce entrò nella vita di entrambi.

Al tramonto Abbai portava Malik a fare lunghe passeggiate per le strade di Asmara, a scoprire gli odori nascosti, a sostare fremendo sotto alberi che narravano altre storie di cani, a curiosare con il muso attraverso le sbarre di allettanti cancelli dietro i quali si udivano i richiami dei compagni rinchiusi. Quando Abbai prendeva il guinzaglio, Malik impazziva di gioia per quella promessa e improvvisava frenetiche danze intorno al suo idolo, saltando, agitando la coda, girandosi intorno come un ballerino al Bolscioi, posando con forza le zampe massicce sulle esili spalle di Abbai.

La domenica Abbai non veniva e Malik se ne stava accucciato in un angolo in fondo al giardino fingendo di dormire, e per protesta non abbaiava ai venditori ambulanti che sostavano davanti al cancello – non sapendo di farci un regalo con quei lunghi silenzi.

Con gli occhi socchiusi fissava il portone di casa, sapeva che a una cert'ora il papà sarebbe comparso reggendo il guinzaglio e sarebbe bastato un «andiamo» lanciatogli attraverso il giardino perché il cane spiccasse un gran volo, come il bengalino a cui il gatto faceva la posta. Il papà andava bene per le pigre domeniche, ma nessuno avrebbe potuto sostituire Abbai, che con lui trascorreva le ore in giardino, parlandogli con tono sommesso, e che mai avrebbe infranto quel rito delle passeggiate al cadere del sole.

La zia Ada ci mandò una ragazza bilena, Sahira, perché la casa era grande e Rigbè passava molto tempo in cucina, andava al mercato a contrattare la frutta e la verdura o a prendere, di prima mattina, il pesce fresco che arrivava da Massaua, scegliendo, annusando, scartando con cura.

Sahira era nata vicino ad Agordat, in un villaggio sul fiume Barka, ed era diversa dalle donne dell'altopiano. Aveva uno splendido corpo fasciato in lunghe gonne aderenti dai colori sgargianti, e quando si muoveva, con la leggerezza e la grazia che hanno le donne bilene, il suo corpo perfetto attirava lo sguardo. Nei giorni di festa bracciali multicolori le scivolavano lungo le braccia, alla caviglia brillava un grande anello d'argento lavorato. Sul suo naso diritto c'era un piccolo buco dove fin da bambina le avevano infilato un anello che lei in città si era tolto.

Rigbè, senza bisogno che glielo dicesse la mamma, procurò a Sahira castigati grembiuli, perché gli occhi, vedendola muoversi non più nei tessuti aderenti, vagassero altrove. Ma Sahira non perse nulla della sua regalità, e anche i grembiuli disegnavano forme. L'idraulico e l'elettricista italiani che venivano in casa a riparare qualcosa guardavano intensamente Sahira e cercavano scuse per poterle parlare. Gli occhi di lei, grandi, scuri, brillanti di *kohl*, avevano sguardi di degnazione, e la bella bocca carnosa raramente concedeva un sorriso. Con noi era invece cordiale, parlava poco ma era sempre servizievole. Rigbè, sebbene la seguisse con uno sguardo ironico e un mezzo sorriso che esprimeva perplessità sulla bella statuina capitata in casa, non brontolava più che tanto se Sahira commetteva uno sbaglio. All'ora del *ciai* le si vedeva sedute in cucina con le scodelle sul piano di marmo e un pezzo di pane, e le si sentiva chiacchierare in un fitto tigrino spezzato da esclamazioni di sorpresa, che pareva svelassero continui misteri. Abbai silenzioso sorseggiava il suo *ciai* e seguiva pensieri diversi mentre fuori si sentiva il richiamo impaziente di Malik, l'ora attesa giungeva.

Sahira chiese poi il permesso di restare fuori a dormire il sabato e la domenica notte – una cugina arrivata dal paese aveva bisogno di lei. Un mattino rientrò con gli occhi cerchiati di nero e lividi in viso. Lei disse che era caduta, ma era un'evidente bugia, qualcuno l'aveva picchiata. Da allora Sahira divenne ansiosa, irritabile. Si udivano, come ai tempi di Meret, discussioni provenienti dalla cucina. Un giorno Sahira annunciò che se ne sarebbe andata. La mamma le chiese il motivo. Sahira non rispose, e Rigbè, interpellata a sua volta, lasciò capire con frasi laconiche che c'era la storia di un uomo, una brutta storia, ma non poteva dire di più. Passò qualche mese e quando già ci stavamo scordando di lei, così breve era stata la sua permanenza in casa nostra, Sahira fu assassinata in una piccola strada di Asmara da un europeo.

Nella nostra comunità scarseggiava la cronaca nera, sui giornali c'erano sempre le stesse notizie, politica estera o avvenimenti che già sapevamo, e i racconti dei volenterosi che volevano darci qualcosa da leggere. La notizia del delitto ebbe grande spazio e fece sensazione perché l'assassino era un italiano. La ragazza bilena, scrisse il cronista, era stata uccisa con dodici coltellate per avere interrotto la relazione con l'amante cinquantenne. Rigbè scosse il capo più volte mentre la mamma addolorata leggeva la notizia.

«Glielo avevo detto», fu il commento della nostra

Cassandra, «che doveva lasciarlo subito», e per qualche giorno Rigbè non parlò con nessuno, solo con Abbai mormorava qualcosa all'ora del *ciai*. Non nominammo più Sahira, ma quando andando in gita nel bassopiano vedevo le belle bilene camminare nel sole rovente come regine dai lucidi seni scoperti, mi sembrava di rivedere Sahira e pensavo a quell'uomo impazzito per lei.

XIII

Lo vedevo la sera, nel buio. Mi portava in auto sulla strada di Cheren. La prima volta, su quella di Decamerè, un gregge ci aveva sbarrato la strada e io con le mani sudate per la troppa emozione avevo fissato lo sguardo sulle cifre fosforescenti dell'orologio, non osando dir nulla e sperando che lui rompesse il silenzio. Avevo avuto altri amori, meteore che passavano nel cielo dei miei giovani anni per lasciare il breve ricordo di qualche ora insonne, passeggere emozioni, destinate a spogliarsi di tutto nel giro di poche giornate.

Lo avevo visto un mattino, ero ancora in vacanza dalla scuola e stavo andando a salutare la mamma in ufficio. Camminava con passo spedito, mi guardò senza vedermi; notai gli occhi chiari nel viso abbronzato, e mi stupii che all'Asmara, dove ci conoscevamo tutti e sarebbe apparso un miracolo incontrare una persona mai vista, non avessi mai incontrato quell'uomo. E non era un turista perché un bambino eritreo lo aveva accostato e gli parlava, ridendo e chiedendo qualcosa con aria di grande amicizia, e un altro gridava che avrebbe «fatto guardia» alla macchina.

«Chi è?», chiesi a Emma che mi accompagnava.

«Non so, non l'ho mai visto», e notando che mi ero persa con il pensiero dietro quella visione soggiunse: «Ma avrà almeno trent'anni».

Riuscii, con pazienza e ostinazione, a scoprire dov'era il suo ufficio e per settimane trascinai Emma in passeggiate avanti e indietro nei pressi del luogo dove lavorava l'uomo che abitava i miei pensieri. Era ormai inevitabile incontrarmi sui suoi percorsi: mi guardava incuriosito e perplesso mentre Emma arrossiva e, tirandomi per un braccio, minacciava di non accompagnarmi mai più.

«Siete sempre da queste parti», ci disse un giorno scendendo dall'auto, «dovreste stare in casa a studiare». Finalmente sentii la sua voce e lo vidi sorridere, potevo parlargli, ma le parole eran fuggite lontano da me, conoscevo soltanto silenzi che mi portavano altrove. Poi alzai lo sguardo. I suoi occhi mi scrutavano ironici facendomi sentire una povera sventata ragazza che per mesi aveva cercato quel momento, ora generosamente concesso.

«Andiamo», sussurrò Emma; non osai guardarla.

Ce ne andammo; lui ci salutò chiamandoci per nome, noi non riuscimmo a dir nulla in quel tratto di strada che ci separava dalla casa di Emma.

«Sapeva il nostro nome», dissi lasciandomi cadere esausta sul letto di Emma.

«Si sarà rivolto ai servizi segreti!». Non era da lei essere caustica e sgarbata, ma capivo che aveva passato per colpa mia un momento terribile.

«E io non so nemmeno chi sia».

«È meglio che non pensi più a questa storia. Non capisci che ci ha preso in giro? Lo so, è un uomo affascinante, non l'avevi mai visto, è un mistero, te lo sogni di giorno e di notte...».

«Basta», la interruppi sapendo che ne aveva abbastanza dopo quella figura, «non te ne parlerò più».

L'indomani, nel pomeriggio, stetti per ore a casa di Emma ad ascoltare suo padre leggere la Bibbia. Era una consuetudine che in casa Levi il signor Beniamino leggesse, il sabato pomeriggio, brani della Bibbia ad alta voce. Io ascoltavo volentieri, e quel giorno volevo dimostrare a Emma che tutto continuava come prima, non me ne ero andata da sola per le strade del centro in cerca di lui, volevo sembrarle tranquilla e indifferente come se quel breve capitolo fosse già chiuso. Mentre ascoltavo che gli ebrei di Israele si sarebbero moltiplicati come la sabbia del mare e le stelle del cielo, pensavo alla nonna, agli anni in cui mi leggeva, adattando per me le parole, la storia di Mosè che portava il suo popolo in salvo. Vedevo le acque turchine aprirsi per lasciarlo passare, Caino, Abele e l'orrendo delitto, e Dio padre di tutte le cose, severo, esigente, ma pronto a guidare per mano i figli smarriti che lo supplicavano. L'immagine della nonna scomparve, dissolta fra altri pensieri, e a fatica riuscivo ad afferrare qua e là parole del signor Levi che pure in altri momenti mi avevano affascinato. Scrutavo Emma, lei evitava di guardarmi. I suoi occhi, di un colore fra il viola e l'azzurro come non ne avevo mai visti, avevano l'espressione serena di sempre, non c'era nessuno, pensavo, che fosse più rassicurante di lei, disponibile a comprendere anche cose lontane dal suo modo di essere, a giustificare gli errori degli altri. Sapevo che avrebbe continuato ad ascoltarmi quando ancora avrei parlato di lui, ma non mi avrebbe più accompagnata nelle strade dove sarei andata cercandolo. Il mio proponimento di considerare quella storia finita, se n'era già andato lontano e tornavano i sogni che volevo diventassero veri.

«Per oggi abbiamo finito», disse il signor Levi deponendo la Bibbia. Si alzò e disse che andava al Tempio. Quella sera non chiesi a Emma di accompagnarmi, né lei si offerse di farlo; ci lasciammo sul cancello, per un tacito accordo.

Passai davanti al suo ufficio, convinta che il sabato non ci sarebbe stato nessuno. Il ragazzo eritreo davanti alla porta mi sorrise, mi sentii a disagio, anche lui mi aveva notato, non erano molte le persone che come me transitavano per quella piccola via più volte in un giorno. Attraversai Corso Italia senza guardarmi intorno, non volevo incontrare nessuno, e con un vago rimorso pensai a Emma che tra poco sarebbe andata a passeggiare sul corso in compagnia di sua madre senza di me; la stavo tradendo per assurde illusioni. Sentii nel buio l'intenso profumo di gelsomini proveniente dal nostro giardino. Un'auto si accostò al marciapiede.

«Andiamo a fare una passeggiata?», disse, affacciandosi al finestrino. Entrai nell'auto in silenzio, mi sembrava di vivere un sogno.

Quando il gregge ci sbarrò la strada e io divenni di marmo cercando di non respirare, lui mi prese il viso fra le mani e mi baciò.

«Non sai parlare», disse ridendo mentre tornavamo, «sei muta».

Mi lasciò dietro l'angolo della casa.

«Ti aspetto domani alle sette», disse, «ma credo sia meglio per ora che nessuno ti veda con me».

Non riuscii a mangiare quella sera e di notte rivivevo i momenti magici e attendevo gli altri. Nell'attesa mi sembrava che il tempo si sedesse tranquillo su un prato a fumare la pipa lasciando che le ore soffrissero la loro immobilità. Ma arrivarono gli altri momenti e ogni sera alle sette, dopo mille prove davanti allo specchio per apparire in qualche modo più adulta, correvo verso l'angolo buio dove lui mi aspettava. Mi portava torroni e cioccolatini, mi raccontava episodi dei suoi viaggi in Italia, della sua infanzia in una città che per me era solo un puntino sulla carta geografica. Camminavamo nel buio ascoltando i brusii della notte, le stelle dell'altopiano parevan vicine alla terra e riempivano il cielo, e io mi sentivo protetta dalla sua sicurezza; talvolta credevo di averlo inventato. Mi baciava, mi scioglieva i capelli, mi accarezzava sul collo e sul seno, poi diceva che era tardi, bisognava tornare.

Una sera mi disse che avremmo potuto fare una gita partendo il mattino, avrei scelto io il luogo. Mi venne in mente che c'era in programma una gita con la scuola ad Hebo, una località molto lontana da Asmara, avremmo dovuto partire prima dell'alba. Decisi che non ci sarei andata, avrei mentito ai miei genitori, bastava architettare un buon piano e nessuno si sarebbe accorto di niente, ovviamente avevo bisogno di complici ed Emma era già nei miei pensieri.

Decidemmo per quel giorno e lui mi chiese ancora dove avrei voluto andare. Ci pensai molte volte perché non avevo il coraggio di dirglielo, ma una sera, quando ormai eravamo vicini al giorno della gita, gli chiesi di portarmi a Modok.

«Modok?», sorrideva meravigliato, come se non avesse mai sentito quel nome. «Io pensavo alla valle del Dorfu, alla piana d'Ala... ma Modok, ti confesso, non so dove sia».

«Modok», risposi mentre con le mani stropicciavo la gonna, «è un'isola, credo sia dalle parti delle Dahlac. Vorrei andare a Modok. Mi hai detto che hai un motoscafo a Massaua».

«Le Dahlac? Ma sono lontane... Non basta un giorno per andare e tornare».

«Volendo», risposi, «si può. Partendo prima dell'alba si è a Massaua alle otto».

«Bene», disse, ma scherzando, come se avessi parlato del castello del mago di Oz, «andremo a Modok. Ma quando l'hai vista?».

«Non credo di averla mai vista. È un'isola di corallo, ci sono gli uccelli del mare, è l'isola più bella del Mar Rosso», e dato che mi guardava con un sorriso incredulo e divertito, mentre io soffrivo perché non sapeva che c'era Modok e non mi credeva, soggiunsi: «Omar il barcaiolo lo conosci?».

«Certo», rispose, «chi non conosce Omar a Massaua».

«Lui c'e stato», sospirai rilassata; «puoi chiedere a Omar, ti spiegherà dov'è Modok».

La sera prima della partenza ero molto agitata, mi costava una grande fatica stare a tavola con i miei genitori; la mamma mi chiese qualcosa della gita a Hebo e io cambiai rapidamente argomento per poi rinchiudermi nel mio abituale mutismo. Rigbè venne in camera mia, più tardi, per dirmi che aveva preparato i panini e aveva fatto anche un dolce.

«Dove vai la sera?», mi chiese mentre la pregavo di lasciarmi dormire. Mi spaventai, come se la mia vita fosse stata messa in pericolo. Accesi la luce sul comodino: «Dove vuoi che vada?», dissi scrutandola, «dove sono sempre andata, con Emma, in giro...». Attendevo il suo mezzo sorriso che lasciava intendere molte cose ma Rigbè non sorrise; fu una delle rare volte in cui mi sembrò triste e preoccupata: «Stai attenta», disse, «c'è gente cattiva e tu sei ancora bambina. Buonanotte sciccorina».

«Rigbè cosa vuoi dire?», tentai di fermarla mentre si avvicinava alla porta.

«Niente», rispose, e il mezzo sorriso scomparve, «sei tu che sei strana. Io ti vedo sai? E non tenere i panini al caldo». Se ne andò lasciandomi piena di dubbi.

Dormii poco e male. Ero troppo felice e avevo paura che arrivasse qualcosa a soffiar via quella gioia che mi penetrava la pelle, era troppo aver nella vita un giorno che pareva un mio sogno o una pagina letta in un libro e invece era vera. I tocchi delle campane nel silenzio segnavano l'avvicinarsi dell'alba. Alle cinque, cercando di non svegliare nessuno, il cuore impazzito nel petto, indossai il costume da bagno nascosto sotto il materasso e mi misi un vestito leggero e vaporoso che mi aveva mandato la nonna dall'Italia; la mamma non avrebbe approvato la scelta per una gita nell'arida Hebo ma la mamma a quell'ora dormiva, e avevo in borsa i pantaloni da indossare la sera al ritorno. Uscii nell'alba sperando che Malik non abbaiasse, e ebbi per un attimo paura che lui non venisse. Ma la sua auto era là, sotto l'albero di jacaranda, e sul tetto era scivolato qualche fiore turchino.

Scendevamo veloci per la ripida strada, c'eran già i ragazzini eritrei che su carretti costruiti da loro, un'asse con quattro rotelle, andavano giù verso Nefasit sfiorando, ridendo, gli abissi coperti da nubi. Correvano con noi le montagne, era tutto un insieme di curve, come l'otto volante, lentamente le nubi si disperdevano e i baratri si rischiaravano.

Ci fermammo pochi attimi a Ghinda. Il profumo delle arance e dei limoni si fondeva all'odore del caldo, era già un altro mondo. Ci venivano incontro i bambini di Ghinda ripetendo: «*Meschin*», le donne musulmane dai corpi avvizziti, gli storpi, i disgraziati che ovunque in quei posti chiedevano la carità.

Cammelli sonnecchiavano in gruppo vicino al piazzale, poggiandosi sulle gambe piegate per terra.

L'odore salmastro giunse improvviso ad annunciare che tra poco il mare sarebbe comparso. Provai un'emozione profonda e i ricordi affollarono l'aria.

Massaua era ancora assopita nel primo mattino, il mare era immobile. Andammo al Lido, un circolo frequentato da italiani, costruito sul mare, là davanti c'erano le barche. Omar, rientrato dalla pesca, stava sistemando le reti. Dai tempi dei nonni ci consideravamo amici, se aveva conchiglie me ne dava qualcuna. Gli dissi che insieme al mio amico sarei andata a Modok con un motoscafo, volevamo sapere come arrivarci. Anche lui conosceva Omar, sorridevano e guardavano il mare; il barcaiolo spiegava e faceva dei gesti che indicavano isole.

«Saprai trovarla?», gli chiesi mentre il motoscafo partiva.

«Esiste», mi disse, «la tua Modok. Non è molto distante».

«E come farai a trovarla?».

Sorrise: «Omar mi ha spiegato tutto. In due ore dovremmo arrivarci».

Il motoscafo correva sull'acqua, ogni tanto saltava sull'onda lasciandola intatta, e sprazzi di gocce lucenti ci bagnavano il viso. Ero così felice che avrei voluto raccogliere quelle ore con lui nel giorno in cui andavamo a Modok, e rinchiuderle, non lasciarle fuggire, perché vivessero sempre e non fosse mai sera. Ci apparve un'isola bianca, lui rallentò il motoscafo, il mare divenne verde, poi verde più chiaro, sul fondo passavano pesci in mezzo ai coralli. Scendemmo nell'acqua e ormeggiammo la barca. La sabbia era fine e calda, i piedi lasciavano impronte.

«Ecco», mi disse mettendomi un braccio intorno alle spalle. «Ecco la tua Modok. È bellissima».

Mi sembrò che qualcosa offuscasse la luce del giorno, guardai su nel cielo, mi stavo smarrendo nel vuoto.

«Non è Modok», dissi lasciandomi cadere sulla sabbia, poi vedendo i suoi occhi dai quali spariva il sorriso soggiunsi: «È un'isola bellissima, non avevo mai visto un'isola di corallo».

«E come sai che non è Modok?», mi chiese perplesso.

«A Modok ci sono gli uccelli. Migliaia di uccelli. Le uova si aprono al sole, non si può camminare così, le si rompe».

«Andiamo a cercarla. Ci sono altre isole», e mi tese la mano, ma sembrava perplesso.

«No. Tra poco dovremo tornare. Un altro giorno troveremo Modok». Restai distesa sulla sabbia sottile, il sole penetrava la pelle, le onde arrivavano a lambirmi le gambe. Lui mi scioglieva la treccia e spargeva sulla sabbia i capelli, li ornava con piccole conchiglie trovate là in giro. Mi ero rinchiusa nel silenzio, e speravo che lui comprendesse, mi lasciasse alla mia solitudine senza fare domande. Mi piaceva che mi accarezzasse i capelli, che mi posasse una mano sul viso, pensavo a come sarebbe stato facile per lui soffocarmi, gli bastava una mano per coprire il mio collo. Erano assurdi pensieri su quell'isola che pareva inventata da un sogno, ma l'angoscia mi si era posata sul petto schiacciandolo.

In silenzio, più tardi, feci il bagno con lui.

«Dovremmo parlare», disse mentre ci lasciavamo asciugare dal sole. «Tu sei triste Milena. Non mi chiedi mai niente. Non possiamo continuare a stare insieme così. Io ti parlo, tu taci».

Era vero. Non sapevo nemmeno il suo nome. E non avendolo chiesto subito, lui certamente pensava lo sapessi, non potevo, dopo un mese, dirgli che non conoscevo il suo nome. Ma non era importante, mi piaceva non riuscire a immaginarlo, un nome adatto per lui. Se avessi parlato con qualche vecchia signora, una visita all'ora del tè, un piccolo mazzo di fiori, quelle cose a loro piacevano tanto perché la vecchiaia le faceva più sole, descrivendo con qualche scusa «l'uomo alto biondo che ha l'ufficio in quella strada...» avrei potuto sapere qualcosa perché loro conoscevano tutti, ma ci avevo soltanto pensato.

Mi gettò dell'acqua sul viso, mi sollevò e mi lasciò ricadere nel mare, il tepore dell'acqua mi diede un momento di felicità. Lui rideva, sembrava un ragazzo, mi chiedevo quante volte scendeva a Massaua, quel pensiero mi faceva star male. Venne a nuotare vicino a me, poi mi trascinò sul fondo, ci aggrappammo ai coralli, con una mano io smuovevo la sabbia cercando conchiglie.

«Da domani, se vuoi, ci incontreremo nella mia casa», mi disse mentre tornavamo sull'isola, «tu sai che nessuno approverebbe».

«Verrò», gli risposi, «non mi interessa quello che dice la gente. I miei finirebbero col capire, non c'è niente di male».

«Tu hai sedici anni, io ne ho molti di più, non è così

facile far comprendere le cose più semplici. Tu lo sai che avevo una moglie».

Lo sapevo, nessuno me lo aveva mai detto, lo avevo intuito da tante sue frasi e non volevo pensarci, mi sembrava impossibile che io non fossi mai stata nei suoi anni trascorsi.

Tornammo a Massaua e cercammo Omar per salutarlo e dirgli che non avevamo trovato Modok, ma Omar non c'era. La sua barca si lasciava cullare dalla marea che saliva, un gabbiano vi si era appoggiato e cercava col becco qualcosa spostando gli stracci impregnati di mare.

«Un giorno», mi disse mentre salivamo verso Asmara, «andremo giù alla valle del Dorfu».

Chiusi gli occhi. Lo zio Nino aveva avuto le miniere d'oro nella valle del Dorfu. Ci andavamo, bambini, tutti i figli della grande famiglia. C'era un piccolo fiume che scorreva fra le rocce e noi stavamo ore nell'acqua, poi la zia ci chiamava nella casa fra le jacarande, si mangiava all'aperto. Il sentiero per arrivare alla valle era ripido e stretto, si affacciava sul vuoto, era un'emozione continua fino a quando appariva quell'angolo nascosto del mondo che nessuno, dall'alto, avrebbe potuto vedere. Lo zio Nino aveva fatto costruire una funicolare che collegava la valle alla centrale elettrica di Belesa, sulla strada di Cheren, gli serviva per i trasporti, una volta mi aveva fatto salire, e io, sulla scatola metallica appesa a un filo, mi ero sollevata al di sopra delle montagne, avevo visto il fiume diventare una virgola, e non avevo più dimenticato quel viaggio sospesa fra il cielo e la terra; gli uccelli con le grandi ali spiegate erano gli stessi che vedevo ogni giorno come piccoli nei fra i raggi del sole. Avrei voluto salire per tutta la vita, – le grandi emozioni dovrebbero durare per sempre – mi sembrava di star meglio sospesa nell'aria. Nel silenzio degli spazi lontani sentivo di aver trovato un mio posto, ma il viaggio finì, e quando gli *sciftà* distrussero anche la funicolare mi sembrò quella la perdita più grave.

«È bellissima», dissi, «la valle del Dorfu. È nascosta laggiù, ci andavo quand'ero bambina, c'era la casa dei miei zii».

«E adesso?».

«Gli *sciftà*, anni fa, hanno distrutto le miniere. Sono scesi una notte e le hanno incendiate. La casa c'è ancora, ogni tanto torniamo. Però non facciamo più il bagno, mio cugino Felice ha avuto una malattia, l'ha presa nel fiume, è stato a letto tanto tempo».

«E tuo zio cosa fa? Non è triste tornare a vedere le miniere distrutte?».

«Lo zio è un uomo diverso da tanti. Non si è mai disperato. L'ho sempre visto tranquillo, con noi bambini ha sempre sorriso. Non guardava più le miniere, passeggiava, faceva altre cose. E la zia gli stava vicino».

Sorrideva ascoltandomi, avevo ripreso a parlare, l'angoscia era solo assopita; riuscivo a raccontare delle cose, era lui che ascoltava e pareva sorpreso.

Mi lasciò molto prima del solito angolo, temeva che ci vedessero, io dovevo arrivare col pullman da Hebo.

La mamma era nella sua camera, mi sentì entrare e mi chiamò. «Dove sei stata?».

Era sdraiata sul letto e aveva sugli occhi impacchi di camomilla. La sua voce mi sembrava lontana, lei stessa in quella penombra, con gli occhi coperti, era come un'assente che parla dal vuoto.

«A Hebo», risposi, sapendo che era inutile continuare a mentire. Si tolse gli impacchi dagli occhi, accese la luce sul comodino, mi guardò.

«Non sei stata a Hebo», disse con molta tristezza. «Hanno detto tutto a tuo padre. La sera esci con quell'uomo».

«Chi è stato?». Come se fosse importante, in quel momento, sapere chi aveva detto tutto al papà.

«Non posso dirtelo», rispose la mamma e la sua voce si addolcì, «ma tu sai chi è quell'uomo?».

«Non mi interessa chi sia. Continuerò a vederlo».

La mamma si alzò, mi venne vicino, voleva in qualche modo aiutarmi.

«È sposato», mi disse. «Conosco sua moglie. È stata molto infelice con lui. È un uomo senza scrupoli, ha avuto un'altra giovane donna che se n'è andata in Italia disperata».

«Non mi interessano i pettegolezzi», risposi ostinata, «qua non sanno far altro che parlare male di tutti».

«Tra poco arriverà tuo padre. Credimi, è molto agitato. Tu non capisci la gravità della situazione, né che puoi dimenticarlo in fretta. È un'infatuazione».

La mamma non capiva niente, pensavo, e mi sembrava di avere davanti un muro che mai sarei riuscita a scavalcare, ero sola nel mondo e la mia voce non raggiungeva nessuno. Avrei voluto prendere poche cose e andarmene, ma fuori c'era solo la notte. Pensai a Emma, lei capiva, non c'era bisogno di tante parole, ma non mi avrebbero dato il permesso di andare da lei. Il papà arrivò dopo un'ora. Mi chiamò nella sua stanza. Da una camera all'altra, pensavo, per vedermi rovinare la vita.

«Ho già parlato con lui», mi disse, e la voce tremava dall'ira. Mi venne vicino, lo sguardo era duro, la bocca aveva l'espressione sofferta dei momenti peggiori: «Non lo vedrai più», soggiunse; «da domani non esci più sola».

«Vedremo», risposi sfidandolo.

Mi diede uno schiaffo. Era la prima volta. La collera mi faceva tremare: «Vedremo», dissi ancora con voce più forte, «appena posso me ne vado, con voi non voglio più stare», e prima che lui avesse il tempo di darmi un altro schiaffo, perché certo lo avevo sconvolto, me ne andai.

«Non uscirai più», lo sentii gridare, «fino a quando non ti daremo il permesso».

Nella mia camera Rigbè stava tirando le tende. Aveva messo sul tavolo un vassoio con pietanze preparate con cura. Lei sapeva da ore che mi attendeva una brutta serata.

«Quanti pasticci», disse con l'intonazione più dolce che riuscì a trovare per quell'occasione; se avesse potuto mi avrebbe abbracciato, ma non era da lei, doveva trovare altri modi per mostrare la sua comprensione, il suo affetto, «tutto poi va a posto, loro pensano a te».

«Se pensassero a me non farebbero tante storie, mi lascerebbero in pace. Pensano solo a quello che dice la gente, è questo che pensano».

«No. Tu non capisci, sei troppo giovane», sospirò profondamente; c'era l'esperienza di tutta la vita in quel suo dilatarsi e diffondere, perché fossero colte nell'aria, riflessioni di grande saggezza. Lei sapeva chi erano gli uomini, cos'era l'amore, ma mai avrebbe detto una frase, bisognava indovinare i pensieri, e non era difficile perché era una mima perfetta.

«Rigbè», la voce di mio padre risuonò in ogni angolo, «vieni via da quella stanza».

Non mangiai, andai a letto e mi rifugiai sotto le coperte, tirandomele sopra la testa. Volevo morire. Pensavo alla morte come a un'amica attesa che avrebbe potuto portarmi in lontani sconosciuti paesi dove avrei potuto dormire per sempre. Mi era sempre piaciuto, era un godimento interiore, pensare alla morte ogni volta che mi sentivo depressa. Ma per un motivo o per l'altro rinviavo i suicidi tramati, pensavo che fosse meglio aspettare, chissà, qualche cosa sarebbe potuto accadere. Quella notte mi sentivo abbastanza decisa; non valeva la pena di vivere senza di lui, ma non c'era nessun modo di morire che mi convincesse. Decisi di comprare in farmacia molte pastiglie di chinino e di tenerle nascoste per il momento opportuno;

forse in quel modo avrei potuto morire evitando suicidi che non avrei saputo affrontare, buttarmi nel vuoto, o sotto il treno come Anna Karenina. Avrei potuto finir giù, con un'auto, nella gola del diavolo, andando a morire non avevo bisogno della patente. Non potevo dormire. Era impossibile, allora, pensare di non vedere mai più un uomo che credevo per me fosse tutta la vita. Lui non si sarebbe lasciato spaventare dalle minacce del papà, mi dicevo, non aveva paura di nulla, però avrebbe potuto decidere che fosse meglio non creare situazioni difficili e questo dubbio mi sgomentava. Allora, pensavo, e il dolore nel petto diventava più acuto, davvero sarebbe tutto finito. Non avevamo trovato Modok ma eravamo stati su un'isola di corallo, insieme, lontani da tutto. Il ricordo aveva contorni irreali, sfumature di mondi inventati. Non sapevo se ero io, se ero viva, mi stavo smarrendo. Forse mi ero addormentata sul pullman che andava a Hebo mentre le amiche cantavano «quel mazzolin di fiori» come avevano fatto in altri tempi e altri luoghi i padri e le madri, i nonni che portavano l'eco di paesi lontani. Loro cantavano, il pullman correva incespicando sul sentiero, la terra rossa si alzava in nubi di polvere e apparivano gli immensi ombrelli verdi dei sicomori, e altri alberi scarni i cui unici amici erano gli avvoltoi. Forse mi ero addormentata e avevo sognato. Avrei dovuto alzarmi per vedere se c'erano le conchiglie prese sull'isola, se non le avessi trovate avrei saputo che quella giornata di mare mi era stata portata da un sogno. Sulla pelle sentivo ancora il calore del sole, mi toccavo le spalle, erano calde. Ma anche a Hebo il sole batteva, nel piccolo villaggio sperduto la luce violenta arrivava dovunque, mostrava ogni povera cosa. C'era un'antica chiesa cristiana a Hebo e un convento dove vivevano preti eritrei con lunghe tonache scure, il capo rasato. Vedevo il villaggio, i bambini che ci venivano incontro, i volti coperti di mosche, un giovane prete che parlava con la nostra insegnante. C'era il corpo di un uomo imbalsamato nella chiesa fresca e buia, dicevano che fosse un Santo. Avevamo mangiato i panini sotto l'ombrello del più grande sicomoro dell'Eritrea, ci stavamo tutti nell'ombra rotonda, le foglie erano lucide e fitte, nascondevano nidi di uccelli, si sentivano i canti e i battiti d'ali. Non ero mai stata a Hebo in passato. Avrebbe potuto essere solo quel giorno a lasciarmi il ricordo del villaggio sperduto nel sole. O era l'immaginazione, le cose che mi avevano detto, perché in qualche modo, Hebo, avrei dovuto inventarlo.

XIV

Erano molti in quegli anni ad andarsene. Tornavano in patria per sempre, sui ponti delle navi sventolavano i fazzoletti nel gesto d'addio, sul molo qualcuno piangeva. Ma eravamo ancora in tanti all'Asmara e il tempo correva spensierato nel sole della piccola città sull'altopiano dove si organizzavano feste e tornei di tennis, gite e partite di caccia.

Al circolo universitario i giovani si ritrovavano la sera, giocavano a bingo, ballavano, riuscivano a tenere in piedi la compagnia filodrammatica nata anni prima; ogni rappresentazione era un successo, la gente affollava la sala e applaudiva. Non partiva chi aveva grandi interessi, né i professionisti affermati, molti giovani andavano in Italia a studiare ma tornavano per le vacanze e alcuni di loro, appena laureati, iniziavano la professione all'Asmara, i medici anche a Massaua, a Cheren e a Tessenei, negli ospedali dei villaggi lontani.

Un giorno, a casa di Emma, notai che i Levi erano strani, pareva volessero dirmi qualcosa e non osassero farlo, erano più gentili del solito, Emma, inquieta evitava di guardarmi.

Kagnew Station trasmetteva musica sinfonica, io pensavo al notturno di Chopin, la mamma era stata un mese in Italia e aveva portato libri, dischi, bellissimi tagli di stoffa e scarpette di vernice e la nonna mi aveva mandato una mantella d'angora bianca da mettere sui vestiti da sera.

«Torniamo in Italia», mi disse la signora Rita interrompendo le nostre riflessioni. Ognuno seguiva i propri pensieri sulle note del concerto per piano.

«In Italia?». La signora Rita aveva occhi chiari, come tutti i Levi della loro famiglia, e un sorriso dolce e un po' triste. Suo marito aveva uno sguardo severo e lontano, di lui avevo un po' soggezione ma ero sempre stata trattata come una di casa, spesso nemmeno si accorgevano di me perché era naturale che io fossi là.

«Sì, abbiamo deciso», fece una pausa, cercava le parole. Parlava lentamente, e anche i suoi gesti erano calmi.

«Tu sai che io qua non mi ci sono mai potuta vedere», nei momenti importanti emergeva l'accento toscano. «Ho pensato sempre ai miei in Italia. Ho tutti lassù e mi aspettano, ed è meglio che Emma continui gli studi da noi. Anch'io sono venuta via quando c'era il fascismo, lo sai, un po' come la tua mamma, ho incontrato Mino e ci siamo sposati in poco tempo, ma qua non mi ci sono trovata, ho sempre avuto nostalgia. La mia è una grande famiglia, andiamo molto d'accordo, il mio babbo a Livorno lo conoscevano tutti, gli volevano bene...».

Emma mi guardò di sfuggita. Si sentiva in colpa per quell'abbandono, e io non potevo pensare, pur sapendo che la signora Rita sperava da tempo di andarsene, che i Levi mi lasciassero.

«Verrai anche tu in Italia», proseguì la signora, «hai la tua nonna, ci siamo noi, i giovani è meglio che vadano».

«Non lo so», risposi evasiva. L'Italia non mi attirava. Vedevo grandi città piene di macchine, di fumo, di alti palazzi, di gente frettolosa, non avrei potuto lasciare Asmara, Massaua, gli spazi del bassopiano. Non volevo pensare all'Italia. «Forse un giorno una breve vacanza per vedere la nonna», altrimenti sarebbe venuta lei a trascorrere un periodo con noi.

«A me dispiace molto lasciarti», mi disse Emma più tardi nella penombra della sua camera, «ma la mamma non ne può più. Mio padre per ora non viene, lui chi lo toglie di qua? È come tuo padre, ci sono nati, hanno messo radici».

«Già», risposi, «anch'io ci sono nata, voi invece, tua madre vi ha fatto a Livorno», e cercai d'imitare l'accento toscano, in qualche modo dovevo nascondere il pianto che saliva alla gola.

«Che c'entra», e la voce di Emma tremava, «noi saremo sempre amiche, ci scriveremo tutte le settimane. Io so che tu mi scriverai lunghe lettere, tutto quello che fai, che pensi...».

Ero fortunata, mi dicevo, perché avevo tante cose da fare e avrei sopportato la partenza di Emma. Ero molto presa dal lavoro nella nostra compagnia teatrale, la prossima commedia l'avremmo portata ad Addis Abeba; la comunità italiana già si organizzava ad accoglierci; era entusiasmante lavorare in teatro, calarsi in personaggi diversi, andare al circolo la sera a provare, ci sentivamo veri attori con il nostro regista esigente. La sera della prima c'era anche Lobiola, il barbiere che aveva il negozio vicino al mercato, veniva a truccarci, ad acconciarci i capelli, e stava là fino all'ultima replica – eran sere che gli davano un ruolo.

Con matite, rossetti, ceroni, viveva la sua parte dietro le quinte e alla fine chiamavamo in scena anche lui a ricevere gli applausi. Avevamo sempre idee per movimentare la nostra vita, anche cacce al tesoro per le strade di Asmara; talvolta ricevevo gli amici a casa, il papà faceva preparare le tartine e le bibite, ascoltavamo la musica, ballavamo, si intrecciavano flirt. E quando, pensavo mentre Emma mi sedeva vicino in silenzio, se ne fossero andati via tutti, si sarebbero spente le luci di scena e i rumori delle gimkane, avrei avuto i miei libri, i miei dischi, le mie passeggiate, il mare di Massaua, i fiumi del bassopiano, tutto questo sarebbe rimasto. La mamma, il papà, Rigbè, Abbai, tutti loro avevan radici, il mondo era quella città.

Guardai Emma e anche lei mi guardò. Ci mettemmo a ridere, il silenzio non poteva durare. Era impossibile stare insieme senza quelle risate, c'era sempre un banale motivo e se non c'era lo inventavamo guardandoci complici per ritrovare quel modo di essere.

«Accompagnami dai Cahan», disse; «devo ritirare un pacco per la mamma, mi hanno promesso i *lucum*, li mangiamo tutti tornando».

Il negozio di tessuti dei Cahan era ancora chiuso, salimmo le scale della palazzina, li sentimmo litigare e ci appoggiammo alla parete.

I Cahan erano una coppia di ebrei che noi ragazzi ricordavamo da sempre all'Asmara, come la cattedrale o le palme di Corso Italia. Avevano un negozio di stoffe in cui andavamo a frugare per trovare colori e disegni che dovevano comporre abiti da sfoggiare sul corso o nelle sere di festa. Tuffavamo le mani tra farfalle dipinte, tra le foglie di autunni dorati a noi sconosciuti, tra l'azzurro o il rosa di smaglianti taffetà che parevan annoiarsi e intristire in quegli scaffali odorosi di vecchio.

Quando i Cahan discutevano fra loro, come quel giorno al di là della porta – erano una coppia affiatata e gentile – si rinfacciavano le rispettive origini. Lei, sefardita, si sentiva un'eletta, aveva nel cuore l'impronta degli ebrei spagnoli cacciati dalla Spagna quattro secoli prima; lui, aschenazita, discendente dagli ebrei orientali, visti dai loro correligionari occidentali come i parenti poveri, annaspava in frasi spezzate e finiva col nominare lo zar di tutte le Russie e il samovar imperiale di cui era stato in possesso. Suo nonno, diceva, aveva goduto di favori nel grande impero e grazie al samovar e alla somma che ne era stata ricavata – perché bisognava pur vivere – lui aveva potuto venirsene via e iniziare il commercio ad Asmara.

Quando lei replicò che la smettesse una volta per tutte con la storia di quel samovar, era ora di aprire il negozio, noi suonammo il campanello cercando di avere l'aria trafelata di chi ha appena salito le scale.

Tornammo mangiando i *lucum*. Lasciammo il pacco alla mamma di Emma, poi iniziammo ad accompagnarci a vicenda fra l'una e l'altra casa in attesa che il sole sparisse; quel rito, pensavo, e certo lo pensava anche lei, tra poco sarebbe scomparso, e io non avrei più osato passare davanti alla casa di Emma, le finestre mi sarebbero apparse come occhi smarriti sul nulla, e la porta non si sarebbe più aperta sui nostri molteplici incontri. C'erano già fantasmi in agguato – ognuno un ricordo dal nostalgico sguardo – nella strada in cui era la casa di Emma.

Ci appoggiammo al muretto dei gelsomini, la sera liberava profumi più intensi dai minuscoli fiori. Malik abbaiava festoso invitandomi a entrare.

I miei genitori si erano separati. Io ero rimasta nella vecchia casa con la mamma e Rigbè, ma ogni giorno andavo a pranzo da mio padre che si era trasferito non distante da noi; era molto più sereno, si parlava, e non c'eran tensioni mentre Zeudì, la donna che aveva assunto da poco, portava ogni giorno in tavola vivande diverse per farsi apprezzare dal signore sempre gentile con gli eritrei che lavoravano per lui. Anche la mamma era più serena, e Rigbè canticchiava in un modo diverso, come ai tempi dei nonni.

Stavamo in silenzio, io ed Emma, in attesa che il sole sparisse. I silenzi non creavan disagi fra noi, i nostri pensieri potevan parlarsi e seguire le medesime strade.

«Ti riaccompagno, facciamo ancora in tempo», le dissi lasciando il muretto e guardando gli ultimi sprazzi di luce che rapidamente svanivano. Malik abbaiò più forte vedendomi andare, ma era una sua studiata protesta, sapeva che avrei aperto il cancello perché mi seguisse in quel piccolo tratto di strada.

Ci salutammo ridendo, ricordando la professoressa Luisa e i giorni in cui seguivamo i suoi itinerari. Speravo che Emma la incontrasse da qualche parte in Italia e mi scrivesse di lei. Con un tacito accordo decidemmo di non parlar più del distacco imminente, di viver quei giorni come se dovessero durare per sempre nel tempo.

XV

Avevo avuto, mesi addietro, un esaurimento nervoso – così si diceva allora – stati ansiosi e crisi depressive che mi avevano tolto il sonno e l'appetito. Era partito per l'Europa e sarebbe stato via molto tempo l'uomo che una volta incontravo la sera nel silenzio di un mondo perduto. Nessuno mi aveva parlato di lui, e io non lo avevo più nominato nemmeno con Emma, era come se non fosse esistito. Asmara era quella di prima, sul corso si incontravano sempre le stesse persone.

La mamma si era rivolta a un medico di famiglia in cui aveva fiducia perché mi curasse, gli diceva da sempre che avevo un sistema nervoso fragile, ma io avevo preferito farmi curare da un giovane medico il cui studio era sempre pieno di donne e ragazze. Stefano era allegro e spiritoso, cominciammo a vederci fuori dal suo studio, veniva in casa del papà e della mamma.

Il sabato andavamo sulla strada di Adi Ugri, lui cacciava le lepri, io cercavo i leprotti orfani da allevare con il biberon e trovavo camaleonti; li portavo a casa per vederli mutare colore ogni volta che li mettevo su pezze di tessuti diversi.

Ai miei genitori Stefano era molto simpatico, aveva tutto per essere un marito perfetto; loro speravano in un bel matrimonio che mi avrebbe sistemato fra le giovani benestanti signore di Asmara. Io dicevo che non mi sarei sposata, tanto per togliere ai miei genitori ogni speranza in quel senso, e allora la mamma avendo delle illusioni di riserva sosteneva che sarebbe stato bene se fossi andata in

Italia a tentare la strada del giornalismo e intanto conservava gli articoli e i racconti che scrivevo per i quotidiani locali. Mi sembrava di capire che alla mamma non importasse che mi sposassi, avrebbe preferito una mia vita indipendente in Europa, per i giovani all'Asmara non c'era un futuro; il matrimonio era l'unica condizione perché restassi se proprio volevo restare. Mi piaceva ascoltarla e discutere con lei gli articoli di Oriana Fallaci e le recensioni cinematografiche di Oreste del Buono. Era abbonata all'«Europeo» ed era una festa quando il mercoledì arrivava dall'Italia e lei, che aveva la precedenza nel leggerlo, cercava subito le firme dei suoi beniamini. Di tante altre cose, di articoli e libri parlavamo, poi lei metteva su un disco che piaceva ad entrambe. Quando le dissi che non volevo sposarmi non mi fece più domande su Stefano, era tranquilla, l'importante era che io avessi dimenticato quell'uomo.

Una sera andai con Stefano e altri amici alla «radura delle iene». Dopo il boschetto di Bet Gherghis, all'inizio della ripida discesa verso Massaua, c'era un largo piazzale e di là si dominava il paesaggio di monti e di baratri, lo sguardo spaziava fino al bassopiano, dove l'aria diventava torrida, vicino al colle di Dogali; si vedeva anche il mare nelle giornate più limpide. Nonostante avessi sforzato lo sguardo, nelle ore di più intensa luminosità, io il mare non lo avevo mai visto; mi piaceva pensare che l'azzurro del cielo lontano, con le sue nubi bianche, fosse l'acqua abitata da isole.

La sera, dopo il tramonto, venivano sulla radura le iene e cercavano i rifiuti nei depositi dell'immondizia, gridavano alla luna e l'eco arrivava alle porte della città. Quando abitavamo alla «Baracca» le sentivo spesso di notte, e il loro grido che pareva una lugubre risata mi era familiare.

Andavamo alla «radura delle iene» prima del tramonto e quando il buio arrivava improvviso ci chiudevamo in macchina per ascoltare il silenzio intessuto dalle misteriose voci della notte. La sera in cui c'era anche Stefano mi allontanai dalla compagnia e raggiunsi la gola del diavolo. Mi affacciai al precipizio, il vento orchestrava rumori, parevano voci di mondi lontani i sussurri che arrivavano in alto da caverne nascoste nel baratro. Andai verso la lapide che l'erba copriva, c'erano incisi un nome e delle date, ma il tempo aveva corroso i caratteri. Sapevo che un uomo, vissuto ai tempi del nonno paterno, era caduto nella gola del diavolo quando costruivano la ferrovia più audace del mondo. Mi voltai e vidi Stefano, lo raggiunsi di corsa, non volevo che venisse alla gola del diavolo. Gli chiesi di accompagnarmi in città, volevo passare dalla zia Bianca per chiederle qualcosa su un compito di matematica; così gli dicevo mentre desideravo andarmene.

Salutai Stefano sul cancello della casa della zia Bianca, era infastidito per il mio improvviso cambiamento di programma, ma riusciva sempre a sorridere nascondendo i malumori.

Nessuno in famiglia aveva la memoria della zia Bianca; ricordava tutte le date di nascita, di fidanzamento e di matrimonio nonché quelle di morte, credo che ricordasse anche gli anni prima della sua nascita, e se casualmente dicevo «quella volta che andammo alla Pendici Orientali» lei si lasciava sfuggire, mentre un lampo di soddisfazione le illuminava gli occhi vivaci: «Era un sei di maggio, mancava poco alle grandi piogge, c'era l'aria pesante, ricordi?», e io non potevo mancare un'esclamazione di sorpresa: «Ma zia ricordi proprio tutto, sei un fenomeno!». La zia Bianca era come un calendario di famiglia. Le dissi che ero stata alla gola del diavolo e le parlai della lapide, sapevo che lei aveva conosciuto quell'uomo quand'era ragazza.

«Aveva l'età di tuo nonno», raccontava dandomi una fetta di torta casareccia; «venne in Africa a dirigere parte dei lavori per la costruzione della ferrovia. Ero molto giovane ma lo ricordo bene. Venne una volta a pranzo e noi ragazze eravamo turbate; sai, eravamo timide allora, dovevamo guardare nel piatto e parlare solo se ci facevano delle domande. Lui era un bell'uomo, imponente, gli piaceva scherzare, diceva che avevamo bellissime trecce», sorrise a quel giorno lontano; «ho una fotografia», soggiunse, «ce l'ha fatta il vecchio Masi, era il giorno di Pasqua. Eravamo là tutti in cortile, sotto il pesco, Ernesto e Gianni non erano ancora nati». Andò a frugare in un cassetto, prese una busta piena di fotografie, ne estrasse una piccola, ingiallita dal tempo, me la porse dopo averla guardata. C'erano i nonni con l'abito della festa, una donna che non conoscevo, ma dal cappello ornato da mazzi di fiori e dal bastone riconobbi l'amica della nonna, morta vecchissima da poco tempo. Lui era alto, biondo, aveva il viso abbronzato, e sebbene la foto fosse piccola e gialla io riuscivo a cogliere i particolari di quel volto come se già li conoscessi, e mi bastasse ripassarli.

«Com'è avvenuto l'incidente?», domandai.

«Stava manovrando una macchina. Pare ci sia stato un guasto ai freni, è caduto nella gola del diavolo».

«Era giovane...».

«Aveva trentasei anni ma sembrava un ragazzo, il nonno aveva un aspetto più severo, allora si invecchiava prima, lui invece sembrava fuori da quei tempi di grandi baffi e cappelli».

Mi prese la foto e la guardò ancora a lungo. «Ricordo bene il giorno dell'incidente», soggiunse, fissò gli occhi nel vuoto, rincorreva le immagini. «Era il 1° novembre, la notte prima c'era stata una gran nebbia su Asmara. E là, sulla strada di Nefasit, pareva, così disse il nonno, di esser tra i fumi dell'inferno. Sai quelle nebbie che a volte coprono tutto il paesaggio. Ma perché ti interessa questa storia? Il papà non te l'ha mai raccontata?».

«Forse quand'ero bambina, la prima volta che passammo di là. Ho visto tante volte, passando, la lapide, oggi sono andata per vedere il nome e le date ma è tutto scolorito dal tempo».

«Una volta», e la zia sospirò, «andavamo a deporre dei fiori. Poi, sai come capita, il posto è lontano, si ha sempre qualcosa da fare. In tanti anni non sono mai stata a Massaua, credo di essere l'unica...».

«Andrò io», le promisi, «a portare dei fiori. La sera andiamo spesso dove c'è il deposito dell'immondizia, c'è un posto dove vengono le iene. La gola del diavolo è vicina. Ma di fiori ne crescono sai? C'erano campanule viola, e margherite selvatiche. Toglierò un po' di erba».

Quella sera chiesi alla mamma se conosceva la storia dell'amico del nonno caduto nella gola del diavolo. Mi raccontò che quando era arrivata in Africa, nel salire da Massaua all'Asmara – e non aveva mai dimenticato l'emozione di quel viaggio – si era fermata sul ciglio della gola del diavolo e aveva visto la lapide.

Quella notte non volevo dormire. Mi piaceva dedicare qualche ora nel buio a fantastiche immagini che eran fuori dalla vita del giorno, e quando il sonno arrivava altri sogni mi portavano via fino all'alba. Pensavo alla gola del diavolo. Gli indigeni le avevano dato quel nome perché dicevano che in fondo ci fosse l'inferno; se si cadeva nel baratro si arrivava fin giù, inghiottiti dai fuochi della dannazione. Io vidi, fissando nel buio la gola del diavolo, un sentiero di cui nessuno mi aveva parlato. Era in fondo all'abisso, nascosto da erbe selvatiche e da spesse radici, chi arrivava fin giù scopriva che c'era il sentiero e dimenticava la vita su in alto, e l'inferno era solo rumori che il vento orchestrava. Colui che dall'alto già vedevan perduto nel regno dei morti andava per la strada che portava in un mondo dove poteva vivere ancora, se così decideva, episodi dell'esistenza passata o di una futura che lui stesso inventava.

Bastava insinuarsi, sul sentiero abitato dalle ombre dei vivi che recitavano la vita, nell'ombra prescelta e si sarebbe arrivati nel pensiero di un abitante del mondo, quello appena lasciato, e il pensiero, divenendo sempre più intenso, avrebbe restituito una vita all'essere che lo possedeva. Nel sogno percorsi il sentiero, mi allontanavo dai rumori del vento e delle bestie selvatiche, l'inferno non c'era, lo avevo capito mentre rotolavo nel baratro. Il sentiero viveva in una luce dorata, lo si sentiva respirare, e ad ogni respiro fremevano gli alberi le cui foglie erano grandi e bellissimi occhi che rispecchiavano mari, boschi, monti e lontane foreste. C'era una collina in fondo al sentiero e io salii in cima, accompagnata da ombre. Vidi un sole immenso, colore dell'oro; era davanti a me, vicinissimo, aveva un viso, come quelli che disegnano i bambini. Il sole parlò: «Chiedimi quello che vuoi», mi disse, «esaudirò un tuo desiderio», e immobile attese.

Non riuscivo a parlare. Mi tuffavo con la mente nel cesto dei miei desideri ed ero confusa, non sapevo quale scegliere, perché sarebbe stato per sempre. Il sole attendeva paziente, poi, vedendo che io non parlavo, mi porse con uno dei suoi lunghi raggi una piccola borsa di perline azzurre. «Non hai desideri», disse, «ma voglio darti ugualmente qualcosa, un mio ricordo».

Presi la borsetta, era molto graziosa, pareva antica, di quelle che usavano le dame con abiti larghi e parrucche nei saloni delle danze. Scesi la collina. Una grande tristezza mi pesava sul cuore. Avevo avuto un malinteso col sole. Dall'emozione non ero riuscita a parlare e lui aveva creduto che io non avessi desideri. Percorsi il sentiero stringendo la mia piccola borsa. Le foglie degli alberi, che erano occhi, specchiavano ora tramonti su paesaggi diversi, un usignolo cantava lontano, e nell'aria si intrecciavano sussurri di voci già udite. Mi svegliai che un uccello cantava, ero triste come quando ero scesa dalla collina. L'indomani ricevetti un pacchetto dall'Italia e un'affettuosa lettera dalla nonna. Mi scriveva di avere trovato fra vecchie cose di famiglia una borsetta di perline azzurre, antica; le era sembrato giusto mandarla a me. Era delicata e leggera, le perline formavano tenui disegni. La strinsi fra le mani. Era come quella donatami dal sole.

Andai in bicicletta verso il laghetto di Bet Gherghis, desideravo vedere gli alberi specchiarsi nell'acqua e sentire i rumori del bosco.

Pensavo a certe misteriose coincidenze della vita, al mondo ignoto entro cui correvamo per giungere a una meta sconosciuta.

Quand'ero bambina avevo chiesto tante volte dove finiva il mondo, perché un confine doveva pur esserci, e cosa c'era al di là di quella che io immaginavo come una grande parete. Avevo chiesto perché si moriva e se si poteva vivere ancora negli altri mondi che il nonno mi indicava nei cieli stellati. E tutti mi avevano dato una risposta diversa, qualcuno era rimasto in silenzio e aveva cambiato discorso.

Ora sapevo che non era possibile trovare risposte, nessuno avrebbe svelato il mistero. Ma con l'immaginazione tutto era possibile, la mente poteva spaziare nel regno delle possibilità infinite, si potevan dipingere i sogni e i pensieri e lasciare che, come quegli uccelli tropicali dalle ali screziate di colori struggenti, si tuffassero negli spazi più arditi.

XVI

C'erano fantasmi per le strade di Asmara, li vedevo attraverso le nebbie di un'epoca che il passato stava portandosi via. Sentivo nel petto un senso di soffocamento, era come se mi stessi smarrendo in una vita senza più finestre sul mondo. Guardavo le nubi passare veloci trasformandosi in draghi e in uccelli, le spiavo con ansia, gli angeli musicanti se n'erano andati.

I compagni di Filippo Conti, giunti sull'altopiano, avevano guardato verso le montagne che racchiudevano Asmara. Iniziava una nuova era. Io guardavo verso le montagne e desideravo innalzarmi al di sopra di esse perché là dove stavo vedevo avanzare ogni giorno quei monti sospesi nell'aria e stringermi in uno spazio sempre più piccolo.

I fantasmi formavano una lunga processione e ognuno portava il cero, che si stava spegnendo, del ricordo della vita sull'altopiano. La sera, quando rientravo a casa dopo essere stata al circolo universitario con i pochi amici rimasti, portandomi dietro l'eco delle note della *Rapsodia* di Gershwin o di un *Chiaro di luna* di Beethoven, che Anna Silla suonava per tenerci in gruppo intorno al pianoforte – ognuno con la sua nostalgia per mano –, passavo per la strada dove un tempo disseminavo sospiri in attesa di vedere l'uomo che abitava ogni pensiero della mia giovane vita. La porta del suo ufficio era chiusa, lui ora per me aveva un nome inciso su una lapide del cimitero di Asmara. Pochi mesi dopo il suo rientro all'Asmara – ci eravamo incontrati un momento per strada e io ero triste e confusa perché mi sembrava fosse trascorsa una vita dai nostri incontri al tramonto – aveva partecipato a una delle tante gare automobilistiche che venivano organizzate dagli appassionati del rischio. Si doveva raggiungere Nefasit nel minor tempo possibile, buttandosi giù sulla strada che scendeva tortuosa fra i baratri. Dissero che nella corsa la sua auto fosse sbandata sfiorando la parete di un monte, lui non era riuscito a controllarla ed era precipitato in fondo alla gola del diavolo. In quel momento sulla strada c'era solo un vecchio pazzo lebbroso, vestito di stracci colorati; aveva tentato di raccontare con frasi sconnesse di avere visto un'auto guidata dai demoni.

Ero a Massaua quando me lo dissero. Era l'ora più bella sulla spiaggia di Gurgussum, l'intermezzo fra la morte del giorno e la nascita della sera. Le onde venivano ad accarezzarmi e mi sembrava che il mio amore per il mare riempisse l'infinito, avrei voluto trasformarmi in un gabbiano e restare sempre là a sentire il rumore dell'acqua, e respirare quel senso di pace che sapevo si sarebbe presto dissolto. Stefano si sedette vicino a me e raccontò dell'incidente sulla strada di Nefasit. Io continuai a fissare la sera che saliva spegnendo i colori del giorno, e le emozioni, i ricordi, i rimpianti tornavano a me, non potevo diventare un gabbiano, né una statua accarezzata dal mare. Stefano se ne andò, non gli avevo risposto, non lo avevo guardato. Scrissi qualcosa sulla sabbia, un breve messaggio alle ombre, poi venne l'onda e lo portò negli abissi. La malinconia cercava ogni spazio per potermi abitare, mi sentivo sola nel mondo insieme alla sera. Pensavo alle note del *Chiaro di luna*, alle onde, alla gola del diavolo passando davanti al suo ufficio dalla porta sbarrata, e sentivo le sue dita accarezzarmi i capelli sull'isola che non era Modok.

Incontravo spesso Zegai, il suo ragazzo eritreo di fiducia, nella piccola strada. Mi veniva incontro sorridendo con aria di triste complicità mentre si puliva i denti con un rametto. Mi aveva detto che il giorno prima della corsa «lui» gli aveva dato una lettera da consegnarmi ma a casa c'era mio padre quel giorno e Zegai era tornato indietro con la lettera in tasca. Voleva tornare nel pomeriggio ma «lui» si era ripresa la lettera e nessuno l'aveva più vista. Mi chiedevo quali parole fossero state distrutte sui fogli che non avrei mai più avuto. Potevo inventarle, immaginarle, ma ogni frase se n'era andata con lui e ora c'erano solo piccole lapidi per parole morte.

Una sera, dopo essere passata davanti alla porta sbarrata ed essermi fermata un attimo con Zegai entrai al circolo italiano, anche quello un ritrovo che mandava i suoi ultimi sprazzi di vita. C'era il giovane regista appena giunto all'Asmara, voleva dare un'occhiata per girare poi un film sulla battaglia di Adua. Era stato subito catturato dal bel mondo asmarino, cene, pranzi, una corsa a Massaua e alle isole con champagne e caviale, una serata al circolo coccolato da tutti perché già era una festa vedere un viso nuovo all'Asmara; se poi capitava, nel nostro piccolo pianeta, un regista dal nome noto portandosi dietro il profumo di celebrità del mondo del cinema poco mancava che venisse il desiderio di imbalsamarlo e di tenerselo là per sempre, come la testa di Bullo lo struzzo.

Mi avevano detto di passare dal circolo. Scossi la mia apatia; anch'io non ero indifferente alla curiosità che poteva destare una persona nota venuta dall'Italia.

Valerio aveva un viso intelligente e malinconico e certo viveva con gentile e comprensivo distacco il nostro provincialismo imbastito di piccole vanità. Mi invitò a cena in un ristorante vicino al circolo. Era evidente che voleva fuggire da un'altra serata mondana e io, mentre parlavamo di teatro e della vita all'Asmara, gli avevo offerto il pretesto per lasciare la compagnia. Avrebbero detto, pensavo mentre uscivo con Valerio dal circolo, che volevo sedurlo per entrare nel cinema. All'Asmara, come in tutti i piccoli luoghi in cui ci si conosce e si vive insieme nel bene e nel male, si «diceva» sempre. Era un modo per ingannare il tempo e la noia, ognuno di noi aveva una storia che non conosceva.

Non parlammo di cinema. Mi disse, contrariamente ai pochi turisti che visitavano Asmara, che la città era angosciosa e i giovani come me avrebbero dovuto lasciarla e scoprire altri mondi. Si era accorto della mia malinconia perché era sensibile e intelligente e sapeva ascoltare; io, che vivevo sempre più isolata dalle parole, gli raccontai tante cose, anche di quel senso di claustrofobia, del desiderio di andare oltre le montagne, eppure avevo amato molto Asmara, Massaua, i grandi spazi del bassopiano.

Gli chiesi se Massaua gli era piaciuta e se aveva visto Modok.

«L'isola degli uccelli?», mi disse; «me ne hanno parlato, avevano programmato di portarmi a vederla poi hanno cambiato idea e siamo andati alla grande Dahlac. È un'isola stupenda, c'è il mare più bello che io abbia mai visto».

«La grande Dahlac è più conosciuta ma Modok è unica».

«Ci sei stata molte volte?».

Assentii. Non pensai, in quel momento, che per una ragione o per l'altra non ero mai riuscita a vedere Modok. Ma era così viva nella mia immaginazione che mi sembrava di ricordare ogni particolare.

«È abitata da migliaia di uccelli, ci sono le uova sulla sabbia, se non si sta attenti le si schiaccia, c'è una sabbia bianca, abbagliante, e le onde hanno tutti i colori».

«Ci si potrebbe girare un film», sorrise Valerio senza credere a quel che diceva, mi ascoltava come se gli stessi raccontando una favola.

«No», risposi, «sembrerebbe inventata. Modok non la si può vedere in un film».

Mi accompagnò a casa; ci fermammo sul cancello continuando a parlare.

«Devi andartene da questa città», disse ancora stringendomi la mano.

«Ho già deciso», risposi, e lo salutai, grata per quelle ore in cui avevo potuto parlare di tutto con una persona venuta dai luoghi che una volta credevo non avrei mai voluto raggiungere. Ma ora dovevo andarmene al di là delle montagne e lasciare i fantasmi per le strade di Asmara.

Dopo molto tempo – gli anni erano scivolati via veloci lasciando immagini sospese nella memoria – appresi da un giornale la morte di Valerio Zurlini; mi soffermai più volte, con grande tristezza, sul titolo *Ucciso dai film che aveva solo sognato.* Lo rividi, nel piccolo ristorante di Asmara, e come un viandante che si affianca su una strada deserta a un altro viandante, non sapendo che meta raggiungere prima del tramonto, mi insinuai nella sua solitudine. Il suo mondo non era stato meno angoscioso della nostra piccola città – i fantasmi vagano ovunque – e le luci che gli brillavano intorno, in un momento che lui sapeva bugiardo, erano solo fuochi fatui nei solitari cimiteri delle illusioni perdute.

Quando rientrai in casa sentii la mamma che mi chiamava, la luce era ancora accesa nella sua camera. Depose il libro, attenta a non perdere il segno. Le dissi che avevo cenato con il regista.

«Non vorrai fare del cinema spero», disse, affatto stupita che avessi trascorso la serata con la celebrità che animava la vita di Asmara; lei non era toccata da queste vanità. «Non saresti una brava attrice»

Notai che in qualsiasi momento era sempre giovane e bella, ma sembrava irreale nell'eterna penombra della sua camera, forse una luce più forte l'avrebbe dissolta. Non mi aveva apprezzato, pensai, nelle nostre serate sul palcoscenico del teatro di Asmara.

«Non ci penso nemmeno», risposi, «voglio andarmene da qua. In questa città si soffoca, non ne posso più. Andrò in Italia a studiare, a fare la giornalista».

«Mi sembra un'ottima idea. Questo non è più un paese per giovani».

Mi guardai intorno. C'erano i numerosi quadri dipinti da lei, i suoi libri, i suoi dischi. Non avrebbe sofferto la solitudine, aveva il suo mondo, non era così importante che io fossi là o altrove. Capiva che avevo voglia di andarmene, ma lei, diceva, sarebbe restata nella terra che amava, che tanto viaggiava attraverso le sue molte letture.

Rigbè portò la camomilla anche per me, sebbene la detestassi, e capii, dal gesto, che era di cattivo umore.

«Te ne vai?», mi disse fermandosi sulla porta. Lei lo sapeva da tempo, e ora non riusciva a evitare la domanda, ma nell'indifferenza del tono c'era una nota indifesa che io conoscevo.

«Sì», dissi. «Parto».

L'indomani comunicai al papà la mia decisione. Si adirò. Mi disse che quella era la mia terra e là dovevo restare; chissà, giovane e inesperta, a quali incognite sarei andata incontro. Eravamo nel suo ufficio e lui sfogliava nervosamente delle carte mentre Teclè il muratore mi sorrideva attraverso la porta del salottino d'aspetto. Poi il papà depose le carte e mi guardò con tristezza. Mi chiese con quale piroscafo desideravo imbarcarmi, perché sarebbe stato meglio che quel primo viaggio lo facessi per mare.

XVII

La sala da pranzo, nella casa della zia Claudia, era la stessa da sempre. C'erano le fotografie dei nonni, e altre foto, gruppi di noi bambini, sposalizi, lo zio Gianni, gli altri parenti che non c'erano più.

Eravamo tutti riuniti intorno al grande tavolo, dalla finestra si vedeva il vecchio albero di pesco vicino al quale una volta c'era la vasca in cui lavava Turù. Da un tetto ci guardava affamata la gatta che anni prima aveva rapito e mangiato la mia quaglia addomesticata, mentre il «gatto cieco», così lo avevamo sempre chiamato perché aveva perso un occhio in una zuffa notturna, grasso, vecchio, imponente, il ras dei tetti delle case del viale, gironzolava zoppicando e miagolando alle gatte che ormai lo fuggivano.

La zia Claudia sorrideva sempre ma il suo sguardo buono era triste, aveva avuto molti dispiaceri, era rimasta vedova e il suo cuore – come diceva lei – faceva i capricci. Anche la zia Bianca era rimasta vedova, quando ancora le bambine erano piccole, la sua lunga treccia – non si era mai tagliata i capelli – avvoltolata più volte intorno al capo, aveva fili d'argento. Lei guardava orgogliosa le sue due figlie che aveva tirato su da sola, ragazze studiose e lontane da ogni frivolezza. Mimma, la figlia maggiore della zia Claudia, che un tempo mi faceva i dispetti dicendomi che tutti i miei cari sarebbero invecchiati, si era sposata da tempo e quella sera mi sembrava più bella del solito nell'abito verde come i suoi occhi. Ogni volta che la vedevo mi incantavo a guardarla e quella sera le chiesi una fotografia.

Ne aveva una stupenda, incorniciata nel salotto della zia; mi ricordava un ritaglio di giornale riproducente Ava Gardner che proprio lei mi aveva dato perché io facessi una sorpresa a Mafrasc.

La zia Ada era preoccupata per lo zio che aveva sul viso i segni di una grave malattia, ma cercava di essere allegra e mi faceva domande sul mio prossimo viaggio; con i cugini ricordavamo Pecos Bill e il fiume della valle del Dorfu vicino alle miniere, era solo un torrente ma per noi era stato un gran fiume. I cugini più grandi attendevano in silenzio la cena, eran tutti di poche parole i discendenti maschi dei Conti, coltivavano, soprattutto nelle riunioni familiari, i loro silenzi. Dalla cucina venivano gli odori delle pietanze che le zie preparavano in occasioni sempre più rare e si sentivano chiacchierare le donne che servivano in casa, venivano tutte ad aiutare ed era un'occasione per stare un po' insieme.

Quei mobili scuri avevano visto altri tempi. Allora la gente arrivava dalla patria lontana e cenava insieme per festeggiare l'inizio degli anni da trascorrere sull'altopiano lontano da casa. C'era un villaggio di poche baracche, le strade erano rosse di terra come su al cimitero, e di notte si sentivano vicine le iene che ridevano al buio.

Le zie erano fra le ultime «vecchie coloniali» con i loro abiti severi e le pettinature antiquate e mai avevano acceso una sigaretta, non esistevano per loro circoli o partite a canasta e non avevano mai visto il mare perché era lontano, come ai tempi dei nonni, e c'era sempre qualcosa da fare.

Pensai per un attimo, guardando quei volti al di là della tavola, che anch'essi parevan ritratti che avessero lasciato la loro cornice chiedendo alla morte un momento di pausa. Solo Ada era uscita dai tempi remoti, aveva viaggiato, si era tagliata i capelli e fumava da quand'era ragazza.

Rigbè era venuta ad aiutare, a lei piaceva essere testimone in quelle occasioni e sperare di esibirsi in cucina come un direttore d'orchestra, ma con le zie c'era poco da fare, curavano loro con grande attenzione le prelibate pietanze. Mi chiedevo dove Rigbè avesse preso quella gonna che pareva l'ala di un uccello tropicale, non l'avevo mai vista. La mamma aveva insistito perché indossasse il grembiule ma lei non voleva coprire la gonna; ne aveva messo uno minuscolo dicendo che non avrebbe servito in tavola.

«Quella gonna», mi disse la zia Bianca indicando Rigbè, «l'aveva la sera in cui arrivarono i tuoi nonni, vent'anni fa». Pareva mi avesse letto il pensiero: «Mi ricordo come fosse ieri...», proseguì e divenne pensosa.

Quante cose si sarebbero ricordate «come se fosse ieri» e io temetti di arrivare troppo in fretta alla fine della vita. Mi vedevo sdraiata su un letto con gli occhi socchiusi a ricordare tutto «come se fosse ieri» mentre il tempo avrebbe riso della mia ingenuità per aver creduto da giovane, guardando gli anziani, che sarebbero trascorsi infiniti anni prima di arrivare a essere come loro. Tanti da avere un senso di vertigine a essere sfiorati da quel pensiero, come quando si prova a immaginare l'immensità dell'universo, l'assenza di qualsiasi confine. C'era sempre qualcosa da ricordare nelle riunioni di famiglia; gli uomini ascoltavano, abbandonandosi talvolta a un sorriso o ad una frase sommessa, le donne parlavano di tutto cercando di ravvivare le poche occasioni che ancora ci vedevano insieme fra quelle pareti, sapendo che la grande famiglia si sarebbe dispersa, chi se ne sarebbe andato lasciando la terra in cui i nonni eran stati pionieri, chi avrebbe sostato per sempre nel cimitero in cima alla collina.

Quando abbracciai tutti, gli zii, i cugini, sentii un senso di pena. Loro restavano in quella vita dai giorni uguali, con le stesse cose da fare e le stesse persone da vedere, ma io andavo al di là del mare, tante cose potevano accadere in un paese diverso, e non avevo ancora vent'anni.

Tornammo a casa, io e la mamma, senza dir più parole, mentre ognuna seguiva le ombre di ricordi che ancora mandavano sprazzi di luce negli angoli bui dove si adagiavano i giorni perduti. Mentre la mamma entrava in casa mi intrattenni qualche attimo in giardino con Embaiè, il vecchio guardiano che arrivava al tramonto, faceva qualcosa in giardino, poi si preparava ad affrontare la notte sorvegliando la casa, seduto su una poltrona sotto il pergolato, avvolto in una coperta. Quando alla mamma fu presentato Embaiè che cercava lavoro – aveva una numerosa famiglia da mantenere e sapeva che era difficile alla sua età trovare qualcosa da fare – lei si inventò subito quel posto di guardiano notturno. Il bel vecchio dai modi cortesi, un ex ascaro col grado di Sciumbasci, parlava un italiano perfetto, aveva avuto una moglie meticcia.

«Speriamo che anche la signora non vada in Italia», mi disse nel buio, e c'era nella voce pacata una nota di preoccupazione.

«No, la mamma non lascerà mai Asmara», lo tranquillizzai; con il pensiero vidi Embaiè negli anni a venire, avvolto nella coperta a sorvegliare le ombre e ad attendere i ladri che non sarebbero mai venuti e che certo non avrebbero avuto paura del vecchio. Ma il suo posto era là, nel giardino che di notte esaltava i profumi dei fiori nascosti dal buio, in compagnia del richiamo di un uccello notturno, la signora poteva dormire tranquilla che sempre un fruscio lo toglieva da sogni confusi, e nemmeno i reumatismi, che avrebbero incurvato la sua bella figura, lo avrebbero tolto dalla vecchia poltrona.

Gli dissi che sarei tornata.

Di notte, dopo avere riordinato la cucina, Rigbè usciva in giardino, si appoggiava alla palma e parlava a lungo col vecchio. Anche lei, come la mamma, aveva subito sentito simpatia per Embaiè. Mi chiedevo cosa dicessero – era lei che parlava più a lungo lasciando cadere ogni tanto una scia di silenzio – nelle notti in giardino.

Quando nel chiarore di un'alba, lasciammo la casa per andare a Massaua Embaiè stava piegando la coperta, era l'ora della lunga camminata verso casa.

A Massaua la nave sostava nel porto, in attesa. Sul molo c'erano gruppi di gente che accompagnavano amici e parenti, erano con noi un colonnello e la moglie che dicevano ai miei genitori di stare tranquilli, avrebbero avuto cura di me durante il viaggio e c'era la possibilità di fare una breve escursione in Egitto. Mi guardavo intorno, i passeggeri erano tanti, famiglie rimpatriavano, c'erano molti meridionali che conoscevo vagamente di vista – vivevano nei sobborghi di Asmara –, anche il calessinaio di Piazza della Posta, l'ultimo, era là con la moglie eritrea che partiva con lui. Stavano tutti fra loro, vociavano, ridevano e piangevano affannandosi intorno a pesanti valigie, a cartoni, a pacchetti di ogni misura, e i bambini correvano intorno seguiti da urla esasperate e a volte sembrava che finissero in mare.

Mi ritrovai, come un tempo, alla partenza dei nonni, vicino a Lisetta. Accompagnava i fratelli più adulti che lasciavan per sempre Asmara. La madre era morta e lei si arrangiava a campare nella sua vita errabonda per le strade sempre più abbandonate, e non seguiva i fratelli verso terre lontane. Era magra e pallida, ma il suo viso era diventato più bello e gli occhi scuri e profondi fissavano il mare. Finsi di non vederla, come allora, quando eravamo bambine.

Il sole era alto nel cielo, quando la nave si staccò dal molo. Il papà, la mamma, i fazzoletti che sventolavano in aria divennero sempre più piccoli. E mentre anch'io agitavo la mano, confusa fra le tante persone sul ponte, sentii all'improvviso l'angoscia comprimermi il petto, e il respiro diventare affannoso. C'era un'altra me stessa che mentre lasciavo quei luoghi restava su isole di bianco corallo, su monti sospesi nell'aria. Era come una lacerazione, una ferita dolente separarmi da quell'io che non mi avrebbe seguito e che già mi mandava le immagini che mai sarebbero morte.

E mentre fissavo intensamente Massaua – che sempre più appariva lontana – quasi avessi potuto con il desiderio staccarla di là e portarmela via, svanirono i suoi bianchi edifici, il porto, il minareto, le navi che ancora sostavano, e in un silenzio che già conoscevo restò solo il mare. Una nuvola comparve nel cielo e fra le spume abbagliate dal sole mi sembrò di scorgere l'angelo musicante che deponendo il suo violino mi fece un cenno di saluto. Il suo giovane volto felice non era mutato nel tempo.

Parte terza

I

Nel 1962 l'Eritrea si trovò a un'altra svolta della sua storia: fu annessa all'Etiopia e Hailé Selassié la dichiarò quattordicesima provincia dell'impero.

L'Etiopia sosteneva, come già aveva fatto presso le Nazioni Unite dieci anni prima, un suo diritto storico sull'Eritrea rifacendosi al dominio su quel territorio durato fino al VII secolo, ai tempi del regno di Axum, ma gli eritrei rifiutavano un diritto che si era perso nell'oscurità dei secoli trascorsi, e volevano una loro autonomia.

Nei dieci anni di federazione in cui l'Eritrea aveva avuto un suo parlamento e una sua bandiera, e l'Etiopia aveva ottenuto lo sbocco sul Mar Rosso, la libertà dei partiti e di stampa del popolo eritreo erano state notevolmente ridotte, alcuni dei parlamentari e dei leaders del movimento per l'autonomia dell'Eritrea erano stati assassinati, altri costretti all'esilio.

La decisione di annettere l'Eritrea all'Etiopia, sotto una stessa bandiera, esasperò il malcontento degli indipendentisti.

Iniziò la resistenza armata. Gruppi di eritrei si organizzarono alle periferie dei piccoli centri del paese per combattere contro gli etiopici. Sostenuti dall'ideale di libertà, crearono il Fronte di Liberazione per l'Eritrea che si sarebbe in seguito frantumato in altri fronti in disaccordo fra loro sia per ragioni etniche che per le strategie da seguire. Bambini poco più che decenni entrarono a far parte del movimento, giovani donne armate di fucili e di opuscoli diedero un valido contributo a quella che sarebbe stata una delle più tragiche e lunghe guerre indipendentiste dell'Africa.

Da parte degli etiopici vi furono immediate rappresaglie. Hailé Selassié voleva che gli eritrei fossero costretti a cedere; era disposto a impiegare ogni mezzo per sconfiggere i ribelli. I soldati del Negus, mandati a combattere in Eritrea, senza alcun ideale, con pochi soldi che non risolvevano il problema della loro miseria, imbevuti di odio per il nemico che la propaganda etiopica descriveva come l'ingrato fratello ribelle alle leggi del benefico padre d'Etiopia, scatenavano la loro ira e obbedivano agli ordini distruggendo villaggi, incendiando capanne di paglia e di fango in cui perivano intere famiglie, uccidendo il bestiame, avvelenando i pozzi. Ma gli eritrei resistevano; diventavano sempre più numerosi e più forti, e i soldati etiopici subivano sconfitte, i loro carri armati venivano sequestrati o distrutti, le truppe erano costrette ad arretrare dalle posizioni conquistate. L'eco delle battaglie percorreva i territori dell'Eritrea, si spandeva fra le valli ed i monti, percuoteva il cielo, arrivava alla periferia della città di Asmara.

Gli europei continuavano ad andarsene, quelli che rimanevano, con la speranza di non dover mai lasciare l'amato paese in cui avevano radicati interessi, vivevano nella costante preoccupazione per la guerriglia che non si sapeva quanto sarebbe durata, e per il dopo Hailé Selassié; l'imperatore era sempre più vecchio e anche a lui, nonostante fosse l'eletto del cielo, era stata riservata una morte.

La frase «con tutto quello che hanno fatto gli italiani in questo paese» era stata sostituita da «chissà cosa succederà quando non ci sarà più l'imperatore». Non era un timore infondato. Hailé Selassié, rappresentava per gli stranieri una protezione; finché lui fosse rimasto sul trono ci si sentiva abbastanza tranquilli, anche alla guerriglia ci si sarebbe abituati, erano affari loro, e sebbene ricominciasse un periodo in cui non si poteva più circolare liberamente sulle strade del paese, e chi aveva interessi fuori città temeva rappresaglie o coinvolgimenti in quei continui massacri, la speranza era che il re dei re restasse ancora per molti anni nel Ghebbì di Addis Abeba. Hailé Selassié manteneva con gli italiani ottimi rapporti, visitava le industrie che incrementavano la vita del paese, si recava in Eritrea a visitare le aziende agricole che avevano trasformato l'arida terra in immensi giardini e frutteti, le piantagioni di cotone, le fabbriche di birra, di bottoni, di mattonelle, gli oleifici. L'imperatore facilitava le iniziative, elargiva decorazioni, interveniva ai ricevimenti in suo onore, rilasciava interviste in cui dichiarava che gli italiani erano grandi lavoratori e avevano dato molto all'Etiopia. Ma l'Africa stava cambiando. La strada della sua storia era battuta da bufere che spostavano confini, cambiavano paesaggi, sterminavano popolazioni, si abbattevano su troni e regnanti seppellendo le loro storie con lapidi su cui si elevavano i nuovi tempi scossi da contraddizioni, da guerre, da incertezze, da odi tribali, da carestie che si accompagnavano a penosi esodi sulle strade della fame e della morte.

Finivano i tempi d'oro delle colonie, vissuti in paesi che pareva fossero fuori dal mondo, finiva il tempo dei monarchi che costruivano scuole e ospedali ma soffocavano sul nascere le voci di protesta dei giovani studenti, i pochi a non ignorare la realtà di un paese ancorato all'ignoranza e alla miseria. In Etiopia gran parte dei contadini non aveva mai visto un aratro e i pochi proventi che ricavavano dalla terra dovevano essere versati quasi tutti nelle lunghe mani dei potenti.

Non bastava il megalitico palazzo dell'Oua (Organizzazione per l'Unità Africana), costruito da un architetto italiano, a fare di Addis Abeba, in cui moderni palazzi si affiancavano a bidonvilles, una città evoluta, né il fantascientifico ospedale. Si voleva che Addis Abeba diventasse una moderna città africana, ma alle sue soglie la gente moriva di fame e non sapeva nulla di scuole e di ospedali, ma solo di faticosa sopravvivenza, di un po' di *taff* e di un po' d'acqua per tirare avanti, giorno dopo giorno, che tanto la grande fame dalle molteplici braccia sarebbe arrivata a strangolare la loro disperata esistenza.

L'imperatore, sempre più piccolo, più vecchio, sorretto da sforzi di volontà e da farmaci svizzeri, visitava i paesi stranieri per creare più salde alleanze fra l'Etiopia e il mondo occidentale; ovunque veniva accolto con grande rispetto, e la stampa tesseva gli elogi di un monarca ormai fuori tempo. Mentre il piccolo re passava da un continente all'altro, dall'Europa al Sud America, ospitato da democratici capi di stato o da potenti dittatori, nel suo paese si andavano tramando altri tempi. La corte dei suoi fedelissimi diventava sempre più esigua e quando il negus tornava in Etiopia si sentiva ogni volta più isolato. Rientrando da un viaggio in Brasile, avvertito che c'era un'insurrezione a Palazzo, riuscì a soffocare un colpo di stato in cui era coinvolto un suo figlio. L'imperatore, cercando di ignorare le scappatelle del principe, si sedette ancora una volta sul trono che scricchiolava da tutte le parti, tenendo sulle ginocchia il cagnolino Lulù, che aveva a Corte più diritti di qualsiasi dignitario. Intanto nella città e dintorni continuavano i combattimenti fra i sostenitori del colpo di stato e i difensori del padre della patria.

Chi cercava rifugio nei boschi trovava i contadini furenti contro i nemici del grande padre d'Etiopia, e mentre scendevano le tenebre di quei giorni di sangue altre teste cadevano e le iene divoravano i corpi.

Nei giorni appresso, quando l'aria lavata di pioggia ingoiò nei suoi spazi le ultime grida di orrore, i traditori vennero appesi alle forche sulla piazza del centro, e i corpi lacerati e monchi, sui quali banchettavano impazzite le mosche, stettero per lunghe ore a disfarsi nel sole; il popolo doveva vedere e credere che la giustizia era dalla parte del re.

Di notte sempre più spesso l'insonnia si sedeva sul grande letto in cui si perdeva il fragile corpo dell'imperatore; mentre Lulù dormiva sonni tranquilli sui materassi sovrani, sognando gli odori delle scarpe dei dignitari di corte, il re sentiva arrivare da ogni parte, portati dall'oscurità, i sussurri di tradimento tramati in angoli silenziosi del palazzo, vedeva il sangue invadere bollendo le strade, sentiva l'alito marcio degli ex fedeli impiccati e si chiedeva, muovendo le labbra sottili in soliloqui e preghiere, quali fossero gli uomini che lui credeva fedeli e che invece già preparavano altri colpi di stato. Non voleva abdicare il vecchio re, con le forze rimaste andava avanti sul percorso tracciato da Dio, ma anelava a quell'ultimo respiro che gli avrebbe concesso di chiudere gli occhi per sempre. Ogni giorno faceva promesse al suo popolo, perché di speranze il popolo potesse nutrirsi in mancanza di grano e di *taff*, ogni giorno riempiva le tasche degli uomini della guardia imperiale, dei potenti dell'esercito, perché sempre più esigenti diventavano gli uomini che lo sapevano debole e isolato; la corruzione strisciava nei corridoi del palazzo e non cercava nemmeno più l'ombra che la nascondesse agli uomini onesti.

Quando l'automobile regale usciva dai cancelli i diseredati della vita si accalcavano ad attendere il re; molti di essi, inginocchiati, premevano la fronte in terra posando le labbra sulla polvere che l'auto avrebbe sfiorato, altri tendevano all'imperiale scorta fogli spiegazzati su cui avevano fatto scrivere, spendendo quasi tutti i loro averi, suppliche al grande padre, altri ancora elevavano al cielo le braccia e cercavano un segno divino sul viso impenetrabile del monarca.

Il monarca era sempre più stanco. Si concedeva ancora le passeggiate nei giardini del Palazzo, e, mentre passava fra le gabbie dei leoni e delle pantere, distribuendo lombi di teneri vitelli e sussurrando alle belve parole che solo esse potevan capire, pensava al breve tempo in cui un'ombra di pace si era distesa sull'imperiale Ghebbì.

Sul corpo incartapecorito del vecchio si erano formati tanti piccoli occhi che si guardavano intorno, che spiavano le guardie armate, che rincorrevano con sguardi lontani figli, nipoti, cugini e ministri, guardarobieri e cuochi. Attraverso le mura del Palazzo, insieme al profumo degli eucalipti, arrivava il latrato dei cani randagi, e il lamento dei poveri sempre più numerosi, suonava come un monito sinistro ai tempi che si annidavano ignoti sulla terra d'Etiopia.

II

Nel 1974 un colpo di stato, preparato con grande abilità dagli uomini del Derg, segnò la fine del millenario Impero d'Etiopia. Per evitare una guerra civile, poiché il sovrano era ancora venerato da gran parte del popolo, qualche mese prima del colpo di stato gli uomini che si sarebbero impadroniti del potere organizzarono una campagna contro il negus per offuscarne l'immagine: nessuno doveva più credere che Hailé Selassié fosse l'inviato di Dio, ben strano sarebbe stato il Padre Celeste a fidarsi di un vecchio che nutriva di tenere carni i suoi cani e lasciava morire di fame la povera gente.

L'imperatore fu accusato di furti per avere accumulato nelle banche svizzere miliardi di dollari, di avere disertato l'Etiopia durante l'occupazione fascista, di avere sperperato il danaro pubblico viaggiando per il mondo. Ovunque furono appesi manifesti rappresentanti il monarca che porgeva il cibo ai suoi cani su piatti d'argento e accanto un bambino e la madre che morivan di fame.

La carestia passava per i villaggi e le campagne lasciando corpi devastati dalla fame, cadaveri coperti di mosche, le epidemie decimavano le popolazioni, la siccità asciugava i pozzi, uccideva il bestiame, induriva la terra già avara. Così giunse il momento opportuno perché il regno d'Etiopia crollasse senza troppo fragore e al popolo venissero date nuove speranze. Hailé Selassié fu portato fuori dal Palazzo Imperiale su una modesta vettura; non fu facile, da parte degli uomini del potere, dire al vecchio tremante che era stato deposto e formulare le accuse. Durante la sua prigionia sentinelle pietose continuarono a dirgli – la sua mente vagava per spazi oscuri e confusi – che lui era sempre il re dei re e che tutto quello che stava accadendo era per il bene del popolo. E al bene del popolo il vecchio si inchinava obbediente. La «rivoluzione senza sangue», come era stata definita da molti autorevoli giornali stranieri, ebbe poi giorni e notti di terrore, molti contrasti erano sorti fra gli uomini che volevano cambiare l'Etiopia; perché fosse chiaro che nulla dovesse rimanere dell'antico regime, furono fucilati principi, ministri, generali, uomini di un impero ormai fuori dal tempo.

Una spina nel cuore del nuovo potere, così come lo era stata per il vecchio impero di Hailé Selassié, era il movimento indipendentista eritreo che non aveva nessuna intenzione di accettare le condizioni dei militari. Pochi mesi dopo la caduta dell'impero, una sera, mentre Asmara rifletteva le luci del tramonto, i guerriglieri eritrei, dopo avere unito tutte le loro forze, entrarono nella città, e Asmara spalancò le sue porte all'inferno. I passanti atterriti, sorpresi da quell'attacco fulmineo, correvano verso un qualsiasi rifugio, bambini mendichi trascinavano urlando vecchi ciechi barcollanti, e molti cadevano in terra, il sangue macchiava le strade, i soldati etiopici apparivano da tutte le parti per respingere l'attacco e sparavano ovunque.

Mario Conti era in macchina in un viale del centro quando iniziarono gli spari. Vide auto sfrecciare, fra improvvisi stridii di freni per non sbattere l'una contro l'altra, un conoscente gli passò vicino e gli fece cenno di affrettarsi a rientrare. Mario era in compagnia dell'ennesima sigaretta della giornata e del pensiero fisso che da tempo gli scavava dentro un vuoto sempre più grande. C'erano stati molti cambiamenti da quando il nuovo governo aveva preso il potere, e per gli europei era definitivamente crollata la speranza di poter continuare a lavorare in pace nella ex colonia. L'Etiopia aveva scelto la via del socialismo rivoluzionario e di conseguenza tutta l'economia era passata nelle mani dello stato, furono nazionalizzate le banche, le compagnie di assicurazione, le aziende industriali e commerciali. Molti italiani, che dopo quel trauma inatteso avrebbero voluto andarsene, erano impossibilitati a lasciare il paese, alcuni perché dovevano rimanere nelle loro ex aziende fino alle nuove decisioni del governo, altri per vecchie questioni di tasse non pagate; per questi ultimi l'avvenire si prospettava molto difficile, qualcuno era stato arrestato e messo in carcere.

Mario Conti non aveva avuto problemi con il fisco ma la sua impresa era stata nazionalizzata e lui si era trovato senza lavoro, quel lavoro che aveva riempito la sua vita, che lo aveva distratto dagli eventi tristi dell'esistenza e a cui si era sempre dedicato senza concedersi svaghi e vacanze se non qualche giorno ad Aden e a Massaua. Lo attendevano giorni fatti di niente; avrebbe visto ogni mattina, ogni sera, il fabbricato costruito da suo padre dove i Conti eran stati bambini, le cui stanze erano sempre mutate nel tempo finché Mario le aveva adibite a uffici. Cercavano di inventarsi qualcosa, lui e i pochi amici rimasti. Si trovavano al bar per l'aperitivo, la sera giocavano a carte, e in casa Mario tentava di imbrogliare le ore fabbricando pannelli solari per la sua abitazione, inventando nuovi antifurto per l'auto, ma erano tutti passatempi che poi si esaurivano. Giornali ne arrivavano pochi, si leggeva in fretta, si riempivano le pagine di parole crociate, a matita, per poi cancellarle si che altri potessero farle.

Mentre intorno gli si stava scatenando la guerra, Mario pensava al lavoro perduto, a come avrebbe potuto sistemare il terrazzo cadente della vecchia Cahan, se solo avesse avuto ancora un po' di tempo. Essendo immerso nei suoi pensieri, nonché molto distratto, realizzò con qualche attimo di ritardo che avrebbe dovuto affrettarsi e non – come un vero signore che rispetta in qualsiasi circostanza i modi civili del vivere – attendere il via del semaforo. Si affrettò e giunto davanti alla casa vide che il cancello era aperto; Malik abbaiava e si agitava intorno a qualcosa.

Entrò, e mentre scendeva dall'auto scorse in terra il corpo di Abbai crivellato di colpi. Guardò gli occhi spalancati che pareva fissassero il cielo con atterrito stupore, gli sembrava impossibile che avessero ucciso Abbai mentre veniva ad aprire il cancello e ad attenderlo.

Stava lì e passavano sulla strada le camionette, i soldati sparavano e urlavano dalle auto in corsa. Poi sentì un dolore a una gamba e si buttò a terra mentre Malik prendeva fra i denti un lembo della camicia di Abbai. Zeudì si affacciò cautamente alla porta e si portò le mani alla testa.

«Vai in casa», urlò Mario, «io sto bene, è solo la gamba».

Si tolse la giacca, coprì il volto e le spalle di Abbai e si trascinò in casa chiamando Malik, ma il cane pareva volesse tentare qualcosa per richiamare alla vita l'amico delle lunghe passeggiate al tramonto. Nemmeno gli spari, che in altre occasioni lo avrebbero mandato dietro il divano, così come i tuoni, riuscivano a convincerlo a seguire la voce dell'altro. Intanto Sara Mayer si era nascosta dietro un armadio in compagnia di Embaiè, i proiettili delle mitragliatrici foravano i muri esterni. Il vecchio cercava di apparire calmo ma le sue mani tremavano, pensava alla famiglia nella casa alla periferia di Asmara, ai soldati; con un calcio avrebbero potuto sfondare la porta. Sara aveva preso una pastiglia per evitare la tachicardia di cui soffriva e per distrarsi parlava con Embaiè, cercando di non affrontare il pensiero dei soldati davanti al cancello. A ogni raffica di mitra sentiva la testa più pesante come se quei colpi si fossero insediati vicino al cervello con tutto il loro fragore. Giungevano da sotto il letto i singhiozzi di Abeba, la ragazzina eritrea che sostituiva da qualche giorno Rigbè, andata al paese a curare chissà quale lontano cugino.

«Era giusto il momento», diceva Sara a Embaiè parlando di Rigbè. «Speriamo che non si metta in testa di tornare a piedi con tutti i soldati che ci sono in giro».

«Rigbè sa come fare», rispondeva Embaiè, e intanto Sara non riusciva a trattenersi, e rivolgendosi ad Abeba gridava – un grido strozzato ché temeva la udissero fuori – di smetterla di fare l'isterica, anzi, se l'avessero sentita i soldati sarebbero entrati in casa e allora... Abeba si chetava per poco e solo lunghi dolorosi sospiri uscivano da sotto il letto.

Di notte la città restò al buio, i guerriglieri avevano fatto saltare le centrali elettriche, ma i fuochi dei combattimenti rischiaravano il cielo. Nei giorni seguenti, mentre le battaglie si spostavano fuori di Asmara, un'aria pesante di morte e di abbandono si posò, come un incubo sopravvissuto all'alba, sulla cittadina: anche i fiori sembravano stanchi e chinavano il capo. Pochi negozi avevano sollevato le saracinesche e avevano immediatamente finito le scorte; un carro funebre attraversò le strade portando su al cimitero un panettiere italiano morto durante gli scontri; le luci del mattino scoprivano i cadaveri di eritrei uccisi durante la notte, alcuni notabili venivano abbandonati sulle piazze con la gola strozzata da un filo di ferro.

Era stato deciso dai vari consolati l'immediato rimpatrio degli europei e la chiusura delle scuole; erano in tanti a lasciare in fretta la casa – sperando di poterci tornare – senza nemmeno chiudere la porta e slegare il cane. All'aeroporto, dove funzionavano i ponti aerei, c'erano scene di panico per il timore di rimanere a terra, pianti di dolore, di desolazione, e intanto i passaporti venivano timbrati con il visto di rimpatrio definitivo.

Nelle ore in cui non c'era il coprifuoco Mario girava da una parte all'altra della città trasportando nella sua auto barili di acqua e i pochi generi alimentari che riusciva a raccogliere. Lo si vedeva in periferia, con la gamba zoppicante, entrare nelle case dei suoi ex operai per accertarsi che fossero vivi e portar loro l'acqua. Si intratteneva con il muratore che non perdeva la sua naturale allegria mentre la moglie piangeva in un angolo tenendosi accanto i bambini più piccoli, andava da Eliseo, che in silenzio masticava corteccia. Sua moglie era morta da tempo e ora lui temeva che i soldati lo uccidessero con i suoi ragazzi. Mario, accortosi del suo terrore, trasferì lui e i figli nella sua abitazione. Malik, vedendo arrivare Eliseo, non lo degnò di uno sguardo. Sapeva che non avrebbe potuto sostituire Abbai, e a lui non restava che starsene triste e accucciato a spiare i rumori del giorno.

Mario andava e veniva, lo seguivano sguardi dalle finestre sbarrate, portava l'acqua ai suoi operai, non aveva paura e non avrebbe mai preso l'aereo dei profughi di sua volontà.

In una di quelle mattine in cui ovunque si incontravano soldati, una figura alta, sottile, avvolta in una *futa* impolverata, cercava di raggiungere Asmara attraverso colline e sentieri di fortuna. La donna teneva ben saldo lo *zembil*, camminava speditamente sui sassi, si nascondeva dietro un masso se sentiva l'eco di uno sparo. Rigbè conosceva quel percorso; quand'era ragazza era andata più volte all'Asmara dal villaggio vicino a Scicchetti. Per farsi compagnia pensava a quei giorni e canterellava a bassa voce una vecchia canzone. Il sole era caldo, abbagliante, la terra arida, nuvole di polvere si alzavano dalle pietre che venivano smosse. I suoi parenti le avevano detto di non partire, la città era piena di fuoco, ma Rigbè, ostinata com'era, non ascoltò nessuno. Aveva lasciato dei soldi legati in un fazzoletto, aveva preso le uova fresche, e all'alba si era messa in cammino. Lo scopo della sua visita al villaggio era stato il ragazzo tredicenne figlio di una sua sorella morta da tempo. Rigbè amava Negassi come se fosse suo figlio, quel figlio che a lei non era rimasto, e aveva provveduto al suo mantenimento e alla sua educazione; un prete del luogo lo aveva istruito. Sempre più spesso, per brevi periodi, andava al paese, dal ragazzo con i riccioli neri e gli occhi dorati che credeva lei fosse sua madre. In città non parlava di Negassi, era un suo segreto, ma un giorno lo avrebbe portato ad Asmara perché studiasse nelle scuole italiane. Lo avrebbe presentato come suo figlio e già immaginava lo stupore per la bellezza e l'educazione di Negassi, e pregustava quei momenti di felicità. Molte volte Rigbè era tornata dal paese con questo pensiero e aveva sospirato di contenuta impazienza per quel giorno che si avvicinava. Ma tutto era cambiato. Rigbè non aveva trovato il ragazzo sulla soglia di casa, la vecchia madre le aveva detto che si era unito a un gruppo di guerriglieri diretti nel bassopiano, gli avevano dato un fucile e Negassi era partito contento. Rigbè saliva e scendeva sentieri e non abbandonava la vecchia canzone, e pensava a quand'era giovane su quelle colline, ma c'era Negassi davanti ai suoi occhi, e lei, cercando di non udire il dolore e la paura che le bussavano dentro, lo vedeva a capo di uomini e donne, rispettato e amato da tutti, e un giorno sarebbe tornato insieme alla pace.

«*Cuhum*[1]?», gridò una voce nell'aria attraverso le ambe. «*Cuhum?*», gridò ancora, l'eco ripetè alle valli, agli spazi lontani quell'intimazione. Rigbè alzò lo sguardo seguendo i pensieri. Non sentì la pallottola che le spaccò il cuore. Per un attimo, fra i giochi di luce, le immagini di Negassi rimasero sospese nell'aria.

---

[1] «Chi va là?»

III

«Mia carissima Milena,

spero che la signora Paolini ti abbia consegnato, come mi aveva promesso, le poche righe scritte in fretta dopo le lunghe ore trascorse dietro l'armadio con Embaiè. Quando mi hai chiamato avrei voluto dirti molte cose, peccato sia caduta quasi subito la comunicazione ma puoi immaginare cosa siano le linee telefoniche in questo periodo. Ci sentiamo tagliati fuori dal mondo, pochissima acqua, niente luce, i negozi hanno finito le riserve, i panifici sono chiusi e ci si arrangia a fare un po' di pane in casa, ho l'occasione per far fuori la mia provvista di scorte, mi lamentavo sempre che era una mania e che avrei finito col buttare tutto per invecchiamento! Come saprai è morto, durante gli scontri, il nostro panettiere ed è stato ferito gravemente il figlio dei signori Crespi. Noi stiamo bene, non preoccuparti, tuo padre gira dal mattino alla sera (o meglio al pomeriggio dato che poi c'è il coprifuoco) da un posto all'altro per recare aiuto ai suoi operai, io continuo ad andare in studio, non so che cosa ne sarà in futuro, per ora non abbiamo avuto disposizioni. Ho molto da fare per mettere in ordine le varie carte e terminare lavori incompiuti che non so a chi serviranno, viviamo in un momento di "sospensione". Sono stanchissima, soffro sempre di insonnia e di mal di testa, ho frequenti attacchi di tachicardia. Mi rilasso un po' il sabato e la domenica dipingendo; con il coprifuoco sono finite le passeggiate serali che mi distendevano, mi accontento di andare avanti e indietro in giardino ma certo non è la stessa cosa, Embaiè sorride di queste passeggiate sotto le stelle. Questo stupendo cielo stellato, almeno una certezza l'abbiamo, nessuno ce lo potrà togliere, sempre che un giorno o l'altro non ci sia per noi, ultimi superstiti, un foglio di via ché allora queste stelle dovremo lasciarle. Mia cara non abbiamo saputo più nulla di Rigbè, se potessi andrei a Scicchetti a cercarla ma non ci si può muovere, le strade che portano fuori da Asmara sono tutte bloccate. Speriamo sia al paese e che non si metta in testa di tornare, tu sai che non ha paura di niente e sfiderebbe il diavolo e non terrebbe la bocca chiusa nemmeno con i soldati. Ce la vedremo tornare quando meno ce l'aspettiamo la nostra Cassandra, da tempo diceva che "sarebbero entrati in Asmara" e avremmo passato dei brutti momenti. Mi hanno mandato (la ragazzina non la sopportavo più, se l'è presa la signora Castoldi che ha una vocazione per i ritardati) una donna di mezza età, ha buona volontà ma non capisce bene l'italiano, è un po' svanita, così fra noi è un dialogo fra sordi e io mi innervosisco molto, quando avrà capito le mie abitudini andrà meglio. Le hanno comunicato che dovrà andare a scuola (così spesso sarà via) e mi chiedo se una donna della sua età, con la vita che ha fatto, avrà molta voglia di dedicarsi allo studio.

Carissima, proseguo oggi domenica, come vedi ho lasciato dormire a lungo la lettera e non è mia abitudine (semmai tua) ma sapevo che comunque avresti avuto nostre notizie e poi ho sempre tanto da fare e in questi giorni fumo moltissimo il che non mi giova. Tuo padre mi ha procurato delle sigarette ma quando avrò finito la scorta sarà duro trovarne delle altre. Io gli ho dato biscotti e pasta fresca che mi hanno regalato le suore del Comboni, una vera leccornia di questi tempi. Vado ogni tanto a far due chiacchiere con suor Nemesiana e con la madre superiora, sono due donne simpaticissime e credo che ti piacerebbero molto. Vedessi come si sono organizzate, fanno di tutto e vanno in giro ad aiutare la povera gente, riescono anche a muoversi, sul mulo, da un villaggio all'altro ed i soldati le rispettano. Hanno un bellissimo orto, la stalla, i pollai, e curano alcuni orfanelli raccolti in giro; quando vado là mi sembra di essere fuori da questa città, i bambini giocano, sono puliti e sorridenti, è un luogo sereno sebbene le suore di problemi ne abbiano molti per mantenere quello che hanno costruito e lavorano notte e giorno.

I miei poveri fiori hanno sete, mi sembra che occhieggino tristi mostrando colori appassiti, ma c'è così poca acqua... La palma invece è sempre bellissima e gli uccellini, che non sanno niente della guerra, cantano tutto il giorno e spero che non si allontanino perché ci sono in giro molti corvi e avvoltoi. Non abbiamo ancora la luce e ci arrangiamo con le candele (è saltato fuori da chissà dove qualche vecchio lume ma ci vorrebbe il petrolio), mi si stancano molto gli occhi quando leggo la sera ma la lettura è uno dei miei svaghi e ora che non arrivano più giornali, non parliamo dei libri, mi rileggo i miei autori preferiti. Sono riuscita ad avere due giornali italiani tramite un funzionario del consolato che li ha avuti da Addis Abeba, li ho letti e riletti, li ho poi dati a tuo padre e ora stanno facendo il giro di Asmara, chissà che fra un mesetto non ne possa avere altri due con le novità del mese scorso. Per noi va bene tutto, è tutto "novità", anche le notizie che voi vi siete dimenticati da un pezzo. Figurati che mi leggo anche gli annunci economici, nonché i necrologi...

Tra pochi giorni sarà il decimo anniversario della morte della nonna, ti ricorderai ne sono certa.

Mia cara non so quando riuscirò a farmi una vacanza in Italia, a volte sono stanca e medito di rientrare definitivamente anche per stare vicino a te, poi... Riuscirò mai a staccarmi da questo paese? Spero di avere presto tue notizie, ti abbraccio forte...

Mamma

«Ieri ho incontrato Stefano e abbiamo chiacchierato a lungo. Lui e gli altri pochi medici rimasti si danno molto da fare, lavorano giorno e notte per i feriti, molti dei quali sono in cattedrale. Vedessi quanto si prodiga anche padre Giannalberto, accorrono da lui uomini, donne e bambini da tutte le parti e non sa più dove metterli. Ieri sono andata in cattedrale e nel giardino dietro, dove c'era anche l'orto (ricordi?) c'erano, accovacciate per terra, tante povere donne con la loro ciotola. Mi sono avvicinata, molte di loro erano vecchie e chissà da dove venivano...».

«Cara Milena,

grazie per la tua lettera, sono molto felice che tu venga a trascorrere un mese con noi, ti aspettiamo. La situazione è migliorata, c'è la luce, il coprifuoco ora è alle diciannove e per quel che riguarda i generi alimentari non possiamo lamentarci, c'è il razionamento dello zucchero e di pochi altri prodotti ma abbiamo sempre la verdura e la frutta fresca, i formaggi e tante altre cose. Zeudì fa sempre la pasta in casa, ha imparato a fare anche le orecchiette alla barese e ti aspetta per prepararti le sue specialità. In questi ultimi mesi ha avuto molti guai, sia perché le si è rotto un braccio, sia per problemi con i parenti ma ora sta bene e dato che con me non ha molto da fare l'ho convinta a riposarsi un po' di più. Con i pochi amici rimasti ci siamo organizzati in modo da poter stare insieme la sera due o tre volte la settimana, giocare a carte e fare due chiacchiere tanto per passare un po' il tempo, ché qua la vita è molto monotona; così quando ci riuniamo dormiamo a casa dell'uno o dell'altro, e dopo il coprifuoco ognuno rientra a casa propria.

Ho dovuto far abbattere Malik, oltre a essere vecchio era diventato molto strano dopo l'incidente col camion e spesso ringhiava. Puoi immaginare quanto mi sia dispiaciuto. Eliseo sta bene anche se beve sempre, i suoi figli si son ben sistemati ad Addis Abeba, mentre Teclè ha avuto una trombosi e ora è paralizzato.

Sono sicuro che ti troverai bene e ti farà piacere trovare in gennaio questo nostro bel sole e fare i bagni. Non ci sono difficoltà per andare a Massaua, danno il permesso in pochi giorni.

Ricordati di portare alcune foto da tessera, ce ne vogliono per i vari visti. Non credo che potrai andare alle isole, pare che non diano i permessi perché ci sono delle basi militari, ma a Massaua si può circolare liberamente e non c'è il coprifuoco. Ci si può andare in aereo ma penso che tu preferirai andare in macchina, quella strada è sempre molto bella. Si parte la mattina da Bet Gherghis, in colonna, e la perquisizione è rapida, non fanno perdere molto tempo.

Immagino che tu sappia che devi andare a Roma per avere il permesso dall'ambasciata. Ti aspettiamo, ti abbraccio...

Papà

Ti ringrazio ma non ho bisogno di niente. Qualche giornale, se vuoi, e immagino che mamma ti abbia chiesto del parmigiano. Se ti capita prendi un mazzo di carte. Cari saluti a tutti».

IV

Il cimitero di Asmara, sull'amba dalla terra rossa, era un giardino pieno di sole, di colori, di canti di uccelli. Le tristi vicende non lo sfioravano, quasi fosse un luogo fuori dal mondo, dove la morte era un'immagine sorridente e rassicurante, che si aggirava in punta di piedi fra panchine e fontane, emanando il profumo dei fiori che per tutto l'anno sbocciavano accanto alle tombe, sostando sulle lapidi scaldate dal sole a sfogliar margherite.

Tesfai, il vecchio custode, faceva ogni giorno il suo giro cantando sottovoce, attento a che i fiori e le piante avessero acqua a sufficienza e pulendo le lastre di marmo, chè ogni morto era un amico a cui si poteva parlare.

Ogni volta che arrivava il carro funebre Tesfai se ne stava in disparte, con il cappellino sgualcito tra le mani, ad ascoltare i pianti e i lamenti che accompagnavano la cerimonia della sepoltura; quando tutto era finito, i parenti del defunto salutavano il vecchio custode e gli davano qualche moneta. Tesfai si sarebbe preso cura del nuovo arrivato e non avrebbe lasciato che l'acqua imputridisse nei vasi.

Nella lunga notte in cui Asmara visse l'incubo della guerra, a Tesfai parve di vedere l'inferno nella vicina Kagnew Station dove erano saltate le casse di munizioni illuminando il cielo con lembi di fuoco, mentre la terra tremava sotto le esplosioni. Tesfai temette che demoni sorgessero dai fuochi nel cielo notturno, e che l'esercito alato dei figli del male scendesse sul giardino dei morti a scoperchiare le tombe; e il vecchio vedeva, con gli occhi appannati dalla paura e dal *mies* che beveva per sentirsi più forte, i defunti danzare per tutta la notte con i lembi di fuoco che avevan parvenze di demoni, e un clamore di risa, di urla, di pianti sarebbe arrivato al cielo, parole oscene avrebbero coperto il fragore delle esplosioni e la serenità sarebbe fuggita per sempre dal giardino dei morti. Tesfai quella notte non riuscì a staccarsi dal grande cancello oltre il quale vedeva l'inferno. Ma i morti giacevano in pace, nulla più li turbava, e le fiamme scomparivano negli abissi notturni, nessun demone sarebbe arrivato nel giardino dell'oblio.

All'alba Tesfai si sdraiò sull'*angareb* nella casetta all'interno del viale, là dentro ad attendere la pace. Abitava al cimitero da quando era poco più che un bambino venuto via dal paese dopo la morte dei genitori; era stato portato lassù da un vecchio eritreo che lo aveva trovato piangente su un marciapiede. Il vecchio si chiamava Maharì, era il custode del cimitero, ma era stanco e curvo e aveva bisogno di un ragazzo che lo aiutasse a portare i secchi dell'acqua e a tenere pulite le aiuole. Poi Maharì era morto e l'incarico di custode era stato affidato a lui e da allora non aveva più lasciato il giardino, aveva assistito ai tristi commiati e di tutti i «suoi» morti conosceva la storia e i parenti. Sapeva che ogni giorno veniva la piccola vedova, dai capelli bianchi il cui unico figlio era morto non ancora ventenne su una moto in una strada del centro di Asmara, e che sempre portava una rosa. Andava incontro ai genitori del ragazzo ucciso dagli *sciftà* – la donna ogni volta piangeva –, al fidanzato della ragazza morta di meningite, al marito della bella signora bionda la cui foto attirava gli sguardi e sussurrate parole di pena, Tesfai ascoltava le raccomandazioni di tutti; portava l'acqua per i fiori freschi e gettava quelli bruciati dal sole. C'erano tombe solitarie che nessuno più visitava, fotografie ingiallite di ragazzi in divisa, croci corrose e date lontane di un tempo che aveva visto sorgere il giardino dei morti. Nel giorno dei defunti, in cui il cielo di Asmara splendeva di un azzurro intenso, una donna minuta, che camminava a fatica per i tanti anni, andava alle tombe obliate e su ciascuna deponeva un crisantemo. Tesfai la seguiva portando il gran fascio di fiori, si fermava qua e là a strappare l'erba cattiva, a pulire una foto, a raddrizzare una croce e la vecchia signora assentiva col capo e mormorava preghiere.

Quando, dopo tanti anni, varcai la soglia del cimitero, Tesfai, che stava aggiustando il manico di un vecchio e arrugginito secchiello, mi guardò per alcuni istanti, stringendo gli occhi come per mettere meglio a fuoco la mia immagine. Poi si tolse il cappello e mi venne incontro.

«*Kemei alekum*[1]?», gli dissi come a un vecchio amico, e lui sorridendo per quel saluto nella sua lingua chinò il capo e rispose a bassa voce: «*Dahan*[2]». Mi fece qualche domanda sull'Italia, e la sua risposta ai pochi commenti che feci sull'attuale situazione in Eritrea fu un lungo accorato respiro e un mormorato «speriamo». Poi, in silenzio, mi accompagnò lungo i viali portando l'acqua per i vasi in cui avrei disposto dei fiori. Roberta, i nonni, la zia Claudia, lo zio Nino, i due compagni di scuola con cui si rideva per nulla ed erano morti in giorni di festa sulla strada per Cheren, erano fotografie che guardavo rievocando episodi. Mi fermai a lungo davanti all'immagine di mia cugina Mimma morta per un collasso alcuni mesi dopo i giorni di guerra. Lei che mi diceva, quando ero bambina, come tutti saremmo diventati vecchi, curvi, con il bastone e i capelli bianchi, facendomi piangere, non era arrivata a quel pianeta dei vecchi cadenti, di cui tanto parlava.

Domandai a Tesfai dov'era la tomba di Lisetta, la giovane donna meticcia morta da poco tempo. Da una piccola cornice ovale il volto di Lisetta mi guardava sorridente,

---

1 «Come stai?»

2 «Buon giorno.»

ma i suoi occhi erano tristi, così come li ricordavo da sempre. Sulla lapide, vicino alla data, c'era una scritta: «Laura e Graziella non ti dimenticheranno». Le avevo viste il giorno prima, le sue bambine che ora vivevano dalle suore, sembravano serene, mi chiedevo cosa sarebbe stato di loro se le suore se ne fossero andate. L'avrebbero dimenticata la madre, pensavo, erano piccole e ben poco avrebbero saputo della vita di lei. Lisetta si era suicidata con dei barbiturici, e aveva lasciato una lettera indirizzata a Dio in cui lo pregava di prenderla con sé.

Nessuno sapeva chi fosse il padre delle bimbe, si diceva che Lisetta avesse avuto la prima da un italiano e la seconda da un eritreo. Lei non si era mai confidata con nessuno, era come se disperasse della parola, nell'esistenza che si portava appresso come un insopportabile peso, vagando per le strade di Asmara. Nessuno avrebbe potuto supporre che al Dio della sua solitudine lei avrebbe lasciato un lungo messaggio in cui sensazioni, pensieri e disperazione, descritti con rara sensibilità e capacità introspettiva, davano di Lisetta un'immagine ben diversa da quella della sbandata ragazza che viveva malamente fra i due mondi di razze diverse a cui apparteneva. Avevamo giocato bambine sul vagone incantato ma non riuscivo più a ricordare, sebbene cercassi di ricostruire le immagini cercandole nei pozzi profondi dei primi confusi ricordi, se lei avesse riso talvolta; la vidi, in un lampo che subito la memoria offuscò, saltar timorosa sull'erba dal vagone di legno e rideva di gioia per aver tanto osato in quel salto che ognuno di noi affrontava col cuore che batteva più forte.

Quando arrivai in fondo al cimitero, dove c'era il muro di cinta, Tesfai, posando il secchiello con la poca acqua rimasta mormorò qualcosa e mi lasciò sola. Alzai lo sguardo verso una lapide in alto, nel vaso c'era qualche fiore appassito. Andai alla fontana a sciacquare il vaso, poche gocce venivano giù da un rubinetto che fili d'erba adornavano. Sistemai le rose pensando che il sole le avrebbe in breve bruciate, sentivo il viso e le braccia scottare nella luce del primo meriggio.

Il tempo non passa per le immagini incorniciate dei morti, soffia solo una patina gialla che appena le adombra, e nel ricordo i defunti rimangono sempre come quando eran vivi. Guardando il volto sereno di lui mi sembrò molto giovane e già io avevo la sua età di allora, mi sembrava fosse trascorsa una vita in un soffio di vento. Dalla scala su cui ero salita per arrivare alla lapide voltai il capo a guardare il giardino dei morti, e da ogni tomba si alzava un'incerta figura e ne sentivo la voce, e tutti insieme, nella loro fuggevole storia, erano la città che nasceva fra le ambe, gli anni dei sacrifici e gli anni della spensieratezza, eran saluti e sorrisi e «buon anno» per le strade del centro, i cappellini, le pipe, le consunte borsette, i bambini e le altalene che sfioravano il cielo, le corse sulle auto del centro, i lunghi giorni a morire su un letto in camere scure. Guardai verso il cimitero ebraico dove era sepolto il padre di Emma e sentii la sua voce quando il sabato leggeva la Bibbia, e la frase che gli ebrei di Israele si sarebbero moltiplicati come stelle nel cielo; vicino a lui riposava il rabbino Mattia che vedevo nel tempio durante la celebrazione di Jom Kippur quando andavo con i Levi a pregare e a sentirmi migliore nella sera del «Grande Perdono». Gli anni passati erano un soffio di vento che ora portava le voci che si udivano dentro. Discesi la scala e mi avviai sul viale, verso l'uscita. Cercai con lo sguardo Tesfai ma era scomparso. Mi chiusi il cancello alle spalle, così come lo avevo trovato. Andavo per la lunga discesa che portava in città.

Una donna vestita di un abito liso del colore del tempo, quel colore che nel ricordo rievocava la vecchia Turù, la povera gente, il grande mercato, mi si avvicinò tendendo la mano e mormorando «*meschin*». Dal fagotto che aveva legato alla schiena uscivano suoni confusi, il bambino parlava a se stesso. La donna alta, magra, per un attimo mi era sembrata Rigbè e avevo provato un senso di sconvolgimento, mai avrei voluto incontrare Rigbè mendica su una strada di Asmara. Ma non era il suo viso, non era la sua voce, era un'altra Rigbè fra le tante che uscivano presto il mattino per trovare qualche spicciolo con cui ritornare la sera e pagarsi la sopravvivenza.

C'erano altre tombe lontane dal cimitero sull'amba, cumuli di terra ai margini di sperduti villaggi, e in una di esse, ero certa, riposava Rigbè. Perché solo la morte poteva essere il motivo della sua scomparsa, in qualsiasi modo lei sarebbe tornata portando le uova o per dirci soltanto che voleva restare al paese. Incontravo ragazze eritree con minigonne e stivali, i bei visi consapevoli che anche nella città occupata i tempi cambiavano, e le *zurie* e le *fute* le portavano altre donne che ancora avevano la croce copta sul petto e all'alba andavano in chiesa a pregare.

Mi seguivano bambini e ragazzi nelle strade assolate, e un vecchio che batteva per terra il bastone. Ero l'unica donna bianca a quell'ora in quei luoghi, e loro non chiedevano nulla, masticavano corteccia e guardavano in terra. Tra poco il coprifuoco avrebbe spazzato le strade da ogni presenza, e Asmara sarebbe apparsa come una città abbandonata dai vivi; anche le ombre sarebbero andate a nascondersi in sconosciuti rifugi.

Non potevo restare in quel luogo, Asmara era un sogno stracciato che la luce del giorno fa pesare sul cuore, la città che vedevo era il regno dell'ombra e della desolazione. Ma prima di partire sarei andata a Massaua, il più presto possibile, appena ottenuto il permesso. E questa volta avrei raggiunto Modok.

V

Massaua, accovacciata al sole come una bestia che langue nel caldo, mostrava le sue molte ferite che la luce offendeva. L'odore salmastro era più intenso, si fondeva con altri odori di qualcosa di marcio lasciato nell'aria, un'impronta di ali morte.

Hidaga, il quartiere che appena entrati a Massaua mostrava una volta le sue bianche casette e i negozi di stoffe e caftani, era distrutta. Qualche parete, ancora in piedi, esibiva occhi verdi di *musciarrabieh*, cumuli di macerie abitate da corvi e avvoltoi raccontavano una storia di vita che apparteneva al passato. Le strade erano deserte; i mendicanti dormivano nei minuscoli regni dell'ombra ritagliati per terra, coprendosi i volti con braccia scarnite ricoperte di mosche.

Sui fili della luce, sulle barche fantasma ancorate sul mare immobile, sui resti di un minareto, sulle case rimaste in piedi, sulle palme in cui un tempo gli uccelli giocavano a nascondino con le ore del giorno, sostavano gli eserciti di corvi e avvoltoi venuti da terre lontane, guidati dal signore della guerra che agitando nell'aria le braccia scheletriche li aveva invitati a gettarsi su ricchi bottini. Mentre li guardavo, mi sembrava di essere spiata con bonaria ironia da migliaia di piccoli occhi vivaci e curiosi. Allegri e ciarlieri si comunicavano nell'aria i loro messaggi, erano garrule conversazioni di botta e risposta, di versi prolungati, di battute rapide, era un nuovo aspetto che rompeva il silenzio della città ferita. Cercai, guardando il celeste sbiadito del cielo, il volo di un gabbiano, guardai verso l'isola Verde e le sue mangrovie, ma gli uccelli del mare non c'erano.

Nessuno badava a me, ero un fantasma come un altro, che nell'ora del sole attraversava la città deserta. Giunsi al faro e mi venne incontro una brezza leggera, e il rumore delle onde che battevano da sempre gli scogli.

Il vecchio barcaiolo era accovacciato su una logora stuoia vicino al faro. Stava aggiustando una rete, seguendo il lavoro più con il movimento delle dita, che con gli occhi velati dalle cataratte.

«Omar», dissi inginocchiandomi vicino a lui. «Omar dov'è la tua barca?».

Mi fissò come se non avesse capito.

«La barca, Omar», ripetei; «tu avevi una bella barca. Mi portavi all'isola Verde quand'ero bambina. Ti ricordi del signor Erich che pescava con te?».

Omar annuì, sorridendo ai ricordi.

«Signor Erich andato via», disse, «in Italia. Lui buono uomo, buon pescatore».

«Lo so Omar. Ma la barca dov'è?».

«La barca non si può usare. Posso stare solo qua e poi mi mandano via anche di qua. Tempi cattivi».

«Devi portarmi a Modok, Omar, andiamo a Modok».

Il vecchio mi fissò, cercando sul mio volto un segno di pazzia.

«Modok?», disse; «ci sono i *rascian* a Modok. Non si può usare la barca. Ammazzano subito».

Poi un sorriso di tenerezza illuminò il volto rugoso, come se avesse finalmente capito di parlare con una demente e di doverle comprensione.

«Andiamo questa notte Omar», dissi cercando di essere persuasiva, «nessuno ci vedrà».

«I miei figli morti tutti ad Archico. Mia moglie ammazzata dentro moschea, con bambini dei figli. La casa bruciata», e Omar riprese a lavorare la rete con le mani tremanti.

«Lo so», dissi appoggiando la mia mano sulla sua che pareva fatta di grossi nodi sporgenti da un foglio di carta vetrata, «e noi andremo a Modok anche se loro non vogliono. Cosa facciamo qua Omar? Andiamo a vedere le isole come una volta. Ti ricordi quando pescavamo le stelle di mare? Sono le tue isole e non le vedi da anni».

«Andiamo stanotte», disse Omar tirando a sé la rete, «io molto vecchio e stanco. Tu pazza. Stanotte andiamo».

«Non c'è la luna», dissi a bassa voce, «ci saranno dei disordini in città, è l'anniversario della rivoluzione. A nessuno verrà in mente di perlustrare il mare. E poi», soggiunsi aprendo le mani e mostrando una splendida ciprea scura, «questa ci renderà invisibili. È magica».

Omar scosse la testa e rise fra sé: «Io vecchio, tu pazza. Andiamo a Modok», guardò verso l'orizzonte stringendo gli occhi malati; «quando è buio», soggiunse, «partiamo di là», e indicò la parte opposta al faro. «Ora dormo. Bisogna remare».

«Remerò anch'io. Il mare è immobile, guarda Omar, non l'ho mai visto così calmo».

Un sorriso astuto e divertito gli ringiovanì il volto: «È la conchiglia», disse, «la tua conchiglia magica».

Lasciai Omar e vagai per Massaua. Passai vicino al vecchio club. I ricordi mi portarono lontano nel tempo. Sentii le note di un'orchestra diffondersi nell'aria calda, salire verso stelle felici. Massaua, perla del Mar Rosso, si perdeva languida fra musiche esotiche e odore inebriante di mare. Altre note vagavano nella sera provenienti dai locali dove le profumate *mesdames* offrivano sorrisi e carezze a uomini in cerca di amori passeggeri. Io, allo yacht, ballavo con il nonno severo che si lasciava andare alle note dei vecchi tanghi, mentre la nonna, volteggiando fra le braccia di un vecchio cavaliere, seguendo il ritmo della

Cumparsita che lei amava tanto, accompagnava con lo sguardo la sua nipotina vestita di bianco, che inebriandosi di sogni, di mare e di musica viveva le sue ore felici. E si confondevano nelle danze gli abiti di chiffon dai tenui colori, gli ibischi e le margherite fra i capelli, i profumi, i sorrisi alle notti che si sperava restassero eterne.

Quando tornavamo a casa, perché nessuna notte era eterna, io e la nonna cantavamo a bassa voce e il nonno diceva qualche battuta spiritosa sulle ballerine, poi si perdeva nei suoi pensieri nascosti o faceva programmi per la prossima notte di pesca. E io avrei seguito il nonno, la sera dopo, sul vecchio pontile; là in silenzio, nel buio, avremmo atteso che la grossa catena desse uno strappo veloce e allora il nonno avrebbe cominciato a tirare, finché l'agile sagoma dello squalo, che si dibatteva disperatamente nell'acqua, si placava; il nonno, con il viso teso nello sforzo, le labbra serrate, tirava lentamente la catena e facendosi aiutare da un ragazzino arabo sollevava il pesce fin sul pontile. Io fissavo affascinata quella sagoma scura che aveva sempre più radi sussulti, le file di candidi denti, e i piccoli occhi che l'agonia appannava. E mi chiedevo come i malati dell'ospedale di Massaua avessero voglia di mangiarsi il pescecane. Ricordavo lunghi silenzi sempre con il nonno, mentre di notte attendeva di gettare la fiocina; passavano ore, e noi uniti dall'attesa nel buio fissavamo la fosforescenza del mare; i pesci si muovevano sott'acqua con aureole argentate, come piccoli angeli, e gocce lucenti venivano a galla ricamando disegni sull'onda. Se avesse saputo la mamma, con il suo monotono «Alle nove a letto senza discutere», quale vita notturna era la mia con i nonni, quali gioie mi davano il buio, la musica e i silenzi sul mare. Ma forse sapeva e lasciava, fingendo di ignorare, che l'affettuosa complicità che mi univa ai nonni quando ero a Massaua durasse nel tempo. Appena il giorno era chiaro, avida di nuove sensazioni, me ne andavo sul mare su un sandolino che era un guscio di noce, passando, padrona del mondo, sui misteri che venivano su dagli abissi trasformandosi in mante giganti che volavano in acqua, in delfini giocosi, in quei piccoli pesci che in gruppo saltavano in aria fra gocce lucenti per poi ritornare fra le onde. E le lunghe immersioni con gli amici, giù in fondo, aggrappati ai rami di corallo trattenendo con forza il respiro, a guardare l'incanto dei pesci farfalla, dei pesci luna, di stelle di mare, di tutti quegli esseri che parevano giochi di caleidoscopio, e poi su, a riempirsi d'aria i polmoni e poi ancora a cercare le belle conchiglie, a riempirsi le mani di tesori da portare alla luce del sole. Si nuotava verso la «Cristoforo Colombo», la nave affondata durante la guerra, che emergeva con i pennoni dal mare vicino al pontile, e là si cercavano tesori nascosti, per ore nell'acqua calda e rassicurante come un grembo materno.

Allora Massaua era viva, era allegra, risuonava di voci e colori. Eravamo troppo giovani e felici per vedere le sue miserie; correndo dietro allo struzzo che trascinava un carretto con sopra una scimmia e una gallinella spaurita, non badavamo al bambino affamato che ci guardava come fossimo di un altro pianeta, o alla madre che spremeva i suoi seni avvizziti per un neonato già vicino alla morte. Ma allora la miseria camminava in punta di piedi, o se ne stava nascosta dentro case di periferia che noi ignoravamo e il vecchio cieco e lo storpio a cui dare un soldino erano solo qualcosa della bella Massaua, un attimo di compassione e poi un'abitudine.

Allora non sapevo che i tempi felici non sarebbero durati per sempre; credevo che gli anni a venire non avrebbero mutato Massaua, l'allegria delle notti di festa, delle gite sul mare.

Guardavo i bambini mutilati che avevano perso tutto in quell'orribile guerra; vagavano senza una meta e avevano negli occhi la disperazione. I soldati etiopici con i mitra pesanti sulle spalle consumate da atavica fame avevano anch'essi uno sguardo sgomento e gli occhi eran gialli come quelli di Elias quand'era malato. Mi avevano detto che molti soldati morivano di caldo, di sete, di dissenteria.

Mentre ferma davanti al pontile, respirando l'odore della bassa marea, cercavo di allontanare per qualche attimo passato e presente, sentii qualcuno fermo vicino a me.

«Ciao», disse il ragazzo toccandomi una spalla.

«Seium», posi la mia mano sul suo braccio, e non riuscivo a trovare parole. Era diventato alto, magrissimo, ma non era possibile non riconoscere il bambino ben vestito che all'Asmara guadagnava qualche moneta facendo da guida ai pochi turisti, illustrando le caratteristiche del mercato e della chiesa copta, portando i suoi occasionali clienti nel quartiere di Abbasciaul e fin verso il lago di Acria per mostrare loro il vero volto della città indigena che viveva ai margini dell'altra, quella dorata dei bianchi. Parlava bene italiano e inglese, andava a scuola, aveva una famiglia, era uno dei ragazzi fortunati che tornavano a casa la sera e non dovevano chiedere l'elemosina. Abitava nel quartiere povero della città ma era sempre pulito e sorridente e quando lo incontravo mi mostrava i suoi quaderni ordinati.

«Cosa fai qua?», domandai, temendo la sua risposta.

«Qua si sta meglio», rispose. «Ad Asmara avevo paura di andare in prigione».

«E i tuoi genitori?».

«Mio padre è stato ammazzato dai *tor sarauit*. Anche mio fratello e mia sorella. Sono venuti in casa quella notte. Io e mia madre siamo riusciti a nasconderci».

«E tua madre dov'è?».

«È andata al paese. Non è lontano da qua».

«E tu perché non vai da lei?».

«Ho paura», disse guardandosi le scarpe che erano

stracci di tela, «ho paura dei *tor sarauit*. Qua sono al sicuro».

«Posso fare qualcosa?», chiesi stancamente, perché il paese era pieno di Seium, di ragazzi più disgraziati di lui che ancora conservava un'impronta di vecchio decoro. Sapevo di non poter fare nulla e mi sentivo irritata.

«Ho dei dollari», dissi infine, e gli diedi quel poco che avevo evitando il suo sguardo, sentendomi in colpa nel ricordo del suo orgoglio di ragazzo che non mendicava. Sorrise e corse via dicendomi di aspettarlo. Mi sedetti sul pontile a guardare la marea, girando le spalle ai bambini che si avvicinavano.

«Anche a me», disse un ragazzo e arrivarono correndo altri bambini.

«Ho fame, un panino, anche a me», le voci si fondevano l'una all'altra in un crescendo di tono e di lamenti.

«Non ho niente», dissi irritata, senza voltarmi, «non ho più niente. Andate via».

Mi guardavano, sempre più numerosi, e sentivo i loro sguardi avidi posarsi sulla mia *gellaba* pulita, sui sandali di cuoio e sulla borsa da cui avevo preso i dollari per Seium.

«Anche a me», continuavano in coro e io mi girai gridando di andarsene. Ne arrivò un altro piangendo, un bambino di pochi anni; mi disse che un *tor sarauit* gli aveva preso cinque dollari e che non poteva tornare da sua madre perché lo avrebbe picchiato.

«Non è vero», intervenne uno di loro, «fa sempre così per farsi dare i soldi. È bugiardo, non ha la madre, dorme con noi, là», e indicò i portici sotto i quali dormivano di notte, uno sull'altro, i poveri bambini di Massaua, stretti nella comune solitudine.

Mi strinsi la testa fra le mani e continuai a fissare il mare, ostinatamente. Avevo voglia di urlare e non volevo guardarli. Dopo poco tornò Seium e li mandò via con parole concitate; ma si allontanarono di poco. Seium era in piedi davanti a me; sorrideva attendendo una mia reazione.

Indossava un paio di jeans di velluto azzurro e una maglietta rosa con un vistoso disegno nel mezzo.

«Ti piace?», mi chiese.

«Bellissimo», risposi, pensando che con quei colori avrei potuto riconoscerlo ovunque, «ma non hai caldo con quei pantaloni? Perché non li hai presi leggeri?».

«Mi piacciono questi», disse accarezzandoli, «e di notte fa freddo», ma non era molto convinto del freddo che lo aveva spinto a comprare i pantaloni di velluto. «Ho ancora venti dollari», soggiunse, «compro una cassetta di *mastiche* poi vado in giro a venderle. Così ogni giorno guadagno qualcosa e sono a posto».

«A chi le vendi?».

«Qualcuno c'è sempre. Anche i *tor sarauit* le comprano. Si vive con le *mastiche*».

«Bene. Spero che le cose vadano meglio e che possa rivederti presto all'Asmara. Cambierà tutto vedrai». Ma non lo pensavo e lui guardandomi in silenzio lo capiva.

«Speriamo», disse.

«Ciao Seium. E se riesci, raggiungi tua madre».

Parole inutili, chissà dov'era sua madre, forse già squartata da una baionetta, forse pazza, o in chissà quali villaggi lontani.

«Sì», mentì porgendomi la mano e nello sguardo passarono pensieri come i miei. Sua madre, suo padre, la scuola, i fratelli, i turisti, tutto svanito nella tragedia della guerra.

Ma ora aveva i jeans di velluto, una maglia rosa e un commercio di chewing-gum; di notte a Massaua si poteva dormire all'aperto, per terra, e non c'era il coprifuoco e le fughe al tramonto in cerca di un posto dove stare la notte.

«Vai in Italia?», mi chiese mentre già mi allontanavo. «Un giorno forse verrò anch'io, se qua va male».

«Ci rivedremo», risposi voltandomi e salutandolo ancora con la mano, poi mi incamminai verso la casa dei nonni. Un tempo anch'io dormivo all'aperto, sul terrazzo, nelle notti più calde, ma non sapevo nulla di guerre, di fame, di madri sparite. Contavo le stelle, cambiavo le facce alla luna, ascoltavo lo sciacquio delle onde pensando che il mare era là ad aspettarmi.

La casa era mutilata, con porte e finestre aperte su stanze ammuffite, c'erano solo sassi sui quali inciampavo, la palma fra il mare e il giardino era un fusto secco e disadorno che nessun uccello avrebbe più abitato. Mi sedetti su uno scalino rotto, e attesi che il sole sparisse nel mare e che l'oscurità rapisse ai miei occhi le rovine sulle quali passavano frantumati ricordi.

«*Cuhum?*», una voce nel buio mi fece trasalire.

«*Cuhum?*», ripeté la voce allarmata e io tentai di rispondere all'avvertimento di morte, ma non riuscivo a parlare.

Il militare apparve illuminato dalla pila che teneva in una mano mentre nell'altra stringeva il mitra. Nel vedermi parve rilassarsi e sorrise. Mi parlò in amarico, tentai di rispondergli ma non ci capivamo. Mi fece cenno di andarmene muovendo la pila. Mi allontanai in fretta, quel tetro *cuhum* davanti alla casa dei nonni mi aveva tolto il respiro.

Mi voltai prima di rientrare nella strada che portava nel centro di Massaua. Un altro militare si era avvicinato al primo e li vidi, nella debole luce lontana, deporre in terra il mitra e tirar calci a un pallone. Parole concitate seguivano il ritmo della palla.

Affrettai il passo per arrivare da Omar, il faro era ancora lontano. Temevo di non farcela, che qualcosa mi avrebbe bloccato. Mi inoltrai nella città vecchia, tra i vicoli deserti, con i negozietti poco illuminati dai quali proveniva un ronzio di macchine da cucire, passai davanti alla moschea protetta da una grande palma sulla quale gracchiavano i corvi. Pensai ai teschi dimenticati sulla strada che portava alla bella spiaggia di Gurgussum, dove un tempo si passavano giornate a giocare con le onde impetuose e a chiamare i gabbiani con pezzi di pane, rividi le divise verdi sulla sabbia, stracci che coprivano ossa abbandonate al deserto, e vedevo dovunque arrivare avvoltoi.

Non c'era nessuno nelle strade in cui l'odore del mare, del caldo, delle spezie si fondevano in un unico aroma che era la città araba. E anch'essa pareva un paese abbandonato alla solitudine eterna, il cui silenzio si posava come un caldo sudario su ogni cosa che avesse ancora un respiro. Sentii, lontano, alcuni colpi di mitra. Mi misi a correre. Temevo, in quell'oscurità, di non ritrovare la strada che conduceva al faro, di incontrare altri *tor sarauit* o che Omar se ne fosse andato dopo avermi fatto una falsa promessa. Sentii il cuore forzarmi il petto come se avesse voluto spezzarlo e uscirne per fuggire via, lontano da me. E allora, pensavo, avrei dovuto inseguire il mio cuore, prima che i corvi lo portassero via per divorarlo in chissà quale rupe lontana, e lo vedevo saltare impazzito e io corrergli dietro seguendo nel buio il palpito che si allontanava, e nel petto moriva il respiro e mai più avrei rivisto Modok.

La pazzia era questa, i folli pensieri che mi turbinavano dentro come forza motrice che mi distraeva da altre paure e mi conduceva da Omar.

Acceso, spento, acceso, spento, ecco il faro che appariva per condurre nel porto le navi fantasma, e l'eterno rumore dell'onda che batteva gli scogli; non avevo smarrito la strada.

Mi diressi dalla parte opposta al chiarore e chiamai, a bassa voce, il vecchio. La luce di una pila illuminò la barca e subito si spense.

«Sono qua», disse Omar alzandosi, e il vecchio le cui

ossa sporgenti disegnavano il corpo coperto solo da un minuscolo perizoma era in quel momento come un Dio apparso per cancellare le mie paure.

Sollevai la *gellaba*, entrai nell'acqua fino al ginocchio, e Omar mi aiutò a salire sulla barca.

«Andiamo», disse, «a Massaua sparano».

Cominciò a remare con forza per raggiungere in fretta il mare aperto, il canale verso l'isola Verde. Mi sembrava impossibile che il vecchio sul cui viso scavato c'erano impronte profonde di fatiche potesse avere ancora tanta forza da riuscire a condurre velocemente la barca lontana da Massaua.

«Poi remerò io», gli dissi.

Lo sentii ridere piano.

«Se tu remi non arriviamo a Modok. Tu dormi. Io ho dormito e remo. Poi riposo, ci vogliono molte ore».

«Ti ringrazio Omar. Andrà tutto bene».

«*Allah karim*», rispose, e da allora si rinchiuse nel silenzio ritmato dai profondi respiri che accompagnavano i remi.

L'oscurità era totale, non c'erano stelle in quel cielo dove ogni notte brillavano tersi i lumi lontani, e io mi chiedevo come Omar potesse trovare così facilmente la direzione.

Passammo davanti alle sagome scure delle mangrovie dell'isola Verde, un uccello ruppe il silenzio con un grido.

Le onde, spezzate dai remi, erano l'unico segno di vita nella solitudine di una notte che sembrava non promettere l'alba. Ero stanca e sentivo le palpebre abbassarsi pesanti, un sussulto mi scuoteva quando avvicinandomi alle frontiere del sogno avevo la sensazione di sprofondare in una voragine.

«Dormi», disse Omar, «c'è posto per dormire».

Mi sdraiai sul fondo dalla barca, Omar lasciò i remi e

mi mise addosso una *futa* coprendomi con gesti delicati ed esperti anche il viso e la testa. Mi addormentai.

Nel sogno Massaua era immobile, non c'era un respiro che lasciasse indovinare la vita. Pietrificata in un sinistro incantesimo era la città dei morti, dove nulla si muove. Il mare non aveva onde, era un'opaca distesa nella luce di un sole malevolo.

Una nave sostava al largo, ricordava antichi vascelli dove entrava la peste per impadronirsi di tutti gli uomini dell'equipaggio e abbandonarli alla solitudine eterna lontani da una terra qualsiasi. Nuotando in quel mare, sentendomi l'unica cosa viva in un mondo da cui erano spariti i viventi, mi avvicinai alla nave. All'improvviso la nave oscillò, marinai ubriachi vennero sul ponte e mi invitarono a salire. Mi fecero visitare la nave poi mi portarono giù nella stiva dove alcuni ragazzi giocavano con una macchinetta dalla quale uscivano, scoppiettanti, giochi fiabeschi di scintille colorate. Chiesi cosa fosse quello strano giocattolo che non avevo mai visto.

«È un inceneritore di vite», mi rispose un ragazzo biondo, con occhi chiarissimi che non avevano sguardo. Lui e i suoi compagni non erano ubriachi, e continuavano a mettere monete nella macchina e qualcuno cadeva a terra pallido e sembrava morto.

«Vedi», mi spiegò il ragazzo senza sguardo, «se tu metti una moneta in questa fessura puoi incenerire la tua vita. Però avrai il tempo per vedere uscire i momenti più belli della tua esistenza; sono queste scintille e queste piccole figure, le vedi?, che ballano nell'aria, e questa musica».

«Non è musica», dissi.

«Non lo so. Sono i rumori. Sono la vita. Cosa vuoi fare?».

I ragazzi si girarono tutti verso di me. Nessuno di loro

negli occhi di una chiarezza abbagliante aveva uno sguardo.

«Se mi date una moneta gioco anch'io».

«È l'unica che puoi avere», e il ragazzo la tenne un attimo fra le dita prima di darmela. Misi la moneta nella fessura e schiacciai un pulsante. L'inceneritore di vite si mise in moto. Le scintille scoppiettavano sempre più forte, e tutti i colori formavano giochi di immagini che nella loro bellezza mi toglievano il fiato: i momenti più belli della mia vita correvano rapidi fra bagliori psichedelici e mentre fissavo abbagliata, mi sentivo felice; poi le scintille divennero sempre più fievoli e sentii una gelida mano entrarmi nel petto e stringermi il cuore. Mi svegliai terrorizzata dall'incubo e per qualche istante non riuscii a ricordarmi dov'ero. Poi sentii Omar respirare con affanno nel sonno e sospirai di sollievo per essere uscita dal sogno. Guardavo il cielo nero, il mare nero, cercavo di incontrare una stella ma la notte era avara e chissà su quali altri mari le aveva portate. Un chiarore improvviso, non molto lontano, mi riportò all'incubo appena dissolto. Sentii, subito dopo, il rumore della motovedetta. Omar si svegliò e guardò in direzione della luce.

«Stai giù», disse con un filo di voce, «non parlare». Poi lentamente il rumore si allontanò e si spense.

«È andata», disse poco dopo Omar, «non ci ha visti».

Balbettai stringendomi la testa fra le mani: «Non ci hanno visti. E se tornano?».

«Non tornano. Vanno verso Massaua». Sospirò forte perché dal corpo uscisse la paura.

«È la tua conchiglia», e rise per sciogliere i momenti di ansia. Strinsi la ciprea nella mano sudata, non mi ero accorta di averla avuta nel pugno per tutta la notte.

«Ora dormi», disse Omar, «siamo a Modok con il sole».

Quando i primi bagliori dell'alba dispersero l'oscurità apparve Modok. Giaceva, l'isola di polvere di corallo, abbandonata alle onde che andavano e tornavano a lei con pianto sommesso. Non sentii il richiamo degli uccelli che la svegliavano all'alba né vidi correre sulla sabbia i minuscoli paguri con le loro casette di madreperla.

«Non ci sono i *rascian*», disse Omar, «non ci sono navi».

«Saranno su altre isole», risposi comprimendo dentro di me l'emozione. «Modok è già stata uccisa».

Scendemmo nell'acqua bassa e ormeggiammo la barca. Omar si diresse dall'altra parte dell'isola. Lo vidi inginocchiarsi in direzione della Mecca e invocare Allah con lunghi accorati lamenti, genuflettendosi a toccare con le mani e la fronte la sabbia.

Mi tuffai nel mare ancora fresco, andai in fondo a cercare il mondo variopinto che respirava fra i rami di corallo. Non c'erano più pesci. Il corallo era morto, braccia bianche, scheletriche, che non avevano più nulla da offrire si tendevano a divinità sconosciute. Tornai sull'isola e la esplorai a lungo. Non c'erano uccelli, né le piccole uova che si aprivano al sole, ed erano scomparsi i nidi delle aquile marine. Si vedevano ovunque ciprее gettate dal mare sull'isola, ma dai gusci vuoti era sparito l'antico splendore, erano opache e sbiadite, senza alcun riflesso di luce.

Mi sdraiai in terra e lasciai scorrere fra le dita la polvere bianca. Era fredda. Omar continuava a pregare e parole accorate vagavano in aria in cerca del dio che il vecchio implorava.

Guardai il cielo. Si erano spenti i colori dell'alba e stracci di nubi sostavano indecise nel sole che si alzava sul mare.

Raccolsi una ciprea e la portai all'orecchio, certa del suo silenzio. Un suono sommesso che andava pian piano crescendo mi ridiede Modok. C'era lo scroscio del mare, il richiamo dell'aquila marina, il fruscio delle ali che si alzavano in volo. La vita era fuggita rifugiandosi nelle conchiglie, portando nel segreto delle piccole case del mare l'eco del suo splendore, la speranza di tornare alla luce. Un frammento di pensiero mi diede la sensazione, veloce come un lampo che si perde nel buio, di aver già vissuto quel momento, quel luogo. Tentai di afferrare gli attimi di quel tempo lontano in cui ero io, come ora, a vivere le stesse emozioni, ma il ricordo che non ero riuscita a comporre si era già inabissato nelle immense voragini di memorie perdute.

E, mentre cercavo nel buio la sensazione smarrita, sentii accanto a me un battito d'ali, poi un altro. I pellicani planavano sull'isola seguiti dai gabbiani, dalle rondini marine e il cielo si andava adornando di disegni di ali lontane che venivano verso Modok.

«Omar», gridai, «tornano gli uccelli».

Omar, che si era lasciato andare sulla sabbia, stanco, affannato, portando con sé tutta la sua vecchiaia, alzò il viso e un'ombra di felicità gli accarezzò il volto, poi respirò di sollievo e la vita che il vecchio aveva costretto a restare per vedere quell'attimo volò via come un bianco gabbiano, negli spazi infiniti. Mi inginocchiai accanto a lui e sentii nella sabbia il calore del sole.

Glossario

Angareb	rete usata per dormire soprattutto nei paesi caldi
Anghera	sottile focaccia di *taff* che gli eritrei usano come pane, per accompagnarlo allo *zighinì* e allo *scirò*
Bacscisc	mancia
Beless	fico d'India
Berberé	peperoncino rosso mescolato a molte altre spezie
Borgutta	focaccia povera, composta da farina e acqua
Ciai	tè, parola usata anche dagli europei in Africa
Fingian	tazzine senza manico usate, soprattutto dalle popolazioni arabe, per bere il caffè
Futa	indumento usato dalle donne eritree per coprirsi il capo e le spalle
Gellaba	lunga tunica usata dagli arabi
Guitana	padrone
Henna	erba che le donne eritree usano per colorarsi i piedi e le mani e, nel giorno delle nozze, tutto il corpo
Kamsim	vento proveniente dal deserto
Khol	polvere scura e brillante con cui dare risalto agli occhi, considerata anche disinfettante
Lettè	così venivano chiamate dagli italiani le donne che servivano in casa

Lucum dolce di origine araba

Mastica anice

Mastiche gomma da masticare

Meschin termine usato dai mendicanti eritrei, diminuzione di meschino, importato dagli italiani

Mies bevanda alcolica locale

Mogogò fornello sul quale si cuoce l'*anghera*

Musciarrabiah le grate in legno delle abitazioni degli arabi

Rascian termine dispregiativo con cui gli eritrei indicano i russi

Sciarmutta termine dispregiativo per indicare una donna di facili costumi; puttana

Sciftà così venivano chiamati i banditi

Scirò farina di fave cotta nell'acqua

Taff cereale che cresce sugli altipiani eritrei e con cui si prepara l'*anghera*

Tor sarauit così gli eritrei chiamavano i soldati etiopici che occupavano Asmara

Tucul abitazione locale che consiste in una capanna costruita con fango e paglia

Zembil grande borsa di paglia usata dalle donne eritree per fare la spesa

Zighinì piatto tipico degli eritrei composto da carne di manzo e di montone condito con *berberé*

Zuria il lungo abito delle donne eritree

Indice

I NANI

1. R. Schwamenthal, L.M. Straniero, *Il Corsaro Nero piange*
2. Silvia Ballestra, *Il disastro degli Antò*
3. Daniele Brolli, *Animanera*
4. Michele Serio, *Pizzeria Inferno*
5. Massimiliano Governi, *Il calciatore*
6. Jeremy Rifkin, *La fine del lavoro*
7. Brunella Gasperini, *L'estate dei bisbigli*
8. Elinor Rigby, *Un'americana a Parigi*
9. Erminia Dell'Oro, *Asmara addio*
10. Melania G. Mazzucco, *Il bacio della Medusa*

Stampato nel febbraio 1997 per conto di
Baldini&Castoldi s.r.l.
da «G. Canale & C. S.p.A.» - Borgaro Torinese (Torino)

230-4
1997